那些少女沒有抵達

Everything She Fails To Achieve.

吳曉樂

推薦序

時間的鎮魂曲

作家　蔣亞妮

《那些少女沒有抵達》是一場時間的遊戲，吳曉樂是從不兒戲的小說玩家，關於這本書的密碼，讓我們先從輕鬆的地方談起——比如，這是她的第六本書、第五本小說與第四部長篇，她以十年的時間從「專業」成為「職業」。她是那種一本、一本寫上去的作家，也因此她的技巧與敘事法，一次比一次更紮實純熟。自第一本小說《你的孩子不是你的孩子》之後，她就不曾停止進化，不只是告別了某種第一人稱「我」的說故事方法，她在《上流兒童》裡初次展現她在長篇小說與長時田野調查的能力；在《我們沒有秘密》時，又把她擅長的各種「人際關係」往深裡鑽、往惡裡寫；到了《致命登入》，她從類型、主題到主角的性別與設定一次全面翻新，挑戰升級。

也是時間，讓吳曉樂變成了臺灣少有的、年輕的職業作家，當讀者逐漸開始習慣於她的配速、她與故事間的熟稔和信任後，這一本新作《那些少女沒有抵達》，卻又開始了新的速度，甚至是一種新的計時方式，像是那場小說中無法回頭的倒數計時，讓時間從死亡開始。

許多小說，經常會由一個人的結局開始細說從頭，這能讓已知引出更多未知，卻也可能讓時間變得線性和區塊化。吳曉樂當然不會滿足於此，她不被已知的時間困住，比如那一場做為故事開頭的女學生自殺事件，也不只是簡單地步步靠近，吳曉樂以做為老師的主角吳依光為她的時間之棋，迂迴、加速、再緩步地碰觸死亡：「吳依光那時並不知道，也不可能知道，再過三十八分鐘，她的一位學生就要結束自己的生命。」因此，小說裡頭的時間，變成了分屬於不同人的有機生命，就像把時間拉進歷史與不同空間中來看，它都不可能是線性的，小說就是另一個平行與不平行都可能的時空。它有時屬於吳依光，那個受困在自己十七歲整整又一個十七年的女孩；有時它又屬於死去的十七歲女學生蘇明絢，或者是其他承受著霸凌、施加霸凌、旁觀霸凌的不同女孩，與她們的十七歲。甚至，某些時候、其他時候，它變成了我的時間，變成了讀著這本小說的「我」與我的十七歲。

每當小說裡頭的吳依光回想起自己鬱鬱無光的青春時期，隨時都可能離開這個世界，每一天都是關竅、每一天都如此艱難的過往時，我也被抓進其中。時間的尺被吳曉樂的小說攤開，我終於讀懂了，為什麼從前慢？因為尺子短，每一個刻度都刻在心底，像用最鈍的挫刀，自己親手鑿出來的。吳依光成為了大人、成為了人師，和所有大人的抵達路徑一樣，一路狗屁倒灶，但吳曉樂寫得溫柔：「吳依光一個心軟，時針就盪了過去。她的計畫功虧一簣。吳依光就這樣長成了大人。」那些中離這個世界、暫停時間的計畫，失敗了，一閃神，就這樣成為了大人。但吳曉樂並不耽溺於到底我們有沒有成為討厭的／喜歡的／理想的大人，這道無解之題，她只是拉著其他大人們的手，指往我們做不到的地方。

當吳依光回想著，究竟自己在蘇明絢自殺前跟她聊過什麼時，浮現的是一段跟任何死亡都無關的對話。吳依光問蘇明絢：「我也有雀斑，妳喜歡雀斑嗎？」蘇明絢想了幾秒，不無謹慎地回答：「小時候不太喜歡，現在好像都可以。」從這裡，我開始跟著回答，一步步，隨著小說飛躍的時間魔法，更新我與它的同步率。十七歲的我，也剛開始能和自己皮膚上的斑點狀胎記相處，開始理解「都可以」的深邃。都可以，不是因為不在乎，都可以，不只是沒意見，更多時候的「都可以」，是因為終於明白其實我們無能為力。人不能選擇天生的美醜、父母，甚至很多時候也不能選擇志願、不能選擇喜歡與否，既然如此，其他事也就都可以吧、都可以了……吳依光的尺，早已不是一公分、一公釐的刻度了，就像她也不再只是學生與女兒，更得思考怎麼做為一個老師、母親、妻子與大人，吳依光曾經是學生，如今是老師，也因此：「每一年，她都感受得到，老師吳依光，正在影響學生吳依光的認知」。尺不只變了長短，甚至改了單位，時間做為數字的一種，開始比不上收入、成績、業績其他數字了。

藉由死亡開始的，不只是回溯，更是一場吳依光（或者我們）做為大人，如何找回與從前自己同步率的過程，是酒醉後的回魂酒、是揉開瘀血必經的痛。吳曉樂不只擅長從「沒有」映照「有」、從「不是」談「是」、不喜歡裡頭藏喜歡；她同樣嫻熟於從主角輻射出更多人物，將關係拉闊、將時間拉遠、將人物擴編，卻從未有事物從她的小說之網中逃逸，她不急不徐地在十六萬字的長篇中，說好每一個人的故事，惟有如此，我們才能真正理解，所有女孩的抵達之謎。

這本十年出道之作，像是重返最初出發的廣場，如同吳依光打趣說著從來讀不完的小說《追憶似水年華》一般，普魯斯特如是、吳曉樂與每個寫作者亦如此。那一個出發的理由，不管是憂慮或憂愁，總指向最後想抵達的謎底，藏在時間後面、永遠無法明說的—最初的書寫動能。一如義大利超現實主義流派畫家奇里訶（Giorgio de Chirico）的「Metaphysical Town Square」（形而上的城市廣場）系列作品，《抵達之謎》這幅畫作的廣場後頭，為何藏有船桅？是誰在船上？只有作者知曉。

藉由死亡回到出發之處的人，不只吳依光，更是吳曉樂。也得經由死亡才能將某些時間暫停，升學的倒數計時、長大成人的滴答聲、分崩離析的情感真相，全都得為它停下。在我們每個人的成長路上，可能都曾或近或遠的聽說與看見，「某個同學死掉了」，吳曉樂自《你的孩子不是你的孩子》開始，每一本小說，都試圖書寫社會的不同角落，其實全是她從不同方位看向世界的嘗試，因此她小說中的每一場死亡，都不是為了殺與恨、解謎與推理，而是為了更好的活下去，如同《那些少女沒有抵達》裡每一個人生命中離開、死掉的同學們，他們被一一點名，不帶責難。這些名字提醒了活下來的人們，不要忘記所有感受，即使我們沒有死去、我們沒有完成……比如曾經的學運與社運現場、愛錯又愛慘的對象，那些我們忘記了的十七歲、十八歲與成長歲月，她全替我們記下了。十年之後，吳曉樂用全新的故事，更加精準的作答自己十年前留下的問題：「為了什麼而寫？」

她的死亡與提醒，從來不是情勒，而是告白。

告白、告解與告別，總是三位一體，就像小說除了現實與虛構外，更提供了人們另一種丈量世界的方式。吳曉樂透過她筆下那些只談現實成就與值不值得的角色們，輕易地引我們開始思考「世界的大小」。吳依光與家人清晨六點半就起床等待第一志願放榜的那天，被延伸成了永恆，人生永遠有無止盡的榜單與落榜，如同小說中所寫下的：「每個小孩自懂事起，就在撰寫『父母使用手冊』。」生命的課題與待辦事項，正是每個人相似卻都不同的故事。許多我們說不出的生命故事，吳曉樂總能以小說提供慧解，或許是因為，她的生命中也曾以某些不可承受之輕，既痛也重地兌換了另一把尺，為讀者丈量出另一種世界。

而那一個最初的故事、那一個值得不斷重寫、複寫與改寫的故事，說來簡單，不過是關於永恆的少女與少男們，那些十七歲出門遠行未歸的無光靈魂。面對成長時四散在世界的三魂七魄，吳曉樂以真實的時間獻祭，一字一字、一本一本地寫著，沒有抵達就是謎底，她堅定地以小說鎮魂。

如此耕耘、如此交換，或許才能在故事間開出一點時間的孔隙，就像吳依光為了抽離某個時空背景下，玩的時間遊戲：「看著牆壁上的石英鐘，吳依光玩起『默數六十秒』的遊戲，分針一指到十二，她低下頭，數數，一、二、三，數到六十，她抬眼，分針在十一又多三格，她快了兩秒。」沒有人壓準的終極密碼，或許並不是因為失準與時差，也許每個人都有專屬自己世界的時間，就像我，就像吳依光。

讀完這本小說，（我與）吳依光才終於能從十七歲回神，死亡從來不限於生理，時間終於再次往前走了。這一次，無所謂有沒有抵達，感謝有些時間，從來就不需要正確的方向。

「你必須準備好沐浴在你自身的烈焰之中；
如果不先化為灰燼，你怎麼可能重生呢？」

——尼采《查拉圖斯特拉如是說》

"Ready must thou be to burn thyself in thine own flame;

how couldst thou become new if thou have not first become ashes!"

——Friedrich Nietzsche *Thus Spake Zarathustra*

目次

1

吳依光進修教育學程時，王教授不只一次提醒：老師和學生相遇時，年齡與經驗的落差是注定的，但那絕不表示老師可以為所欲為。小孩出生得比我們晚，但他們對世界的理解不一定比我們少。老師的職責不只是傳遞知識，也要懂得為學生營造環境、讓他們發展自己。百年樹人說的就是這件事：時間。臺灣杉，魯凱族稱為「撞到月亮的樹」，能長到超過七十公尺，原先的種子不過一小片指甲大。老師這個職業，最不可或缺的就是想像力，站在講臺上，注視著底下每一張青澀的臉頰，他們，未來，都有可能做到你年輕時做不到的事。

吳依光成為了老師以後，偶爾會猜，是怎麼樣的事呢？比吳依光早一年考到正式教職的林，她等到了。電話裡，林的聲音無比雀躍，仔細聽還有泫然的鼻音。林說，時間一到，她就守在電視機前，看著那個女孩，額際滿布汗珠，一拍一拍，想方設法把球擊到對手難以應付的位置。女孩讀書時，時常為了集訓而請假，林記得女孩遞來假單，手上的護腕跟青筋。林永遠不知道要跟女孩說什麼，即使是最基本的，問候近日比賽的結果，林都懷疑是一種僭越，她根本不懂羽球。林往往只是蓋章，說，加油。女孩是個有禮貌的人，她會說，謝謝老師。即使林教的國文，女孩讀得很差，她還是敬林，做為她的老師。女孩在這屆奧運摘下銀牌。林說到一半哭了起來，她告訴吳依光，王教授是對的，再給她下輩子，下下輩子，她都去不了奧運，可是，她可以說，她教過女孩。她好驕傲。

吳依光傾聽，在必須回應時，給予一、兩個肯定的語助詞。半晌，林想起她還要打給其他朋友，這才掛上電話。吳依光站起身，走進廚房，洗掉水槽裡的盤子跟餐具。午餐吃義大利麵，謝維哲煮的，說煮有些誇大，無非把義大利麵煮熟，瀝水，倒入適量橄欖油，拌上兩人都喜歡的羅勒青醬。他們試吃了好多品牌，才挑到彼此大致滿意的味道。謝維哲燙了母親寄來的冷凍透抽，吳依光放進嘴裡咀嚼，意想不到的美味，見妻子喜歡，謝維哲又挾了兩塊放進自己盤子，說，剩下的都給妳吃吧。吳依光沒有拒絕，或者以有些撒嬌的口吻說，別這樣，你也一起吃。她跟謝維哲不是那種關係。她說，謝謝，並且要求自己享受每一口來自他人的好意。

稍晚，吳依光跟在謝維哲身後，拜訪母親跟父親。桌上的菜餚一如往常地難以下嚥，母親這幾年執著管控鹽跟油的攝取，她料理青菜的手法，讓它們嚐起來像落葉，清蒸魚肉則是膠狀白開水。謝維哲神色正常，幾乎算得上愉快，彷彿這些食材本來就應該這麼處理。他隨和地回應岳母的每一個提問跟試探。吳依光打量著父親，吳家鵬這幾年迷上了登山，才結束一場三天兩夜的旅行，他的眼皮略沉，進食的節奏緩慢，像是即將睡著。吳依光才這麼想，吳家鵬冷不防抬起頭，詢問謝維哲，怎麼看待電動車？那是人類未來的趨勢嗎？油車終究要被淘汰？吳家鵬喜歡跟謝維哲聊世俗認為父親會跟兒子聊的話題：車、手錶與投資等等。吳依光跟謝維哲結婚後，偶爾，看著兩人的互動，懷疑父親大概想要一個兒子，可惜他沒有，吳依光是獨生女，她問過母親，為什麼不再生一個？母親說，有妳就夠了。很多年後吳依光才意識到這句話有兩個解釋的方向，一個指向滿足，一個指向忍受。她沒有追問母親的「夠了」屬於哪一種，哪一種答案都不是她有辦法承受的。

看著牆壁上的石英鐘，吳依光玩起「默數六十秒」的遊戲，分針一指到十二，她低下頭，數數，一、二、三，數到六十，她抬眼，分針在十一又多三格，她快了兩秒。吳依光又玩了好幾次，然後她聽到自己的名字。母親瞪著她，眼神微慍，她說，妳都沒有在聽我們說話。吳依光清了清喉嚨，問，你們在說什麼？謝維哲說，妳媽問，我們最近還有在試嗎？吳依光哦了一聲，挑眉，眼珠直視桌面，母親在問孩子的事。她點頭，說，有吧，我們有在試。

母親不會接受其他的答案。

母親依舊瞪著她，彷彿看久了，就能讀出些什麼。須臾，母親說，時間也晚了，你們差不多要回家了。謝維哲喝光碗中的冷湯，說，謝謝媽煮了這麼好吃的晚餐。吳依光沒有說話，她相信母親這個晚上夠盡興了。回家路上，坐在副駕駛座的吳依光望向窗外，出門時，雨勢疏疏的，此刻轉成傾盆大雨，豆大的雨滴暴砸車窗。謝維哲嘆氣，說視線變得好模糊，他就要看不清前方的道路了。即使是埋怨，謝維哲的口吻聽起來也好有禮貌、好善良。

謝維哲是母親為她挑的對象，母親說，結婚就是要找像謝維哲這樣沒什麼脾氣的人，即使吵架，他也會讓妳。母親是對的，謝維哲會讓她沒錯，但母親沒有猜到，有一天謝維哲遇到了一個自己不必讓的人，他會選擇對方，而不是吳依光。

吳依光往右一傾，臉頰貼上冰涼的玻璃，她告訴自己不能再想下去，那不會產生任何結論，她命令思緒掉頭，折返至幾個鐘頭前她跟林的對話。

吳依光承認，林，在她的心頭植入了一個意想，她是否也會等到那麼一天，為著學生的成就而口齒不清、熱淚盈眶？吳依光覺得好難，她並不擅長期待，從小到大，她學得最好的一件事，莫屬如何摁滅胸中的希望。希望是頭狡詐的狼，起初，牠小小的，如幼犬般天真無辜，你忍不住寵牠，把牠抱在懷裡，感受牠的體溫跟起伏，深信你們得以和平共處。接下來的日子，你受不了誘惑，餵養牠，滿足牠，牠也依循世界最不假思索的邏輯——恆得到能量者，必然擴張。狼夜夜抽高、長肉、牙齒跟爪子也在睡夢中盡責地發育。於是，有那麼一次，你發現到，即使是兒戲的拉扯，你都能被弄到噴濺一地的血花。有些人並不氣餒，持續馴化自身的希望，直到希望懂得傾聽他們的指令，吳依光沒有，她放手，讓這隻狼走遠。吳依光是這樣理解的：即使這隻狼沒有惡意，也會因為辨識出她本質裡的懦弱，而決定傷害她。

至於母親，她是前者，她的願望多半都能實現。她的狼聽她的話。

2

禮拜五下午，日光迤邐，照映出懸浮飛舞的細小顆粒。天花板的燈發散冷冷白光，講臺上的年輕作家穿著寬鬆的連身洋裝，比吳依光在網路上搜到的照片還年輕。

作家有些緊張，她說自己不是第一次對著一群老師說話，不知怎地今天就是格外緊張。吳依光觀察著作家的玫瑰金細框眼鏡，不忘保持微笑，她暗忖，作家必然考量過自己白皙的膚色在穿搭上的優勢，玫瑰金的飾品，有些人穿戴起來只顯得髒。

吳依光喜歡玫瑰金，一度跟謝維哲商量，不然別買鑽戒了，鑽戒的背後有太多難過的故事。這個提議，兩位新人的母親不約而同投下反對票。母親蹙眉，說，妳別在這個節骨眼自作主張。吳依光想，也對，何必如此。她最後要了一顆小小的，不怎麼起眼的戒指。謝維哲的母親，芳，不無憐惜地捏了捏吳依光仍擱在檯面上的手指，細聲說，這麼漂亮的手，戴戒指多好看，妳確定不要大顆一些的。吳依光說，這樣就好了，我是老師，得低調。母親沒再吭聲，她退後一步，雙手抱胸，環視銀樓內的擺設。這家銀樓是謝維哲的母親選的，母親有自己屬意的銀樓，但她沒有主動提起，她說，結婚這件事還是要看男方怎麼處理。芳表現比吳依光預期得還要好，她投入、慎重、化簡為繁、時時徵詢女方的意見，她說，兒子什麼都好，就是不細心，她這個母親不敢鬆懈。結了帳，眾人步出銀樓，謝維哲把信用卡收回皮夾，他有一張藏不住心事的臉，這秒鐘，他一臉舒坦，彷彿慶幸著預辦事項又能劃掉一個項目。倒是芳，嘴上掛著淺笑，雙眼卻又隱約透著某種憂愁。至於母親，她走在前頭，吳依光看不著她的表情。她跟上母親的腳步，幾分鐘後，他們在停車場道別。

吳依光尚未扣緊安全帶，母親的聲音冷冷地自左側切進，玫瑰金不適合妳，我們家的皮膚算白，但有些偏藍，跟金色不協調。我也不喜歡妳挑的那顆鑽戒，好小家子氣，謝維哲家不是沒錢，妳何必為他著想。吳依光說，跟錢沒關係，我喜歡那顆。

母親再也沒吭聲，她緊握著方向盤，指節泛白。

日後，吳依光獨自回到銀樓，詢問是否能再看一看那只玫瑰金戒指。銷售小姐是同一位，照樣梳著一絲碎髮也沒有的完美包頭。她認出了吳依光，抿嘴一笑，說，吳小姐，我就有預感，妳會回來。戒指再次穿進吳依光的無名指，吳依光跟小姐湊近了看，懂了母親的意思，戒指是好看的，但不適合她。

她還是摘下戒指，跟小姐說，結帳，刷信用卡。

婚宴那晚，吳依光笑臉盈盈地端著喜糖，跟謝維哲一齊目送賓客離場，謝維哲的父親喝了好多杯，他給妻子攙著，走近兩人，拍拍謝維哲的肩膀，說，你要好好對人家。語訖，他打了一個嗝，吳依光聞到腐壞的氣味，謝維哲的舅舅跑過來，從另一側握著姊夫的臂膀，他要謝維哲別擔心，自己一滴都沒沾，他會將姊姊、姊夫送回家。謝維哲鞠躬致謝。吳依光視線一抬，找著了母親，一位婦人圈著母親的手腕，不知道在說什麼，母親掩著嘴，眼睛笑成細細的月牙。母親沒有看到方才那一幕，吳依光的心頭一輕，說不上理由，她覺得自己有責任保護謝維哲與他的家人，免於母親的檢視。吳依光是被母親看著長大的，她比誰都清楚那有多難受。

盤子因糖果一顆顆被取走而變輕，小腿倒是越來越重，彷彿全身的倦意往下沉澱，吳依光的雙腳在婚紗裙撐的遮蔽下，調換了幾次重心。母親來了，跟父親一起，吳家鵬的眼中有碎碎的淚光，他看著女兒，又看向謝維哲，你們以後就是一個家了，要彼此扶持，知道嗎？吳依光沉默，貌似猶豫地，點了點頭，倒是謝維哲，他似乎感應到空氣之中瀰漫著某種緊張，他笑得有些用力，說，知道了，爸爸。

母親瞅著吳依光，這也是她的才華之一，她僅憑眼神就能製造出「場域」，以現在來說，吳依光猜想，謝維哲再怎麼遲鈍，似乎也感知到，世界上，有些事他一輩子也無法介入。吳依光的脖子冒出幾顆小疙瘩，飯店的空調太冷了，她刻意不去撫摸，不去把那些疙瘩按回肌膚底下。在母親下一個動作之前，不動聲色是最好的策略。

母親笑了，那笑有幾分誠懇，她說，快回去休息吧，我想你們一定很累了。

他們確實好累。一個小時後，吳依光跟謝維哲先後步入飄散著裝潢氣味的新家。謝維哲癱在沙發上，手貼著額頭。吳依光走入主臥室，扶著母親送的桃花心木梳妝臺慢慢坐下，對著鏡子撕掉假睫毛，卸下珍珠耳環，她從皮包內翻找出那只豆沙色軟呢小盒，小盒裡，躺著那只不受認同的玫瑰金戒指。她拉開抽屜，把小盒推入最深處，彷彿小動物藏著最心愛的事物，也像是人類埋葬著什麼。

何舒凡以手肘推了推吳依光，吳依光自神遊中回返，何舒凡示意吳依光望向講臺，作家正帶著期盼地注視著她。作家很快地讀出了吳依光的分心，她尷尬地以指尖刮過臉頰，說，我再解釋一次好了。吳依光又是感謝，又是自責，她很少這樣，讓私生活的煩惱渲染到工作，她歸咎**全是百合的錯**，那個女人的現身的確是一記狠狠的痛擊，表面上，她無動於衷，內裡的牆卻在層層剝落。

吳依光不安地側身尋找謝老師的身影，謝老師坐在角落，板著臉，冷笑，沒有錯過吳依光的失態。不久前，吳依光與謝老師在走廊上對到眼，吳依光微笑，解釋自己正要去校門口迎接作家。謝老師打量著她，嘴唇掀了掀，說，今天的研習我會去。吳依光才要說些什麼，謝老師又打斷了她，反正我要退休了，我無所謂，苦的會是你們，不是我。謝老師始終沒有隱藏她的立場，她認為新課綱是整合了天真跟魯莽的可悲產物，老師們該做的是抵制，而不是迎合。

吳依光寄出研習通知的當天，謝老師逕自走到吳依光的位置，說，妳邀請的作家，我去找了她的書來看，翻了幾頁，寫得實在不怎麼樣，妳為什麼不找更優秀的作家？謝老師介紹了幾本她心目中的經典。吳依光事後按著謝老師的名單查詢，一半以上沒什麼在寫了，其中一位，吳依光倒是找著對方在社群媒體的發文，吳依光讀了幾篇，一股釐不清的煩躁籠罩著胸窩，她把文章轉給何舒凡。何舒凡滑了幾行，笑出聲來。她說，這位作家，就是文筆好一些的謝老師啊，難怪謝老師喜歡他。吳依光追問，到底哪裡像？何舒凡沉吟半晌，忍笑回應，妳不覺得他們都很討厭現在嗎？吳依光睜大眼，現在？何舒凡點頭，神情透露著澄澈、了然，以及愉快，對，就是現在，彷彿恨不得回到過去。雖然我也不是百分之百接受新課綱，不過，再怎麼說，還是不能邀請討厭現在的人來談論現在啊。吳依光吐出一口長氣，讚嘆，妳好聰明啊。

何舒凡拍了拍吳依光的手背，換上了嚴肅的神情，她說，依光，妳沒有義務討好每一個人，那是不可能的。

這句話刺痛了吳依光，她也知道她沒必要讓每一個人開心，不過，一直以來，她都是這麼做的，這成了慣性，討好比不討好容易。

為了這場研習，吳依光付出好幾個鐘頭，跟講師郵件往返，確認時程、主題和簡報。謝老師認定吳依光已決心向新課綱輸誠，然而，吳依光自知，她是「疏離」。報導寫著，九成的工作會在未來十年被人工智慧取代。與其說吳依光接受新課綱，毋寧說，吳依光不認為自己有什麼資格，得以倖免於時代。

不過，假設謝老師質疑吳依光不在意「老師們」做為一個集合名詞的命運，吳依光也會同意。她不像謝老師，一說到「老師」，就近似反射地交錯使用一些道德的、宛若從匾額借來的語彙，好比說，春風化雨，有教無類之類的。吳依光把「老師」視為一份工作，不具有使命的成分，她不追求榮耀，也不打算承擔榮耀附隨的暗影。

她跟謝老師的差異是如此地鮮明，吳依光說服自己，這次我是研習的總召集人，我得演好我的角色。

謝老師在最後一刻才踏入教室，吳依光上前招呼，邀請謝老師坐在自己跟何舒凡右方的位置，謝老師身子後仰，以手勢婉拒吳依光，她快步走到最角落的位置坐下。吳依光喉頭泛起酸液，何舒凡又猜中了，她預測謝老師即使來了，也會使出一些手段，讓其他老師明白，這算不了什麼。臺上的作家一手握著麥克風，另一手抓著線，不安地看著吳依光，吳依光打起精神，接過麥克風，完成了開場。

回到座位上，應該打起精神傾聽，回憶卻不請自來，帶走了她的思緒。

謝老師大概在嘲笑我吧，吳依光克制自己不要這麼想。何舒凡察覺到吳依光的挫折，她提出問句，把眾人的注意力拉引至自己身上，作家頭一偏，解釋，是。留著齊耳短髮的實習老師艾波接著舉手，拋出另一個問句，作家想了幾秒，回應，不是，作家加上一句補充，這位老師，好險妳沒有創作，否則我可能要失業了。艾波發出爽快的笑聲，再次舉手。有了何舒凡跟艾波的示範，吳依光會意過來，規則是就作家給予的情境，進行合理化的詮釋。她舉筆抄下投影片的那行字「認識到自己思考的邊界，也認識到別人思考的邊界」，何舒凡也抄寫了同一句話。艾波玩上了癮，哀求作家提供更困難、更意想不到的情境，作家照辦。這一回，跟謝老師立場相近的劉老師也舉起了黝黑、精實的手臂，加入這場遊戲。吳依光跟何舒凡交換了眼神，何舒凡以唇語訴說，妳可以放心了。吳依光點頭，從上午就隱隱跳動的太陽穴緩下來了。

結束時，吳依光邀請所有老師移動至講臺，跟作家進行合照。作家放下她小口小口、吞到一半的熱茶，熟練地移動到中央。謝老師帶上椅子，往後門走去，每一步都踩得很用力。吳依光目送謝老師挺直的背影，有一秒鐘她聯想到母親，她好像一直在重蹈覆轍。何舒凡在她耳邊低語，拜託，別去管謝老師了，這場研習妳辦得超棒的，劉老師也來合照了。吳依光嗯了一聲，舉起手機，數到三，她按下螢幕那顆白色的圓點。畫面裡，包括劉老師，都笑得挺開心。

吳依光那時並不知道，也不可能知道，再過三十八分鐘，她的一位學生就要結束自己的生命。吳依光眼睛眨也不眨地看著那張照片，心想，這一次，我做得並不差。

3

確認作家搭上計程車，吳依光回到教師休息室。何舒凡把劇本捲成筒狀，雙眼無神地發呆。明天是英文話劇競賽，她跟學生約定，在她參加研習的兩個小時，學生們得把臺詞、走位，練習到毫無破綻。吳依光問，妳不是該去專科教室，跟學生會合嗎？何舒凡聳了聳肩，哀叫，累啊，這算加班，又沒有加班費。話雖這麼說，何舒凡仍從椅子彈跳起，做了個鬼臉，她一邊拿劇本敲打後頸，一邊朝著門口移動，說，為我祈禱吧，依光，六點半以前能夠收工，我發誓，下一屆我絕對要推掉。

吳依光定定地看著何舒凡，不忍提醒，何舒凡去年也說過一模一樣的話，剎那間，她有些懂了為什麼何舒凡的學生都好愛她：她對學生付出了本分以外的感情。青少年分辨得出這樣的感情，他們似乎也明白，本分以外的事物相當罕見。

吳依光瞄了一眼謝老師的座位，沒人，劉老師的座位也是。她拿起桌上的玻璃罐，倒出小把胃藥，沒有細數，五、六顆吧，一口氣放進嘴裡。甜苦的味道在口腔緩緩漫開，吳依光咬碎它們，一顆接著一顆，就她所知，沒有人像她這樣吃藥。何舒凡第一次目睹時，不可置信地瞠眼，說，不覺得噁心嗎。吳依光說，不會，我很小的時候就這樣吃，當成糖果。她對何舒凡撒了謊，她不是當成糖果在吃，她就是想讓自己噁心。她早早就發現，折磨自己所帶來的美妙奇效，妳會比這麼做之前，更有信心，只要妳想，妳可以控制自己的感覺。

吳依光閉了閉眼，謝老師的背影淡了幾分，她吸進一口氣，享受肋骨一根根被撐開，身體其他部位隨之而來的悸動。她稍稍恢復了體力。高疊的週記被吳依光挪到眼前，她翻到最近的頁數，**那件事**之後，每一本週記吳依光讀得很仔細，抱著贖罪的心，謹慎考慮每一字句未盡的含義。她不想再犯一樣的錯。

吳依光曾跟何舒凡談過自己的改變，何舒凡搖了搖頭，眼神透露著「可以理解，但不贊成」的想法。何舒凡說，青春期的女孩，最喜歡使勁戳弄小得可憐的傷痛，好製造更多戲劇，如果少女們的發言全數當真，一一放大檢視，不到一兩年，妳的內心就會超載、麻痺，甚至是崩潰。何舒凡頓了頓，又說，王澄憶不是妳的錯，妳已經盡到一切的本分了。很久以前，我也想說，自己要抓住每一個衝向懸崖的小孩，等我考過教師甄試，就放棄要當什麼麥田捕手的中二想法了，這個年代的老師，不要摔進懸崖就不錯了吧。吳依光認同何舒凡的每一句話，然而，也像過往每一次何舒凡給予提醒的情境：她貌似恍然大悟，卻不採取任何行動。吳依光一度納悶何舒凡怎麼還沒有離棄自己，角色對調的話，她有很高的機率會疏遠對方。跟何舒凡日益相熟，吳依光摸索出答案，何舒凡可以接受吳依光即使認為一件事是對的，卻沒有去做。這跟母親截然不同。母親會以各種手段命她服從。母親不會放過她。

吳依光闔上第十二本週記，她起身，來到走廊，扭開洗手臺的水龍頭，渴望清涼的水液帶走久坐的倦怠。黃昏的陽光斜灑在操場上，排球場上有五位女孩，其中三位一來一往地把球拱過球網，另外兩位坐在一旁看著，外套披在肩頭。吳依光聽到鼓聲，樂隊正在對面三樓的才藝教室排練。吳依光抓著欄杆，伸展僵硬的後背，聽久了她注意到鼓皮的反饋拖沓，彷彿敷衍著鼓棒。學生們使用的樂器，多半是前面幾屆的學姊留下來的。上個禮拜，何舒凡導師班的學生選上樂隊隊長，她的父親是知名建設公司的總經理，主動表達為學生更新樂器的意願。何舒凡轉述時，雙眼閃爍微光，她說，樂隊成員逐年遞減，來參加的都是有心人，值得更好的樂器。

吳依光聽到上氣不接下氣的尖喊，她轉身，兩名學生正對著自己奔來，定睛一看，是她的學生，其中一位是方維維，副班長，她也聽懂了女孩們含在嘴裡的嚷嚷，老師，老師，吳依光才考慮著要糾正她們，走廊禁止奔跑，女孩們臉上的驚恐阻止了她，那表情果斷地傳遞著：比違反校規嚴重數倍的事情發生了。

方維維嘴裡吐出一句話，吳依光先是感受到巨大的轟鳴，下一秒，連同鼓聲，吳依光什麼也聽不到了，她原地聾了。吳依光曾經從書裡學到，原子彈從三萬呎墜落時，地面上的人先是看見熾白的光，再來就瞎了。方維維說的話也有這樣的效果，差別在於不是作用在視覺，而是聽覺。吳依光看著方維維的雙手凌空亂舞，嘴唇閉合又倏地分開，鼻翼到顴骨一片泛紅，然後，方維維急急流下眼淚，那滴眼淚啟動了沒人得以釐清的機制，吳依光又聽得見了，方維維說，蘇明絢好像從清夷樓頂樓掉下去了，一樓那邊圍了好多人。

清夷樓是學校最高的建築，整整有七層樓。

自七樓墜落，存活的機率有多少？

4

之後，吳依光的記憶屢屢反覆地回溯到這一天，自她闔上週記為起點，再次播放，吳依光強迫自己檢視每一個當下「不夠理想」的反應。像是，她的內心更情願相信跳下去的是鍾涼，而非蘇明絢。緣由十分可笑，純粹是前者她可以解釋，後者她不能。吳依光目睹太多次鍾涼木然地坐在教室，像是若眼前有一顆結束生命的鍵，她會不假思索地按下；至於蘇明絢，成績中上，人緣頗佳，週記多半是分享她深深迷戀的韓國偶像，有一、兩次，蘇明絢提及她對成績的擔憂。不過，幾乎每一位女孩的週記，都出現過這樣的焦慮，其華女中是地區的第一志願，成績決定了人與人為何在此相遇，沒有人會遺忘這個最基本的設定。

對一位老師而言，哪項罪行更可鄙，不相信一位學生的自殺？還是相信自殺的「應該是」另一位學生？無論如何，上述兩項罪行，吳依光都觸犯了。

聽清方維維的話，吳依光經歷一番用力，終於發出了聲音，妳確定是蘇明絢嗎？方維維以手背抹去淚水，吸了吸鼻子，應該是，我不敢看，可是，有人說應該是明絢，髮型、身材都很像，手上也戴著明絢常戴的綠色手鍊。吳依光盯著地板，悄悄握緊拳頭，某種被狠狠捉弄的痛苦從四面八方包圍著她，怎麼會這樣，她這段時間那麼盡心地守著鍾涼，擔憂鍾涼有絲毫差錯。出事的卻是蘇明絢。

維維，妳說明絢是在清夷樓那邊對吧。吳依光問道。她思索著路線，同時，懊悔如蠶群，小口小口嚼食她的心，研習一結束，她為什麼不直接回家？改週記也不差這半個鐘頭。如今，她該怎麼反應？清夷樓靠近側門，有些家長從側門接送。方維維口中的「圍了好多人」，有很高的比例是家長。消息恐怕是流傳出去了。

吳依光盯著女孩們，不遠的未來，她們，或許受到要求，或許是她們自己也想要，總之，她們會一次次描述這一小時她們經歷了什麼。而她，吳依光，很不幸地，被學生們找到，時間軸上多了她的角色。女孩們會怎麼介紹她的出場？悲傷到語無倫次？失聲痛哭？大概是人們最想看見的，偏偏她辦不到。吳依光的眼神滲入恐懼，她意識到，審判她的流程已正式啟動。

方維維的嗚噎驚醒了吳依光，老師，怎麼辦。女孩的臉又紅又溼，像顆泡爛的番茄。吳依光越過女孩們，往樓梯間疾步走去，心跳是前所未有的急促，經過二樓的校長室，吳依光頓然想起，校長今日北上參加會議，有人通知她了嗎？

劉校長有一雙溫柔的眼睛，肌膚光滑，微笑時會露出完美適中的貝齒。初次見面，劉校長穿著千鳥格紋外套，卡其色長褲，尖頭珍珠白高跟鞋。她握著吳依光的手，說，吳老師，您好，堅定，溫暖。吳依光聞到淡淡的香味，融合了橙花、玫瑰、茉莉，或許還有少量的檀香木。何舒凡查過劉校長的背景，在倫敦取得英語教學的學位，回到臺灣，一邊教書，一邊取得教育政策與行政學的博士學位。

吳依光迫使自己不能停止這些無謂的想像，一旦畫面中斷，恐懼就會追趕上她，說服她變得懦弱、自私，她說不定會拋下兩個學生，躲回自己的住處，不計後果與代價。她甚至想起了校長室門口的那棵金桔。何舒凡說，金桔樹是上一任校長的就職禮物。校工非常認真地照顧它，不忘給它剪枝，按照季節搬動到有足夠日晒的位置。金桔樹經年活得神彩奕奕，結出一顆顆漂亮的果實。吳依光曾在受指派打掃校長室的學生桌上，看見幾顆偷摘的金桔。課堂上，那女孩會以筆，或尺，撥弄那幾粒果實，看著它們在桌面上亮澄澄地滾動，吳依光被女孩臉上那含蓄、保守的笑容給深深打動。她缺少這樣逗自己開心的天賦。

刺耳的鳴笛聲逼得吳依光停下腳步，方維維啊了一聲，問，是救護車來了嗎。吳依光迷失了，假設蘇明絢被救護車載走了，她還有必要去側門嗎？吳依光片刻拿不定主意，只好沿著既定的路線，只是放慢了腳步。

蘇明絢的確被載走了，只有地上的一大灘血，以及吳依光不願去細瞧的什麼，證實她曾倒在那。瞬間的撞擊該有多痛？一名穿著藍色夾克的中年男子對著那灘血舉起手機，一名穿著制服的女孩上前，對著男子一頓咆哮，這有什麼好拍的？你有沒有同理心啊。男子臉色一沉，怒瞪女孩，轉身走掉。

吳依光猜想，男子還是會上傳他的照片，人們也會一邊讀著「這張照片可能含有血腥暴力內容」的警告，一邊按下「正常顯示照片」。

有人輕點吳依光的手臂，何舒凡也來了，何舒凡的目光繞到吳依光身旁的女孩們，幾度流轉，才猶豫不決地投到吳依光身上。她低聲問，我才想說有沒有人告訴妳。

兩位女學生如尋求庇護的小動物，傾向何舒凡，方維維口齒不清地呼喚，舒凡老師。接著，她宛若被解除了禁令般，悲泣了起來，另一位女學生，手指挑去眼眶滾落的淚水，另一隻手握著何舒凡的手腕，悲傷又親暱地喊著，舒凡，舒凡，怎麼會這樣。吳依光跟何舒凡眼神交會，吳依光率先別過頭。何舒凡太善良了，到了這個節骨眼，她竟然為了女孩們更依賴她，而對吳依光感到抱歉。

吳依光口袋裡的手機震動了起來，學務主任。她咬牙，按下通話鍵，許主任的聲音比平常低沉，他問，妳知道……。吳依光不想再聽任何人複述，急忙打斷，主任，我知道。許主任又問，吳老師，妳現在人在哪裡。吳依光回，我還在學校，側門。許主任頓了頓，交代這通電話的目的，蘇明絢被送往距離約莫一公里的公立醫院，他再過兩個十字路口就要到了。許主任試探地問，吳老師，妳會過來吧，學校已經通知蘇明絢的媽媽，她在半路了。吳依光聽見自己的聲音，平靜，沒有感情，主任，我會去的，我是班導，我不可能不去。許主任嗯了一聲，好，我這裡綠燈了，待會見。

吳依光停放好機車，五、六公尺的距離認出了許主任。他斜倚著福斯銀色休旅車，一手抓著手機，一手在凌空中漫無方向地甩動。這是許主任焦慮時的招牌動作。他曾在一次會議分享過，就讀國中的兒子特愛模仿這個動作，他氣得半死又無計可施。

吳依光挺直背脊，把自己帶到許主任眼前，許主任眼角一瞄到吳依光，乾咳兩聲，草草掛斷電話。送到醫院前就沒有呼吸心跳了，其實，不用醫生講，我看現場也知道，身體都那樣了怎麼可能活。許主任餘悸猶存地說著，眼神飄忽不定。吳依光有點同情許主任，他看到了蘇明絢最後的樣子。許主任又呢喃，有必要選擇這樣的方式嗎？十七歲，這麼年輕，有什麼問題，說出來都可以解決的。吳依光不發一語，她深諳自己必須站在這裡，但她什麼也不能做。許主任流了不少汗，襯衫底下的內衣輪廓依稀可見，他伸手把黏在額頭的幾綹溼髮撥開，喉結滾了滾，有些結巴地問，吳老師，妳知道這位學生為什麼要自殺嗎？

吳依光眨了眨眼，想擠出隻字片語，實情是她一無所知，但她好怕這個答案會惹火許主任。她最後一次看到蘇明絢，是午休時間。蘇明絢一如往常，陪著鍾涼把全班的作文從教室搬到吳依光的桌上，那疊紙很輕，一個人也能負荷，但青春期的女孩們做什麼事都是成雙入對的。鍾涼站定，從睫毛底下覷著吳依光，她在等，等吳依光給她一點關懷，幾句問候，吳依光很配合地說，妳們最近過得好嗎？

她說妳們，眼中卻只有鍾涼。

任何人在她的位置，都會這麼做，鍾涼的手腕有美工刀劃過的痕跡，蘇明絢沒有，她文靜，有禮，且普通。鍾涼沒有回應吳依光的問題，她說，老師今天的衣服很好看，我很喜歡。吳依光低頭端詳身上穿的抹茶色雪紡襯衫，說，謝謝，網路買的而已。吳依光想起蘇明絢尚未說上半句話，她詢問蘇明絢，妳呢。蘇明絢眉頭一抬，似乎有些不知所措，但她很快恢復鎮定，不疾不徐地說，還好，就跟平常一樣。

吳依光很少這樣近距離和蘇明絢說話，這才留意到，蘇明絢的顴骨星落著點點雀斑。吳依光有雀斑，母親也有。吳依光國二那年，問過母親，雀斑會消失嗎？母親從電視螢幕轉過頭，反問，妳想要雀斑消失嗎？皮膚夠白的人才會長雀斑，皮膚白是好事。母親的說法讓吳依光跟臉上的雀斑相安無事了幾年，直到高二，一位同學把自己的遮瑕膏借給吳依光，金色外殼，外觀跟唇膏沒兩樣，同學轉出零點幾公分的膏體，為吳依光示範，她說，妳就是對著雀斑，好像在塗膠水，點、點、點，雀斑就消失了。優雅的香氣沁入鼻子，像祖母的房間。女同學把鏡子放在吳依光掌心，吳依光一看，哇，她的臉此刻如瓷器光滑。吳依光很想跟同學買下遮瑕膏，但她不確定這個舉止是否會惹惱母親。母親討厭不好好打理外表的女人，但她更討厭為了外表耗盡心思的女人。身為母親的女兒多年，吳依光發展出一個策略：不確定，就不要做。

吳依光問，明絢，我也有雀斑，妳喜歡雀斑嗎？蘇明絢這回想了幾秒，不無謹慎地回答，小時候不太喜歡，現在好像都可以。

都可以，青少年典型的答案。

許主任又問了一次，語氣中的親和少了一半，他的耐心正在流失。吳依光歪著頭，她可以如實交代雀斑的對話嗎？說不定這也會惹火許主任。但，這樣日常、毫無重點的交談，不也佐證了蘇明絢那時沒有異狀嗎？

中午我見過蘇明絢，她陪鍾涼拿作文給我，我們三個人有小聊幾句，蘇明絢看起來很正常，主任可以去問鍾涼。幾經考慮，吳依光這麼說。許主任嗯了一聲，再問，蘇明絢是個怎樣的學生，成績啊，人際啊，有什麼狀況？跟父母的關係怎麼樣？吳依光一一答覆，成績大概都在第五名、第六名那。在班上有幾位好朋友，至於家庭，她沒有特別說過什麼。許主任蹙眉，不是很滿意地追問，這樣說不就是什麼徵兆也沒有？這怎麼可能，吳老師，妳再認真想一下。躊躇了幾秒鐘，吳依光低頭致歉，許主任，對不起，我在來的路上也一直在想，無論我怎麼想，還是沒有答案。

許主任睜大雙眼，嘴脣動了動，半晌，他肩膀一垂，有氣無力地說，吳老師，我相信妳是真的想不到，可是記者不會相信這樣的答案的。

吳依光胸口一刺，她問，記者？許主任乾笑兩聲，說，其華女中，一年內兩個學生這樣走掉，記者捨得放過我們嗎？吳老師，我知道這樣說很過分，不過，請妳再想一下好嗎？任何蛛絲馬跡都好。許主任匆匆搖頭，幾滴汗水噴出，他吞了吞口水，說，現在的媒體跟酸民最喜歡拿學校開刀了，我們又是第一志願，難免被拿著放大鏡檢視，我沒有要恐嚇妳，但妳那句，再怎麼想還是沒有答案，有點危險啊。

吳依光這才想起，這是其華女中一年以來的**第二件自殺事件**。

展開其華女中的校史，悠久、華美、燦爛，眾多產業的領袖，或者他們的另一半，即畢業自其華女中。多少父母用盡資源，處心積慮，就是為了讓女兒擠進這扇窄門。

吳依光也是其華女中的學生。

十一歲那年，母親給她報名以「嚴格」出名的補習班。母親推估，若以其華女中為目標，五年前就得預先練習各式刁鑽、靈活的題型。吳依光如此走過來，她的學姊也是如此走過來，而在身分轉變成老師之後，她相信講臺下的女孩們也經歷過和她一模一樣，為了穿上這一身制服而如履薄冰的日子。

如此風光的門楣，一年內濺上兩枚血漬。難怪媒體受召喚而來，而許主任迫切需要一個說法，給其華女中撐出一個，被原諒的空間。

吳依光絞著手指，延長對回憶的搜索，過去一個星期，不，一個月，蘇明絢有哪裡不對勁嗎？成績，人際，蘇明絢的週記，有誰在週記裡寫到蘇明絢？不，她找不到任何可以被稱為警訊的成分。彷彿直盯著一張白紙，久了只看見模糊的殘影。

但，誰沒有影子呢。

許主任的吐氣越來越沉，他雙手環胸，不停地來回踱步。突然，他打住腳步，眼神反映恍然大悟的清澈，他說，吳老師，說不定妳是對的，學校沒問題，是家庭有問題，十七歲，動不動就跟父母有心結，可能發生什麼事，一時激動就做出傻事了。

吳依光默不作聲，她知道這個說法會讓接下來很多事容易許多，包括她的人生，但，她沒有悲傷到聽不出來，這個說法對蘇明絢的父母來說有多殘忍。

一聲嘶啞的呼喚自他們身後響起，吳依光跟許主任轉過身，蘇明絢的母親李儀珊，她一臉慘白，眼周至鼻子一帶腫起、泛紅。她擤出一些鼻水，手上的衛生紙早已爛皺。吳依光遞上一包全新的衛生紙，李儀珊雙手接過，說了一聲謝謝，緊接著，她顫抖地問，為什麼你們站在這呢，是不是明、明絢她……。

許主任抓了抓後腦勺，勉為其難地說道，蘇同學還在搶救中，只是醫生說，情形沒有很樂觀。李儀珊身子一晃，她又問，她……是從幾樓跳下來的呢？許主任咬牙，據實以告。下一秒，李儀珊發出尖銳的悲鳴，吳依光從未聽過如此絕望的吶喊，這個女人殘存的希望被粉碎了，豆大的淚珠奪眶而出，李儀珊不可置信地搖頭，痴痴地問，明絢，從那麼高的地方跳下去，妳難道不害怕嗎？

李儀珊喊著女兒的名字，拖著腳步，朝著急診室門口走去。

我們也過去吧，不管怎樣，總是要面對的。許主任這句話更像是說給自己聽的。

李儀珊在電話裡告知丈夫女兒的死訊，蘇振業已搭上高鐵的排班計程車，估計二十五分鐘後抵達醫院。李儀珊頹坐在青綠色塑膠椅上，虛弱地垂頭，小聲低語，明絢，我的寶貝，妳怎麼捨得不要媽媽了。說著，眼淚又成串滴落。

許主任頻頻透過訊息，向劉校長更新狀況，劉校長一到急診室，她拉了拉外套，小跑步來到李儀珊面前。她蹲低身子，右手輕放在李儀珊的手背上。明絢媽媽，您好，我是其華女中的校長，明絢在學校裡……做出這種事，我們也非常地難過，對不起。劉校長重複著最後一句，背影看起來像在懺悔，也像在央求著什麼。

李儀珊空洞的雙眼湧出更多淚水，她的話語越來越含糊、難以辨識，吳依光專注傾聽，才聽清楚李儀珊在說什麼。她說，沒有了，校長，我的女兒。什麼都沒有了。

吳依光的胸腔因情緒的翻湧而無端抽痛了起來，對，終於，她看清他們失去了什麼。從今天起，這個世界上，再也沒有蘇明絢了。

劉校長稍事安撫了蘇振業、李儀珊，她走到吳依光和許主任跟前，語重心長地說，晚上好好睡，這只是個開始。劉校長的睫毛膏脫落至眼睛下緣，髮絲蓬鬆凌亂。她再次抓緊外套，彷彿想爭取一點溫暖。窗外夜色比平常深沉。吳依光慢吞吞地走回停車區，坐在椅墊上沉思。從醫院返家，要認真清潔身體、衣物，洗去沾染的病毒細菌，這是基本常識。不過，此刻籠罩吳依光的，不是可以輕易洗去的事物。她想，我不能就這樣回家，我至少得等身上的陰影褪淡。

吳依光跟謝維哲從來沒有談過，但，婚後，兩人之間莫名形成了良好的默契，不跟對方交換心事。王澄憶那次，吳依光借著洗澡的水聲，痛哭整整半小時，踏出浴室後，她好訝異謝維哲不知道什麼時候走入主臥室。兩人對望，吳依光預期謝維哲會說些什麼，但謝維哲只是看著她，吳依光只好找了個藉口，又躲回浴室。

有一段時間，吳依光注視著謝維哲在她面前看電視、倒水、讀郵件、把笨重的被單掛上晒衣架，險些要問出，你那天有聽到我在哭嗎？但她一次也沒有問。

吳依光慢慢懂了謝維哲與他們的婚姻，他們的身體流著一樣被動的血液。

吳依光發動了機車，加入急躁的車流，如一顆石頭給河川推著走。挾著涼意的晚風拂上她發燙的臉頰，吳依光想，我只剩下現在這不到兩公里的路程是自由的，手機裡躺著三通未接來電，全是母親，母親也留了好幾則訊息。說不定母親氣得跑來她跟謝維哲的住處，誰知道，母親不是沒做過這樣的事。一個念頭悄悄地溜進吳依光的腦海，彷彿一只瓶中信經過漫長的漂流終於上了岸，吳依光，王教授的預言，也在妳身上印證了，林的故事裡，有一枚奧運銀牌，妳的故事則是這樣寫的：十七歲那年妳也非常想自殺，妳沒有做到，妳的學生做到了。

老師這個職業，最不可或缺的，果然是想像力。

5

吳依光彎腰脫下鞋子，動作跟動作之間都刻意拖延了幾秒，好讓沙發上的謝維哲有充分的時間，坐直，換一張表情。你吃了嗎？吳依光走到客廳，問道。謝維哲指了指餐桌上紅白相間的塑膠袋，說，今天我跟研究生聚餐，打包了魚湯，妳可以喝。吳依光道謝，將塑膠袋拎到廚房，抽掉紅色細繩，薑絲跟蔥片襯托著雪白的魚片，吳依光倒出魚湯，一手撐著流理臺，站著喝了起來。她既渴又餓。她為了下午的研習而緊張到反胃，索性不吃午餐，換句話說，她整整十二個小時沒有進食。

吳依光囫圇吞下魚片，她的胃迫切需要固體的食物。謝維哲來到廚房，看著吳依光手上的碗公，抬起一邊眉毛，問，妳很餓嗎？吳依光抽了張衛生紙，擦掉嘴角的湯汁，又拿起筷子戳弄碗裡的魚片，說，今天，有一位學生從頂樓跳下來了。

謝維哲問，是妳教過的學生嗎？

吳依光點頭，是我導師班上的學生。她看向謝維哲，就像過去幾個鐘頭，女孩們、許主任、劉校長看著她，她不願意錯過謝維哲的反應，她迫切想知道，除了何舒凡以外，是否還有人會發現，她也是這件事的受害者——她的心澈底碎了。

謝維哲倒抽一口氣，問，妳今天這麼晚回來，妳去哪裡了。吳依光回答，醫院。謝維哲又問，學生的爸媽也去了嗎？吳依光點頭，對，媽媽先到，爸爸在外縣市工作，搭高鐵趕回來的。校長說要有心理準備。謝維哲一愣，準備什麼？吳依光仰頭把魚湯喝得一滴不剩。她說，這是個好問題，我也不知道。

謝維哲想了兩秒，又問，妳爸媽，呃，他們知道了嗎？吳依光聳肩，我還沒有看她傳的訊息。吳依光彎腰，拉開冰箱冷凍櫃，半顆裹著保鮮膜的高麗菜、三顆洋蔥、分裝成小袋的雞肉，母親之前快遞送來的鱸魚旁邊是要價不斐的滴雞精。吳依光歪著頭，以肯定語氣說道，你媽來過了。她抬起腳底板檢查，好乾淨。吳依光吸了一口氣，鼻腔染上淡淡的薄荷味，芳還使用了地板清潔液。

吳依光沒聽芳說過一句她有多在意她的兒女，她只是安靜地做事。新家裝潢完工，謝維哲試探地問，能不能留一把鑰匙給他的父母。吳依光同意了，一來是，購屋時，謝維哲父母堅持頭期款與裝潢由他們支付。二來，說是父母，吳依光猜想，實際上造訪的只有芳。謝維哲的父親曾經十分在意兒子人生的大小動靜，直到幾年前，一場幾乎奪走性命的大病，令他從此看淡許多事。他如今主要的時間都花在賞鳥，家庭群組有數百張他上傳的攝影作品，有趣的是，他最常拍攝的主角是一點也不稀奇的麻雀。

吳依光猜想，芳即使拿了鑰匙，也不會打擾到她。她的直覺是對的，芳就像童話裡默默為人類分擔瑣務的精靈，吳依光不曾在家中撞見芳，她只能從透淨的窗戶、冰箱裡的食材，以及清空的垃圾桶，推測芳曾經來過。芳不會進去主臥室，吳依光在主臥室的門板做了一些記號，芳的來去不曾動搖那些記號。

母親也造訪過幾次，宛若稽查人員，東張西望，手指滑過家具表面，窗戶也不放過。末了，她看著指腹，評分，我還以為妳對家事並不在行，但妳做得還不錯。吳依光跟謝維哲交換了一個心照不宣的苦笑，全是芳的功勞。

吳依光流產之後，冰箱裡多了一箱滴雞精，吳依光喝完一箱，芳又擺了一箱。吳依光請謝維哲轉達，不希望芳再破費下去。謝維哲說，就讓她送吧，她喜歡妳。吳依光不再堅持，她不是那種被拒絕了一次，會再提起的人。她只是很困惑，芳打算什麼時候連本帶利地討回。她等了好久，才領悟到，芳，這位她稱之為「婆婆」的女人，說不定是吳依光在這段婚姻最神祕的收穫。芳付出，但芳不會把自己的付出兌換成數落他人的籌碼，她更不會頻仍地確認夫妻倆是否夠感激。芳就只是付出。

吳依光最終下了個自己也想推翻的結論：**或許，有人是這樣當母親的**。

對此，謝維哲的說法是，芳原本不是這樣的，但在丈夫跟惡疾搏鬥的幾年間，芳也變了很多。她依然對謝維哲抱有一些期待，但她放棄的期待更多。

這樣的好事絕對不會發生在吳依光身上。

吳依光輕撫著腹部，魚湯下肚，她好多了，但她還是餓。她又微波了一包滴雞精。手機響起，她在托特包內撈了一會才找到手機，她想，大概是母親，沒想到是另一位母親，鍾涼的。鍾太太聲音很輕，彷彿旁邊有她認為不適合聽到對話內容的人。她問，吳老師，妳看班級群組了嗎？小孩們好像嚇到了，鍾涼一回家就躲到房間裡，我叫她出來吃飯，她也不要，我很擔心。老師去回一下好嗎？

微波爐發出嗶嗶聲，吳依光肩膀聳起，臉貼著手機，按下開關。她把滴雞精端到餐桌，香氣沿著她的路線瀰漫於四周。吳依光步入書房，點開通訊軟體，班級群組內有數百則未讀留言，吳依光伸手把門帶上，滴雞精要冷了，但她喝不了了。

吳依光老早注意到，班級群組內的留言迅速堆疊，她刻意視而不見，計畫星期六再做回應，不過，有人等不及了。

吳依光羨慕鍾涼，她擁有母親好多的呵護。才十幾年前，人們並不認為小孩也會心痛，他們嘲笑憂鬱的小孩，說，你懂什麼？你甚至不必為自己的開銷付錢。

吳依光刷著螢幕，不意外是方維維開啟了話題。大家，妳們看到明絢的新聞了嗎？方維維附了一張「橘貓捧著臉哭泣」的貼圖，已讀人數二十九人，八成的學生。吳依光是第三十個。她慢慢讀過每一則留言，悲傷、絕望、不可置信，有人說她在補習班看到訊息，哭了起來，把老師跟其他學生給嚇傻了。吳依光清點名字，遍尋不著鍾涼，無論在任何地方，鍾涼都把自己藏了起來。

吳依光轉開檯燈，打起草稿，半晌，她意識到自己不斷重複著一個動作：刪掉每一行她才輸入的句子。像是，這件事來得很突然，但還是請各位同學先保持冷靜，不要有太大的情緒起伏。吳依光低聲朗讀這句話，每念一次，這句話聽起來就越加輕浮，她怎麼能夠期待，甚至指示學生們傷心的程度？像是她能夠建議鍾涼，哭個三十分鐘，就不要再哭了，走出房間，坐在餐桌前，乖乖把母親精心烹煮的晚餐給吃光嗎？

想到一半，一位同學放上蘇明絢最後一次在社群更新的照片，一只連鎖咖啡店的外帶紙杯，附上一行字：**讀數學的副作用，咖啡因中毒**。

發布於凌晨一點，距離她被判定死亡不到二十個小時。

七十六個人喜歡這張照片。

6

小五升小六的暑假，吳依光班上的呂同學死掉了。

死掉了，就是那個年紀的語言。

呂同學相貌清秀，身材頎長。有他登場的球賽，圍觀女孩的吶喊如夏日蟬鳴般不絕於耳。吳依光摀著耳朵，靜靜走遠。吳依光對呂同學沒什麼戀慕，她只是訝異呂同學可以跑得這麼喘，又流了一身的汗，卻不覺得辛苦。

假期第三天，吳依光寫完了作業，伸長脖子期盼著從美國回來過年的梅姨，與她兩個吵得要命的表妹，喬伊絲跟愛琳。母親囑咐，見著梅姨，接下來十二天，一句中文都不許說。除非，母親加強語氣，妳遇到了非常緊急的狀況。

電話響起的晚上，是假期第十天。梅姨坐在電話旁，自然地接起電話，她聽了兩秒，把電話交給吳依光。另一端是班長，他告知了呂同學的死訊。吳依光回了一句英文，你一定在開玩笑，班長微怒地說，妳不要鬧了，我打電話打了一個多小時，我很累，也很煩。班長按照座號通知，男生的部分結束了，吳依光是女生的第一位。言下之意是他的任務只進行了一半。班長頓了兩秒，想起什麼似地繼續說明，班導要求全班同學開學之後，合寫一張送給呂同學家人的卡片，再找一天前往呂同學家慰問。不待吳依光反應，班長倉促地說，反正卡片一定要寫，要不要去呂同學家妳慢慢考慮，我要打給下一位了，先這樣。

吳依光掛回話筒，愛琳的身子斜向她，手上仍握著黃色跳棋。愛琳說，怎麼了。愛琳說的是英文。吳依光說，我有一個同學死了。吳依光回了中文。愛琳認識的中文字彙有限，但她聽得懂死這個字，她的臉浮現了一抹不屬於孩童的憂傷。她側過頭，詢問母親，姊姊有個同學死掉了，怎麼辦。梅姨收起望著姊妹三人玩跳棋的愉悅神情，她走過來，握住吳依光的手腕，柔聲問，寶貝，妳還好嗎？妳一定很難過。梅姨向來稱女孩們寶貝。日後，吳依光回憶起這個場景，就想起那聲寶貝，她感激梅姨以非常嚴肅的方式，允許她心痛，即使她只是個孩子。

接下來幾天，吳依光不可抑制地被死亡的意象糾纏著。她懷疑，假設所有同學拒絕回到校園，呂同學是不是就能在某個神祕的空間永遠地活著？那年的九月一日，教室格外安靜，有人低頭玩手指；也有人像吳依光一樣，睜大眼睛，左右顧盼，若尋找到另一雙睜大的眼睛，就傳遞訊號，**你也在想同一件事嗎**？**班上有人死掉了**。班導踏進教室，同學們屏著呼吸，以眼神目送她走上講臺。

班導描述了呂同學的最後一天：他跟著父母、妹妹前往遊樂園。父親跟妹妹不敢玩海盜船，母親陪他，本來他有些害怕，沒多久，他模仿四周的人，放開雙手，興奮尖叫。船身靜止時，呂同學趕著要去跟父親、妹妹會合，一個踩空，他自階梯摔落，額頭撞上金屬柵欄。跟在後頭的母親趕緊把他攙起。呂同學笑著說，沒事，他好好的。一家四口又玩了幾項設施，直到返家，呂同學才說，他太累了，沒什麼胃口，想回房間睡覺。呂同學一闔眼，再也沒有醒來，原因是大腦慢性出血，醫生說，病程發展如此迅速的例子並不常見。說完，班導眼眶一紅，說，我很高興很多同學都願意去呂同學家，跟他父母說幾句話。

吳依光這才得知多數同學都同意去探視呂同學的家人，她沒有。她找著了班長，說她也要去。吳依光記住了集合的時間與地點。

晚上，母親一回家，吳依光跑至玄關，說，我想去呂同學的家，班上好多人都去了。母親看她一眼，不冷不熱地說，妳想去就去吧，只是我看不出來這麼做有什麼意義。吳依光反問，外公過世，我們不是也做一樣的事情？母親蹙眉、搖頭，幾分無奈、幾分挖苦地說，妳怎麼可以拿外公跟同學比？外公是親人。

吳依光的外公比外婆多活了五年。

外婆過世時，吳依光基本上被保護著，母親藏起了許多資訊。等到外公那次，母親認為是時候讓吳依光了解「死亡」。她說，這是所有人注定的結局，外婆也是，只是那時吳依光才六歲，她不得不形容外婆是踏上一場「旅行」。吳依光問，死掉的外公去哪了？母親回答，比現在這個世界更美好的地方，沒有痛苦，也沒有任何你所能想到的煩惱，只有寧靜跟安詳。吳依光混淆了，她說，既然他們去了這麼好的地方，妳跟梅姨為什麼要哭？母親深吸一口氣，以罕有的溫柔語氣說道，那個地方雖然很美好，可惜有一個缺點，你再也不能跟家人見面、說話，無論他們有多想你。我跟梅姨會哭，就是為了這個。吳依光思考了幾秒，又問，如果是這樣，那就不美好了，我寧願活著。母親臉色一沉，她抬手，說，好了，我要忙的事情很多，先說到這。吳依光幾乎沒有見過母親不忙的時刻，會議一個緊接著一個，晚上十點、十一點，仍有人打電話給母親，只為了確認一些數字，時間和人名。

見母親耐心似乎耗盡，吳依光把她的問題吞回肚子，她想問：如果我死了，去了那個美好的地方，妳跟爸爸會哭嗎？吳依光不曉得為什麼十歲的自己很在意答案，也許每個小孩都經歷過這個階段，忽然察覺死亡不僅會造訪那些長滿皺紋的親戚，也會降臨在自己身上。呂同學的猝逝證實了她的想法沒有錯，這就是死亡。

從學校正門口出發，經過四個街區，轉彎，向右看，靜巷深處的那棟別墅就是呂同學的家。外牆紅白相間，屋頂傾斜，大面積的窗，前院種了幾株鬱金香，童話故事般的家。呂同學的母親站在玄關，雙手交握，以沙啞的聲音招呼著大家。班長雙手遞上卡片，結巴地說，這是全班同學給呂同學的祝福。六頁西卡紙，打洞再以麻繩綁成冊，同學們不僅寫了字，還找出十來張呂同學入鏡的照片。班導說，她沒想過同學會如此重視這件事。呂同學的母親淺淺微笑，眼神閃逝傷痛，沒有如眾人預期地立刻打開卡片來讀，她把卡片交給一旁的丈夫，後退一步，邀請大家上樓看一眼兒子的房間。她說，兒子若知道今天有這麼多同學來看他，必然會很開心。

一位時常在放學後留下來跟呂同學打球的男孩吸了吸鼻子，吳依光不敢細看男孩是不是哭了。窄小的空間難以消化這麼多訪客，同學們推擠著剝掉鞋子，門廳的斜織地毯被踩得反覆移位，等吳依光站上了客廳的木地板，她環顧一圈，有一面牆壁停放著鋼琴，鋼琴上方高懸著十字架。吳依光沒有逗留，持續前行，呂同學的房間在三樓，吳依光的視線被一顆顆後腦勺擋住，她拚命踮腳尖，看見一張麥可喬丹的海報，她瞇眼，還想看得更多，同學們又挨擠著轉身，說，下去吧。

回到一樓，有些同學臉上浮出了迷路般心神不寧的神情。吳依光猜想自己也差不多，她想離開了。人與人之間飄升著她不知怎麼形容的詭異氣息。呂同學的母親雙手托著白色長盤，請大家享用她昨夜烘烤的餅乾。同學們眼睛轉啊轉，你看我、我看你，慢慢嚥下那些嵌著碎果粒的略溼麵糰。吳依光咬了一口，很是喜歡，趁著沒人注意，她拉長手又拿了一片，放進口袋。呂同學母親幽幽傾訴，他們是有信仰的家庭，信仰讓他們在災難降臨時，不至於失去方向。醫生也說呂同學沒有經歷太多的痛苦，從中可知，呂同學必然蒙受了某種恩典，他在另一個國度裡也是幸福的。

吳依光舔掉拇指上的糖粒，尋找著夢夢的身影。夢夢跟一位女同學手牽著手，安靜地傾聽。吳依光知道夢夢在躲她，她也知道，夢夢不會原諒她。那年寒假，發生了兩件重大的事，一是呂同學的死訊，一是母親把她跟夢夢繪製的漫畫撕碎，扔進垃圾筒。她們畫了十三頁，再兩頁就完結。漫畫月刊的徵稿期限是三月。

夢夢不只一次勾勒得獎時的場景，她告訴吳依光，那天，我們兩個人都要穿著最美的衣服上臺。為了給作品加分，夢夢獨自搭上公車，到幾公里外的漫畫專賣店買網點跟壓網刀。採買的錢是吳依光負責的，她從吳家鵬的皮夾陸續抽出鈔票。網點紙很貴，且比她們估計得脆弱，她們扯破了好幾張才掌握訣竅。

夢夢說，關鍵在於不可以去想網點紙的價錢，否則手會一直抖。

夢夢的父親成天爛醉如泥，母親則沒日沒夜地兼了三份工，支付全家花用，夢夢底下是兩個弟弟。夢夢有讀書的小聰明，也有藝術天賦，她的父母兩個都不在意，夢夢的母親說，她只希望夢夢早日去賺錢，分擔她的勞苦。

夢夢說，畫漫畫可以貼補家用，她也不至於跟母親一樣悲哀。她喜歡漫畫。

夢夢一家住在三樓，一樓是間漫畫出租店。老闆約二十五、六，身材胖大，黑眼圈極深，夢夢私底下給他取了一個綽號，熊貓，靈感來自《亂馬二分之一》。夢夢沒多少零用錢，她的小技巧是，走進出租店，讀三十頁，再背著雙手，若無其事地離開。第二天她再次造訪，拿起同一本漫畫，小心地翻頁，照樣三十頁，切忌貪多，然後她轉身離開。有一天，夢夢走進租書店，熊貓叫住了她，夢夢以為她即將得到警告，沒想到熊貓提議，別人一本是五塊，她的話只收半價，兩塊半可以吧。夢夢心算了一下，早餐從奶茶改喝紅茶，就可以坐在租書店的沙發，愜意地看上兩本漫畫，她同意。偶爾熊貓也縱容夢夢把一、兩本漫畫帶回家，價格照樣以兩塊半計算。

夢夢的漫畫畫得這麼好，熊貓是第一個要感謝的人。

吳依光的第一本漫畫《青檸檬之戀》，就是夢夢借的。兩人的座位碰巧劃在隔壁，夢夢大方地分享。本來，吳依光對戀愛的理解就是白雪公主、灰姑娘、小美人魚，諸如此類的童話，男女主角對上眼，就一往情深。《青檸檬之戀》說的卻是一對青梅竹馬朦朧而苦澀的感情，男女主角為著瑣碎的誤會而漸行漸遠，直到其中一方意外逝世。這樣的情節深深扯痛了吳依光的心，等她回過神來，她也對漫畫上了癮。夢夢說，吳依光可以把漫畫拿回家看，如此一來，她就不必翻得這麼著急。吳依光搖頭，說母親會把這些漫畫撕爛，她若有其事地做了一個撕書的動作，示意這不是玩笑。

夢夢好奇地挑眉，說，妳家管得這麼嚴啊，哎，我本來還很羨慕妳呢，妳去過美國，我媽說，美國是有錢人在去的。吳依光撿起漫畫，任由這句話逸散於空氣，她不知道怎麼回應夢夢，應該說，她不知道怎麼回應夢夢又不傷到夢夢。

吳依光跟著夢夢在課本的餘白，畫了幾張臉，多半是《青檸檬之戀》男女主角的笨拙仿擬。夢夢看了，驚喜地邀請吳依光加入她的投稿計畫。放學鐘響，吳依光問夢夢，她只有少少的時間畫圖，夢夢接受嗎？唯恐夢夢拒絕，吳依光又急忙地加上一個條件，有幸得獎的話，獎金全歸夢夢，她很清楚這部作品主要是夢夢的心血，她只希望自己的名字能跟夢夢一起被刊登在月刊上。

夢夢沉吟半晌，說，她認為吳依光是她的朋友，朋友是不能獨吞獎金的。聞言，吳依光眼睛一熱。夢夢又說，總之妳盡量，沒時間畫圖，就陪我想對白跟分鏡。稿子進展到第十頁，吳依光確信這部作品會得獎，且很高機率是首獎，手上的稿子遠比去年首獎作品優秀。吳依光日漸不安，這麼出色的作品，她的參與太薄弱了。一日，吳依光提議，夢夢休息一天，漫畫稿由她帶回家，加工細節。夢夢問，妳父母發現了怎麼辦？吳依光舉手發誓，她會用盡手段保護這部作品。

那晚，母親端著削好的蘋果，走進吳依光的房間。母親從不敲門，吳依光的耳朵早被訓練得很是靈敏，她聽得出那經過計算的腳步聲，快一步把漫畫稿壓在參考書底下。她面不改色地對母親說，明天有數學考試，我先讀書，待會再吃。母親的眼周浮腫暗沉，雪白的襯衫跟窄管西裝褲尚未換下，她沒有多想，放下那盤蘋果，輕輕把門帶上。隔天，吳依光興奮地跟夢夢分享自己如何警覺，幾乎是聰明了。

夢夢也笑了，她說，妳媽媽沒想像中可怕嘛。

吳依光又將稿子帶回家，兩次，三次，第四次她鬆懈了，抱著睡衣跟浴巾踏入浴室之前，忘了將漫畫稿收進衣櫃。母親輕易地從書桌取走了全部的稿子。吳依光小跑步到客廳，一眼認出餐桌上那些碎成片片的紙頁，她雙腳虛軟，搖頭，喉嚨滾出她自己也不明白的哀鳴。母親坐在餐桌前，瞪著她，手指在餐桌上有一搭、沒一搭地敲打著。吳依光痛苦地甩動身軀，跺腳，彷彿不這麼做她就要被眼前的打擊給摺倒在地。她說，妳怎麼可以這樣，這是我跟朋友一起畫的。母親冷靜地說，我知道，封面有寫她的名字，妳去跟妳的朋友說，要畫漫畫可以，但她找錯朋友了。吳依光直視著母親，這一秒，占據她身體的是全新的感受——憤怒，她攥緊拳頭，咬著牙說，妳知不知道這些是要拿去投稿的。母親聳肩，蔑笑兩聲，說，妳以為我不知道妳這陣子都在弄這個？妳們兩個才幾歲，懂什麼愛情？還畫接吻，噁心死了。母親做了個反胃的表情，說，好險我阻止了妳們，拿這樣的東西去投稿，不丟臉嗎？妳好好反省吧。

母親起身，回到主臥室，吳依光沒有時間同情自己，快步上前將那些紙片揀起，查看，她哭得臉頰溼透，內心彷彿被鑿穿一個孔。

吳依光恨不得闖進主臥室，暴徒似地翻箱倒櫃，將母親的鱷魚皮名牌包、珠寶、首飾一件件往窗外扔，但她清楚自己做不到，她承擔不起母親教她付出的代價。她抬頭，望向始終坐在餐桌一隅、目睹一切的吳家鵬。吳依光泣不成聲地問，你為什麼不幫我？我朋友一定會很生氣。吳家鵬眼神一低，十指交握，不是很果決地說，我也覺得妳才十一歲，畫這樣的愛情漫畫，好像太早了。

得知漫畫稿被撕毀，夢夢沉默了好久，才有辦法說話。她說，吳依光，妳好沒用，我就知道，我有預感不應該相信妳的。吳依光沒有還口，夢夢說得對。

考試結束，座位又換了。兩人再也沒有互動。

吳依光又瞄了夢夢一眼，好嫉妒夢夢身旁的同學，她懷念跟夢夢相處的時光。呂同學的母親詢問大家能不能跟隨她一同禱告。夢夢合掌，閉上雙眼，吳依光也跟著其他人模糊地念誦。想到呂同學在房間裡孤獨地停止呼吸，靈魂脫離軀體，說不上為什麼，吳依光的內心滲進一絲無以名狀的羨慕。呂同學去到一個沒有人聯絡得到他的美好所在，悲傷則悉數留給家人。吳依光又看了一眼呂同學的母親那哀痛逾恆的面容，內心升起嘆息，啊……若今天死去的人是她，母親會流露這樣的表情嗎？是的話，她要怎麼做才能親眼目睹這一幕呢？

盤子裡的餅乾一片片被吃掉，果汁也被倒得半滴不剩，來到告辭的時刻。班導語調比來時輕快，她說，跟呂同學的媽媽說再見。同學們整齊揮手，順服地展示離情依依。吳依光的鞋帶掉了，她彎下腰，俐落綁好，深怕自己被遺留在這座瀰漫著寂寞憂傷的美麗別墅。吳依光跟上一位呵欠連連的男同學，厚重的外套讓他的頸項悶出溼亮的汗液。隔壁的女同學們淚痕半乾，低聲不知說些什麼。一群人行至轉角，吳依光回頭一望，呂同學的母親垂著頭，以指尖抹去眼淚，那姿態讓吳依光聯想到受傷的動物，鶴之類的。呂同學的父親握著妻子肩膀，臉上滿是淚水。看來，虔誠的人也有承受不住的日子。吳依光此生首度有了「這些大人好可憐」的心情，在此之前，她相信孩童跟大人的差異在於，只有孩子才無法拒絕命運，大人不然，他們強壯得足以反抗。

老師很難過，這件事讓我的心好痛。吳依光一送出訊息，立刻關掉手機。

7

隔天，吳依光是被市內電話的鈴聲給吵醒的，她坐起身，發現自己在書房的沙發床睡了一夜，她抓起扔在地板上的眼鏡，推門走向客廳。謝維哲一頭亂髮地從主臥走出，兩人互看一眼，謝維哲率先停下腳步，這個不起眼的小動作，顯示他對於電話是誰打的，已有定論。吳依光接起電話，是吳家鵬，她猜錯了，她以為是母親。

吳家鵬的語氣稱不上友善，怎麼昨天妳媽打給妳，妳都不接？妳媽緊張到一整晚都睡不著，現在，她的脾氣也上來了，妳待會打電話跟她解釋。

吳依光沒好氣地反問，爸，你打這通電話，就只是為了要我去跟媽說話？吳家鵬安靜幾秒，不無尷尬地說，我當然關心妳，不只我關心妳，妳媽也關心妳。不然怎麼會一直打電話給妳呢？

吳依光按了按眉心，問，你們是怎麼知道的？吳家鵬回，妳上電視了，妳跟一個胖胖的男生站在醫院的門口，記者都拍到了。

吳依光的背脊一涼，是誰通知記者的？記者是否捕捉到她應付許主任的蠢樣？母親加入這場對話，看來她一直守在旁邊。她問，如果我們沒問，妳打算拖到什麼時候才告訴家裡？吳依光回，我有很多事要處理，我處理完就會告訴你們。母親又問，跟妳說話的是誰，不是校長吧，我記得你們是女校長。吳依光削去自己聲音裡的任何情緒，她說，媽，我現在不想談這個，我說過，等我處理完——母親打斷吳依光，再次繞回原點，說，我覺得這件事很嚴重，我現在就要確定妳知道自己在做什麼。吳依光的眼球後方傳來陣陣刺痛，她幾乎是哀求了，媽，讓我休息一下好嗎。

然後，吳依光聽見，話筒另一端，母親下達了指令，換你跟她說吧，你告訴她，我們之後再打給她。吳依光對著話筒說，謝謝，我聽到了，她毫不戀棧地掛上電話。

想像母親此刻的眼神，冰冷、抽離、神祕，彷彿只要她願意，她可以讀取妳所有的想法，妳怎麼做都阻止不了。這是吳依光犯錯時母親的懲罰手段之一，她會命令吳依光站好，她要以那居高臨下的眼神地審判她、細數她的過錯。

母親很少揍她，她相信無能的人才會選擇暴力。吳依光曾試圖說服母親，我寧願被痛揍一頓，也不要妳以那樣的眼神看著我。母親的回答是，那正是她要的效果，她說，妳最好記住這種恥辱的感覺，提醒自己不要再犯錯。

謝維哲走近，試探地問，妳爸？他的臉頰略帶溼氣，頭髮倒是撫順了，在吳依光和父母說話時，他完成了盥洗。吳依光望著丈夫，沒來由想推敲，在百合面前，謝維哲是否也這麼矜持？他是否會放縱自己的髮尾亂翹？吳依光深諳自己不應該如此掛念丈夫的外遇對象，弔詭的是，唯有想著百合，她才能暫時忘記「吳老師」的身分，她才能從「蘇明絢為什麼要自殺」的纏念中得到片刻的釋放。

她迎上謝維哲關心的眼神，問，你怎麼會猜是我爸？謝維哲的眼神閃過一絲倉皇，須臾，他才吞吞吐吐地說道，我想說這個時間打來，不是妳媽，就是妳爸，可是，如果是妳媽的話……。謝維哲打住，吳依光以眼神示意他說下去，謝維哲瞄了地板一眼，口吻頗有破釜沉舟的況味，如果是妳媽的話，妳現在應該會更不開心。

吳依光定定地看著謝維哲，為什麼兩人的對話不曾銘心刻骨，謝維哲依然摸透了她跟父母的關係有多麼扭曲？她不認為，人會花心思去釐清自己一點也不愛的對象。既然如此，他是同時愛著她也愛著百合嗎？

吳依光跟謝維哲初次見面，身邊都跟著自己的母親，同行的還有莫阿姨。莫阿姨跟兩家互有來往，也是促成雙方認識的橋樑。

出門前，吳依光仍做困獸之鬥，她挖苦地說道，若謝維哲有莫阿姨形容得這麼優秀，為什麼年近四十仍需要透過長輩的介紹來認識女性？母親轉述莫阿姨的說詞，謝維哲個性內向，不太懂得怎麼搭訕女生，之前好像也沒什麼戀愛的經驗。說完，母親加上自己的評價，我聽了就覺得這樣的人很適合妳。

吳依光沒有蠢得去追問，為什麼這樣的人適合自己，她聽得出這段話的底下蟄伏著某種翻舊帳的興致。她放棄掙扎，說，我們走吧。

踏進餐廳，吳依光找著朝他們揮手的莫阿姨，莫阿姨示意吳依光在謝維哲面前坐下，吳依光照辦。莫阿姨又催促，妳好歹跟人家自我介紹一下吧。吳依光半推半就地抬眼，看向謝維哲，令她驚訝的是，她看到一張緊張、仍試圖表達友善的臉，這就是吳依光對謝維哲的第一印象：他們是同類。

他們不擅長讓人失望，哪怕是陌生人。

莫阿姨說，年輕人見面，第一餐最好吃下午茶。茶，餅乾，蛋糕，都是可以咬一下，啜一口再放回去的吃飲，不影響聊天。語落，綁著馬尾，身形瘦弱的服務生端著盤子走來，她突然失了重心，盤子一斜，艷紅的草莓自雪堆般的奶油墜落，所有人的視線跟著那顆草莓在桌面上滾了一圈又一圈。草莓停在吳依光的面前，服務生慌張地跑來，揀起，鞠躬道歉。莫阿姨啊了一聲，說，怎麼這麼不小心，會補一份新的蛋糕吧？吳依光覷了謝維哲一眼，謝維哲尋常地回視著她，沒有受到驚擾。吳依光低頭，瓷杯裡茶湯清澈如琥珀，她撫著杯身的指尖發燙，眉心卻隨之一寬，她找到第二個共通點：他們不在意別人犯的錯。吳依光偏著頭，瞇細了眼，她好訝異，這麼短的時間，自己就不排斥謝維哲了。

始終寡言的芳說話了，吳依光謹慎地諦聽這位相貌平凡的婦人。芳說，我們家這個兒子，從小就不喜歡說話，長大後也一天到晚窩在實驗室裡做研究，如果他說話有哪裡不周到，請吳小姐多多包涵。母親接腔，這樣很好，我不太喜歡能言善道的男生。吳依光腦中浮現了一個身影，她質疑，母親是否在指涉那個人，都是好久的事了。

謝維哲仍是安然地微笑，他坐在一群女人之中，像個懂事的小孩，既不吵鬧，也不發呆，像是隨時都能接收別人的使喚和差遣。吳依光的視線投向莫阿姨，她端起茶杯，小口小口啜吸，眉眼不無功成身退的得意：她給雙方都找來合適的人選。

8

還有約莫一成的學生沒有讀訊息。幾乎全是吳依光默默歸類為住在「溫室」的學生，她們的手機，一回到家，就會被沒收。小時候，吳依光的家裡沒有第四臺，母親認為娛樂不是令人變笨、就是變得邪惡，或者以上皆是。十幾年後，相同的論述捲土重來，差異在於第四臺換成了「網路」。想到這些學生還活在蘇明絢並未死去的世界，吳依光想，「溫室」為她們封存了一個和平的週末。

吳依光曾這樣提醒學生：有些作業的解答會公布在班級群組，沒有社群帳號的同學，再找時間聯絡小老師。稍晚，吳依光接到一位家長的來電，對方的語氣飽含怨懟，她質問為什麼吳依光要求學生加入班級群組。吳依光婉轉解釋，她沒有要求，只是建議。女人不怎麼領情，她進一步埋怨，吳老師，當初聽到班導是妳，我就覺得不是很適合，妳太年輕，又沒有小孩，妳不能理解現在小孩需要什麼，不需要什麼。

聞言，吳依光身子一熱，胸口隨之起伏，女人不打算給吳依光說明的空間，她留下一句話，介於請求跟警告，妳是班導，我希望妳考慮一下，不禁止學生使用網路會導致多少問題。說完，女人逕自掛斷電話。

吳依光只能看著自己的手心，喃喃自語，不是這樣的，妳說顛倒了，正因為我沒有小孩，我才更明白小孩需要什麼，不需要什麼。

吳依光困於這樣的命題很久了，她常在雜誌、談話性節目，看著人們胸有成竹、侃侃而談，成為父母之後，他們如何更包容，更能辨識生命任何細小幽微的徵兆，以及，更加完整，孩子的到來讓他們看清往昔渾然不察的匱乏。

吳依光對於這樣的見解始終懷抱著本能上的質疑，她想，父母這個身分也會悄悄地在另一個層面形成暗影。有些人因此忘卻他還是人子時，深怕被控制、被定義、被錯誤解讀的恐懼。

隔天，與何舒凡餐敘。吳依光不由自主地還原自己跟女人的對話，更精確地說，是女人單方面的宣示。何舒凡凝視著吳依光，鏡框後的雙眼如湖泊，閃熠著細碎的光，她問，妳想跟學生對質嗎？吳依光搖了搖頭，說，不，這麼做，一點意義也沒有。我只是好納悶，這些人沒有想過，這樣子跟我說話，我以後看到學生本人，要怎麼心平氣和？學生也是，她就不害怕這麼糟糕的謊言直接被拆穿嗎。何舒凡把切成小塊的羊小排放進嘴裡，好一會，她反問，如果學生很清楚呢？其華的學生都不笨，說不定她很清楚自己的謊言很快就會被識破，既然如此，問題落在她為什麼要這樣做？

吳依光呼吸一緊，等著何舒凡說下去。

何舒凡穿了件高領蕾絲邊襯衫與牛仔短褲，腳上踩著墨綠色綁帶涼鞋，與她在學校的穿搭可說是天壤之別。吳依光跟日常並無二致，米白色襯衫與卡其色直筒長褲。

說到穿衣，吳依光沒遇過比母親品味更好的女性，工作、日常和度假，她都有自己的獨到的審美與執著。謝維哲也說過，第一次見面，返家之後，芳對於吳依光母親手上的腕錶與襯衫依然念念不忘。吳依光告訴謝維哲，分別是Chanel跟Stella McCartney。謝維哲哦了一聲，說他只聽過前面那個牌子，吳依光無所謂地聳肩，她說，我認識那些牌子，但我不會買。那不是我想追求的人生。

吳依光沒有說出口的是，我不想變得和母親一模一樣。所有見過兩人的人，都會說，她們的長相是一個模子印出來的。吳依光可以抵抗的只剩下穿著。

何舒凡苦笑，說，從妳的描述，這位家長對自己非常有自信，我猜，她平常在家裡也是這樣發號施令的角色。合理嗎。吳依光思索半晌，點頭。何舒凡吐出一口長氣，輕輕按著額際，說，依光，這些話，我不是以同事的立場，而是以朋友的立場說的。我們在學校修了很多理論，但我當老師這麼多年，反而覺得最重要的一件事教授們都沒說，那就是，老師這工作要做得長久，一定要時不時同情一下自己的學生。以妳的例子來說，學生在幹嘛呢？把老師的話改成對自己有利的形式，再說給家長聽，幸運的話，父母退讓，學生拿到上網的權利，不幸的話，就像妳遇到的，父母數落老師，老師考慮要不要去興師問罪。可是，不能上網跟惹怒老師，哪個更煩呢？

何舒凡喝光杯中的氣泡水，語速越放越慢，每一年，看著學生，我越來越相信，我再怎麼做也無法完全地理解他們，我是上個世紀的人，這注定了我和他們在很多話題永遠不會形成共識。就像現在，我跟妳可以這樣，面對面、看著彼此的眼睛說話，我不認為我們的學生喜歡這麼做。他們更傾向隔著一層媒介說話。現在的學生的友情多半是在我們看不到的網路、一則一則訊息堆起來的，白天我們看到的那些互動，更像是過場跟幕後花絮。回到這位學生，她一回到家就不能上網，換句話說，她只能在過場跟幕後花絮經營人際，她大概覺得，自己活得比其他人辛苦吧。

吳依光咬了咬牙，問，沒有同情之外的選項嗎。

何舒凡又倒了一些氣泡水，說，我遇過跟妳很像的情形，那時，我很嚴肅地教訓那位學生，問她為什麼要這樣利用我？那位學生竟然跟我說，如果我的話有人聽，我幹嘛用老師的名字呢。然後，我笑了出來，對，笑出來，啊，可惡，還真的是這樣。我現在可以諒解了。他們的確犯了錯，不過，我也同情他們，好可憐，自己想要的東西，卻得借別人的名字才能得到。我不跟你計較了。聽起來好像有點自欺欺人，不過，我寧願這樣，這麼做我的內心平靜多了。

半晌，吳依光說不出話來，某個程度上，她心知肚明何舒凡是拐著彎勸哄她就此放下。何舒凡做到了。吳依光再次想起這位學生，心中的芥蒂的確淡了。

另一方面是，何舒凡對那位學生的描述，屢屢讓吳依光聯想到自己。

她也是沒有聲音的小孩，她想偷的豈止是名字，而是別人的人生。

好可憐。

9

十歲，呂同學過世前一年，吳依光內心升起一個困惑：為什麼她的父母是眼前的這對男女，而不是其他人呢。世界上明明有形形色色的人。

吳依光不曉得其他小孩是否也有相同的困惑，她只曉得，擁有這個困惑的她，說不定哪一天會受到懲罰。沒有人明確告誡一個小孩不應該擁有這樣的想法，吳依光仍從日常生活、辭典裡的成語、電視上的廣告、美術課同學們蠟筆畫的房子，紅屋瓦，田字形的窗，手牽手的大人跟小孩，朦朧地拼湊出一項認知：如果一個小孩沒有在家庭裡感到幸福，那一定是那個小孩的問題。即使只是在心底靜默地，來回撥動這個困惑，她也感到虧欠，似乎對不起誰。

吳依光之後回首，遲遲領悟，人跟命運的關係，就像魚跟水，魚明明徹底浸潤於水中，卻對水的存在不怎麼上心，非得等到有日，水濁了、溫度不對勁了，魚才會溫吞地想，今天這水，真是怪啊。吳依光對父母的困惑，也是她發現「命運」的過程。她怎麼會是這對父母的小孩，而不是其他父母的呢？

名叫吳依光的人，她的命運的毛病是，她愛母親，但她不喜歡母親。

今生這命運，真是怪啊。

即使知識青澀，吳依光也依稀感應得到，命運不是她可以拒絕的事物，她只能以孩童的程度去與命運共處：想像眼前的一切都是陰錯陽差。如同童話，公主的生母不幸病逝，國王新娶的後母妒恨與自己沒有血緣關係的公主，國王被繁瑣的國事弄得分身乏術，忽略了他寂寞的小女兒。有一天，仙女找到可憐兮兮的公主，將她用力抱入懷中，說，妳並不屬於這裡，跟我走吧。屆時，公主必然得克制著內心的激動，禮貌地說，謝謝妳，可是我不能這樣一聲不吭地離開，我得回去跟那個女人說再見，終究我也跟她生活了這麼多年。

後母會怎麼反應？她是否會驚愕、嚐到被背叛的苦澀滋味？是否會握住她的手腕，喝斥，妳不能說走就走，妳是這個王國的公主。另一個吳依光更著迷的幻想是，後母悔恨地掉下眼淚，哀求公主繼續待在她身邊。而公主故作沉思，心中早有定見，她會保持優雅和風度，說，王后，妳這樣挽留我，我很榮幸，不過，過往妳的行為，我並不認為妳是真心誠意享受我的陪伴，我決定跟仙女展開新的生活。

公主自然是吳依光，後母則是母親。

吳依光感受不到愛的時刻，腦中就會自動浮映王國、公主、後母和仙女，一幕幕的畫面令她重拾希望，她在心中朗誦，王后，我特地來這裡跟妳告別。

學期初，吳依光舉手，自願擔任副班長。在此之前，她當了一學期的班長，也是那屆的班級模範生。說是選拔，實際是導師勾選，並未經過學生投票的流程。朝會，各班模範生排隊上臺接受表揚，掌聲如海潮般襲來，攝影師站在司令臺正前方，指揮學生們準時微笑，那時是底片相機，每個快門都不得馬虎。

母親看了看獎狀和相片，發表評語，妳以後拍照，嘴巴不要張那麼開，很難看。吳依光點了點頭，她也覺得自己的笑容很醜。母親又問，一個年級有幾位模範生？吳依光想了一下，答，十七個。母親沒有再問下去，吳依光了解母親，這反應表示她認為這不算什麼。一個年級十七個人，一間學校有上百位班模範生，一座城市有上百間國小。跟母親的成就比起來，連零頭都稱不上。

吳依光學過一年的珠心算。母親說，這對考試有助益，其他學生還在土法煉鋼地進位，吳依光早已推進至下一題。某個晚上，母親要求吳依光在算盤上，從一打到一百，吳依光推得指腹發疼。母親說，妳記住從一到一百有多辛苦了嗎。吳依光甩了甩手，說，記住了。母親沉吟片刻，又說，記住這感覺，這就是競爭。在我的年代，一百個考生，不到一個可以進入最好的大學，妳必須超越九十九個人，直到妳成為第一百個，也就是最好的。

母親抵達了這麼困難的終點，看看自己，班級模範生的身分，只是僥倖被老師所眷愛。吳依光把獎狀跟照片收起。母親安靜下來，不知道工作的哪個環節又勾住了她的思緒，經驗提醒她，這時候最好別打擾母親。吳依光輕手輕腳回到房間，從書包裡倒出考卷，在老師紅筆劃出的空格，訂正錯字。

晚餐，吳家鵬滿臉倦意，大概又度過了他時時掛在嘴邊的「好長的一天」。母親雙手叉腰，守著爐子上滾沸的湯。吳依光重提自己拿到的獎狀和照片，吳家鵬哦了一聲，他撐開眼睛，臉上恢復了一點生氣，他伸手橫過桌面，在吳依光的頭頂輕拍兩下，說，妳做得很好。接下來，他又倒回椅背，以筷子挾起肉絲，送進嘴裡。吳依光的心揪起，抽痛，她幾乎想拜託父親，再一次，再一次讚美她，雖然她沒有追過九十九個人，但她也沒有搞砸。這一秒，她又想起了她的王國。仙女怎麼來得這麼晚呢，我再也不能跟我那疲憊的父王跟陰晴不定的後母相處了。

似乎有誰回應了她的呼喚，仙女出現了。

副班長的職責是點名，記錄遲到與缺席的同學。導師把吳依光喚到跟前，叮嚀她，轉學生，三十一號黃同學，上學時間延後至七點五十。吳依光沒說話，暗忖，怎麼這位同學享有特別待遇呢。隔天，七點四十分，黃同學仍未現身，吳依光闔上點名簿，盯著壁上的石英鐘，四十二、四十三、四十五分，啊，身材細瘦的女同學從走廊另一端慢吞吞地走來，一位婦人扶著她，肩上掛著書包。女同學一走近，吳依光發現對方面無血色，嘴唇帶青。她問，三十一號嗎。黃同學緊張地看了吳依光一眼，氣若游絲地說，是。婦人揉了揉女兒的後腦勺，彎腰，飛快地啄了一下，然後她說，寶貝，今天也要加油。這幅景象從此烙印在吳依光的腦海，年復一年，她在不同的場合，校園、蕭瑟的街道、東京的咖啡廳、梅姨在美國的家，只要她看見特別親愛的母女，她就會想起這一刻，她眼睜睜看著，意識到自己深受辜負。

過了一個星期，導師神祕兮兮地說明了黃同學的病史，她患有先天性心臟病，動過四次手術，一度中斷學業，是以，她的年齡比所有人都大上一歲。黃同學的父母為了治療女兒的惡疾，散盡家財，學校免除了黃同學的部分學雜費，家長會也發給急難救濟金。班導語氣一轉，要吳依光保密，無論是黃同學的病情，或者家境，班導擔憂有些同學拿來做文章。吳依光未置一詞，只是眼神閃爍。

黃同學讓吳依光明白，有些小孩身有殘缺、無所事事，仍得到至好的愛。吳依光又撞見幾次，母女倆的親吻、擁抱和安慰。一股古怪的情緒在她的心中蔓生，她問自己，黃同學不需要王國，她的現實已足夠美好。

段考結束，運動會緊跟在後。母親遠赴歐洲出差，為期十天。晚餐，吳家鵬讓女兒做主，吳依光請吳家鵬外帶義大利肉醬麵。吳依光手持叉子、捲動過硬的麵條，眼角瞄到吳家鵬不小心把肉末甩到了餐桌，他抽了兩張衛生紙，沒有沾水，敷衍地揩掉。若母親在家，這個隨便的動作必然會逼得她抓狂。吳依光後知後覺，父親也跟她一樣，因母親的缺席而比平日更加自在。她陷入猶豫，眼前說不定是個好機會，她有許多問題想問父親，比方，為什麼他們只生一個小孩？為什麼每一次梅姨宣布要帶著兩個表妹回來，母親就會異常焦躁、神經質？更令她摸不著頭緒的是，等母女倆在機場接應梅姨一家三人，母親又會恢復從容。她會一把取走即將從喬伊絲或愛琳肩頭滑落的提袋，捏捏兩位外甥女的臉蛋，問候出發時的天氣、航程是否經歷了亂流。兩個小女孩如麻雀般說個不停，一個才說完，另一個就忙著接上，中間穿插著梅姨沒什麼威嚴的提醒，說中文，妳們答應到臺灣就要說中文了。

吳依光沒有採取行動，她擔心父親會轉述給母親聽。但凡與女兒相關的事物，吳家鵬向來是交給妻子拿捏主意。他曾半正經、半玩笑地說過，生兒子我還知道要怎麼管，女兒我就派不上用場了。小女孩的心思太細膩了。

吳家鵬詢問女兒大隊接力的棒次，他有些歉意地說，他清晨無論如何都必須去陪一位客戶打高爾夫，他會努力趕上女兒的競賽。吳依光嗯了一聲。內心不抱期望，以諾言來說，母親的更可信。母親不輕易答應，一旦答應，就會全心全意做到。

晚上八點半，最遲不超過三十五分，遠方的母親打來電話，多半是詢問吳依光作業的繳交情形與考試分數。掛上電話之前，吳依光會說，媽媽，晚安。有一、兩個夜晚，時間搭不上，母親前一晚預告，明天就不打給妳了。吳依光很矛盾，她既喜悅擺脫了那些管控，又禁不住對著窗外街燈暈染的黃光，思念起母親。

她的人生中，經歷了好幾回這樣，迷濛的，難以定義的深邃感情，對象全是母親。

體育老師給體弱的黃同學編了個意想不到的輕鬆差事：趣味競賽的評審。運動會當日，教室後方疊滿學生家長送來的數箱飲料，餅乾跟水果。吳依光的父母捐了兩箱進口蘋果汁。吳依光翻找著黃同學一家的捐贈，她什麼也沒找著。吳依光咕噥，黃同學真好命，什麼便宜都占去了。

一轉身，黃同學的父親碰巧映入眼簾。他穿著褪色的運動夾克，矮小，黝黑，說話時一嘴凌亂的黃牙，脖子掛著一臺笨重的相機，他亦步亦趨跟在妻子身後，時不時舉起相機，東拍一張，西拍一張，彷彿對眼前所見興致盎然。

吳家鵬果然來遲了，他小跑步進教室，運動外套掛在手上，上過臘的皮鞋微微發亮。一見到吳依光，吳家鵬嘆氣，我想了想，還是回家沖個澡。吳依光別過頭，背對父親，半個小時前，競賽結束了，吳依光追過兩名選手，吳家鵬什麼都沒看到。

黃同學出現了，她才結束評審的工作，臉頰泛紅，粗喘著氣，雙眼晶亮，彷彿對自己很是滿意。黃同學的母親小心地以手帕吸取女兒額際的細汗，她的父親從保溫瓶裡倒出一些什麼，遞給女兒，黃同學咕嚕咕嚕喝完，把杯子送回去，甜笑，說再來一杯。黃同學的父親又倒了一杯給女兒，他從口袋裡摸出一把糖果，剝開蠟紙，遞給女兒。黃同學沒有接過，反而是抓走父親其他的糖果，塞進口袋。黃同學的父親抬手，彈了女兒的額頭一下，說，再吃這麼多牛奶糖妳要蛀牙了。黃同學的母親打斷，說，我們去拿披薩吧，老師說有家長送來了好多披薩。

這一家人從衣著到每一個動作，都散發著窮酸的氣息，吳依光卻像是受詛咒似地，不能移走視線。聽到披薩，她看向父親，吳家鵬加訂了十盒披薩跟五桶炸雞，做為遲到的賠罪。兩、三位同學拿了披薩，特地走到吳依光面前，說，謝啦，副班長。吳依光看著黃同學拿回三份披薩，一家三口吃得沉醉盡興，一會吮掉手指的醬汁，一會交換口味。吳依光認為自己該採取一些行動，她起身，走過去，幾乎要脫口而出，妳是不是習慣了別人為妳付出？想到黃同學倏地停止那愚笨的微笑，吳依光心跳加速，雙腳興奮地顫抖。突然，黃同學抬頭，直視吳依光，她舉起披薩，說，副班長，謝謝妳爸爸送來的披薩。好好吃。真的好好吃。

吳依光點了點頭，接著，她躲進廁所，在窄小的空間，吳依光按著胸口，流下眼淚，兩人眼神交會的剎那，吳依光看清了她的渴望——她好想變成這家人的女兒。

這個認知讓她腦中一片空白，吳依光不得不落荒而逃。

10

送出那則訊息，週末兩天，吳依光再也沒有拿起手機，一次也沒有。

星期六，吳依光攤倒在沙發上，好長的時間，她動也不動。謝維哲熬的粥她沒碰，她沒有胃口，只喝得下一點水。傍晚，謝維哲結束與其他教授的餐敘，回到家中，他坐在地板上，問妻子需要什麼。吳依光說，我什麼也不需要。不過，你可以坐在這陪我一下嗎？謝維哲說，當然沒問題。吳依光問，你不覺得奇怪嗎，我昨天還可以走路，吃東西，現在什麼都辦不到。我在想，禮拜一是不是請假好了？我自己都快倒下了，要怎麼安慰三十幾個學生呢。謝維哲不發一語，似乎在評估代價。吳依光拍了拍丈夫的肩膀，說，我開玩笑的，你別放在心上，我很清楚我的責任。聞言，謝維哲的臉色增添了一抹憂悒，他輕聲問，有什麼是我可以為妳做的？

謝維哲跨過了線。

傾聽心事，為彼此分憂解勞，從來不是這段婚姻的基礎，這點，吳依光不曾混淆，否則百合是怎麼介入的？不過，她很感激謝維哲這麼問了。吳依光輕聲細語，我希望接下來幾天你什麼也不要問，把我當成透明的也行。在學校我要回答的問題夠多了，回到家我只想要平靜。然後，不介意的話，傳一封訊息給我爸媽好嗎？說明天我們要去找前輩請教之後該怎麼做，當然，這是說謊，我哪裡也不會去。但他們必須知道我有在做事，才不會像之前那樣，直接跑來這監督我的一舉一動。吳依光以手臂擋住自己的眼睛。不敢去看謝維哲的反應。她也跨過了線，這是她第一次向謝維哲透露對自己父母的畏懼。她向來掩飾得很好，但她現在沒有力氣繼續偽裝。

謝維哲說，好，放心，我待會就去傳訊息。

吳依光沒有過問謝維哲在訊息內說了什麼，她只能從結果判斷，謝維哲成功安撫了父母。她得到了一個安靜的星期天。何舒凡在管理室放了一個紙袋，裡頭是一盒生巧克力跟一張紙條，紙條寫著，再怎麼悲傷，巧克力還是甜的。吳依光前後讀了兩次，典型何舒凡的風格，她取出一塊生巧克力含在嘴裡，何舒凡是對的。

星期一，吳依光穿著米色襯衫，黑色長褲，現身在學生面前。兩位「溫室」學生們睜著雙眼，一臉難受，看來她們才剛被告知蘇明絢的死訊。也有幾位女學生眼眶泛淚，嘴裡含著嗚噎，說，老師，我的心也好痛……。

她們在回應吳依光傳到群組內的訊息。吳依光食指抵著嘴唇，不讓學生們說下去，她望向司令臺上的劉校長，說，先聽校長說話。

近年，不少高中廢除朝會。劉校長接受採訪時，說，不考慮跟進，其華女中的朝會已減為一個月一次，不至於占用學生時間。此外，她認為朝會有凝聚向心力的功能。

吳依光不禁想問，劉校長會後悔去年執意要延續朝會嗎？這一次的演說，比去年墜樓的杜同學更難。杜同學是從自宅頂樓縱身一躍，而蘇明絢選擇的是校園。劉校長不能僅止於訴說自己的不知所措與悲傷，她還得進一步地，像工人們拋磨地板，嘗試消除蘇明絢血跡般，消除學生對於這所學校任何不祥的聯想。

劉校長的開場制式，沉穩，上個禮拜五，我們失去了一位同學。底下學生一陣騷動，窸窣的交談此起彼落。老師們紛紛起身控制秩序。劉校長拖了幾秒，才又說下去，我說過很多次，其華女中是一座花園，妳們，每個學生，都是這座花園裡獨一無二的小花。我們都知道植物必須要照到陽光才能生長，但，妳們也知道，不可能每天都是大晴天，就像最近，時常下著雨……。

學生們不知不覺露出抽離、茫然的神情，有些人發起呆來，也有些人低頭私語。吳依光看得出劉校長的言語沒有打動她們，這些女孩是社群原生代，很懂得推敲言論的背後的範本與設定。以她們的用語來說，現在，劉校長是用「大帳」在說場面話，她們想聽的、想看的是更私人的「小帳」，如果校長有的話。

吳依光輕嘆，再過不久，她也要以班導的身分走入教室，撫慰學生們的憂鬱。學生們會忍受劉校長的行禮如儀，卻不會以相同的標準對待她。吳依光在書房自言自語一整夜，只為找出最適切的說法，她很清楚，不能像在許主任面前那樣，一再地回答不知道。學生們不至於責怪她，但學生們會對她感到失望。

失望，正是吳依光最難以負荷的情緒。

校長的演說結束了，微風拂過，吳依光手心一冰，她的掌心浮滿了細汗，她不是會流手汗的人。她想逃。吳依光猜，有拒學症的老師不比學生少吧。頻繁請假的孩子，一屆隨著一屆增加了。最普遍的說法是，不快樂的校園生活逼走了孩子。吳依光也曾打過電話，詢問學生不來上課的理由，那些父母的聲音聽起來很是苦惱，也有父母很是憤怒，說這樣的詢問太晚，也太消極了。

吳依光幻想，假設有一天，她從校園逃跑，就像此刻，她想要趁著所有人不注意的間隙，悄悄地翻牆，再也不回來。學校是否也會打給她的父母，以溫暖、誠摯的口吻說，請你的子女回到學校吧。母親又會怎麼說呢？吳依光模擬著母親的語氣，抱歉給你們添麻煩了。這個孩子，我就知道，沒有人盯著，她什麼也做不到。

學生們不一會全到齊了，包括吳依光以為會請假的鍾涼，只有一張座位是空的。

距離上課鐘響還有四分鐘，第一堂是地理課。

各位同學早安。吳依光開口，三十幾道視線立刻投向她的臉頰，她手背上的汗毛根根豎起，吳依光調整呼吸，接著說，校長擔心刺激到同學的心情，沒有講得很清楚，不過，妳們也大概知道發生了什麼事，我想要稍微談一下……這件事。

剩下三分鐘二十秒。

吳依光嚥了嚥口水，說，我們都認識蘇明絢，跟她聊過天，還一起去了畢業旅行。老師看了一些報導，我不知道妳們是怎麼想的，但我對她的回憶不是那樣的。記者寫了幾百字，不代表他們了解蘇明絢，對吧？我接下來要說的話，妳們聽了也許會難過，這很正常，我們跟蘇明絢之間是有感情的。我們上學期讀過白先勇的〈樹猶如此〉跟袁枚的〈祭妹文〉，裡頭都描寫到一個主題，重視的人過世了，該怎麼走下去？兩位作者寫出自己的悲傷。我不會說妳們不要太難過之類的話，我反而覺得，有時，我們應該要感到難過。

學生們的目光沒有絲毫偏移，她們屏息等候下一句。

吳依光瞧了一眼蘇明絢的座位，這麼說並不精確，世界上再也沒有這個人，主體消失了，沒有任何一件事物是「她的」，而是她留下來的，她使用過的……。再過幾天，必然得重新安排教室的位置，以免這空掉的座位令人觸景傷情。

剩下一分鐘五十秒。吳依光放緩語調，切入正題。上個禮拜五，第八堂課結束沒有多久，蘇明絢從頂樓往下跳。有些同學那時還在學校，應該有聽到救護車的聲音。醫院很努力地搶救蘇明絢，但是，人沒有救回來，她傷得太嚴重了。

教室後方有人舉起了手，吳依光一時半刻竟想不起那位學生的名字。

女孩問，老師，為什麼會這樣？

預料中的問題。

有些同學轉頭望向走廊上走動的人影，吳依光確定她們仍在全心全意地傾聽。教書這幾年，吳依光歸納出一件事，單憑眼神推敲學生們的心事，好容易失準。有時，越是在意的事情，她們越是故作無心。

鐘聲響起。吳依光眨了眨眼，說，我想先跟同學們承認一件事，我不知道蘇明絢為什麼要這麼做，我想了兩天，一點頭緒也沒有。她似乎沒留下任何線索。

地理老師握著馬克杯，出現在門口。

吳依光環視著每一位同學，說，各位同學，下午第一堂國文課，輔導主任會來跟大家說幾句話。我們到時再繼續。

吳依光匆忙地趕到另一間教室，一站上講臺，同學們停止鼓譟，看著她，沒有掩飾眼中濃重的好奇。吳依光苦笑，說，我知道妳們想問什麼，之後再談好嗎。

這一班的學生們不認識蘇明絢，對她們而言，問題的核心不是蘇明絢為什麼自殺，而是為什麼有和她們一樣年紀，生活條件差不多的女孩，決定結束自己的生命？這個問題更抽象，也更困難，背後指涉的是，怎麼樣的生命不值一活？

好不容易熬到下課，吳依光回到休息室，迫不及待想見到何舒凡，她需要有誰給她一些安慰。何舒凡不在，桌上有張便利貼：許主任請妳一有空，立刻去找他。

吳依光做了幾次深呼吸，才向前一步，跟背著雙手，對著操場發呆的許主任打招呼。許主任的視線在吳依光的五官逡巡了一會，才問，跟班上的學生說過話了吧？

吳依光照實回答，第一堂課之前，有說了一些，下午輔導主任也會來班上。許主任點頭，又說，接下來兩個禮拜是重點觀察期，要密切追蹤每一個學生的心理動態。他停頓幾秒，又問，妳考慮寫一封信給班上嗎？也給學生父母一個交代？

吳依光看著許主任，嘴巴半張，不知怎麼反應。

許主任嘆了口氣，說，看妳這樣，妳沒有這個打算吧。那妳目前為止做了什麼？

吳依光承認自己在班級群組發了一則訊息。許主任眼睛一亮，伸手，說，我要看。意思是，他要吳依光交出手機。

吳依光身體不自覺地向後退。

見狀，許主任側過臉，碰了碰陽臺脫落了一小角的瓷磚。他說，吳老師，現在是緊急狀況妳懂嗎？對妳來說，蘇明絢是第一個自殺的學生，對我這學務主任來說，是第二個，杜同學即使是在家裡跳的，有些人也算在我頭上。我這兩天給妳擋了很多記者的電話，妳不知道吧？如果再有第三個，我乾脆辭職回家喝西北風好了。

吳依光感覺得有什麼在胸口炸開。她覷了許主任一眼，不敢輕舉妄動。許主任耙了耙略顯稀疏的頭頂，加強語氣，吳老師，我是腹背受敵，我要擔心記者下的標題，又要想盡辦法防治蘇明絢的事在學生之間起了示範作用。妳也學過，這種事會傳染的。我也不想跟妳這樣說話，好像學生自殺我都不在乎、不心痛，只在意名聲。不過，不同的位置有不同的立場，班級群組是妳的隱私，我尊重，但，妳也要為我著想吧。

吳依光還是沒有交出口袋裡的手機。

她感到挫折。

吳依光就讀其華女中的時候，身旁的同學相當迷戀發送簡訊。價格按則數計算，女孩們盡量敲滿字數。吳依光得花好多力氣。吳依光的訊息卻很短。母親給了她一支二手手機，鍵盤不靈敏，要輸入一行字，吳依光得花好多力氣。另一個顧慮是，母親定時抽查她跟同學的訊息往來。吳依光說，我都讀到其華女中了，妳還要怕什麼呢？母親說，我怎麼知道有沒有像夢夢那樣遊手好閒的同學呢？吳依光閃躲了好幾次，有一天，訊息發不出去，原來是電信費沒繳。母親故意的，這是吳依光逃避抽查的處罰。

吳依光索性告訴同學，我不喜歡傳簡訊，有什麼想說的，不能直接用說的嗎？

她寧願被視為不合群的人，也不願透露實情。

如今，許主任也要看她的手機。

許主任抿了抿嘴，好聲好氣地說，妳還記得T高中的事吧？哎，我們這幾個月跟T高中真是同病相憐，只是現在鎂光燈又落到我們頭上了。

聞言，吳依光打了個冷顫。許主任碰了兩次軟釘子，才翻開T高中這張底牌，他禮讓過她了。吳依光遞上手機，許主任在螢幕上滑了一下，尷尬地說，妳還沒解鎖。吳依光咬牙輸入一組數字，背過身。她不想要眼睜睜看著一個許主任埋首讀取她發出與接收的每一則訊息，她認為這之中具有某種不言而喻的殘忍。

T高中的事，說是老師最害怕的夢魘也不為過。

死者是一名高二的男學生，據稱他當下坐在教室外的女兒牆，跟幾位朋友戲鬧。上課鐘響，學生們紛紛往教室移動，幾秒後，走在最後的兩位學生說他們聽到東西墜落在地的悶響，幾乎是同一秒，尖叫聲自一樓擴散。男學生從四樓「掉」下去了。

男學生當場沒了呼吸心跳。

學校堅稱是意外，理由是男學生幾秒鐘前還跟幾位玩伴拉拉扯扯、有說有笑，新聞媒體也如此跟進。殊不知，不到二十四個小時，一家網路媒體刊登了男同學事發前三天，上傳至社群的文章，乍看是流水帳的生活紀錄，有一句話卻格外引人注目，**想到要去學校就很憂鬱，上學有什麼意義呢**。該網路媒體摘取這句話做為標題，文章一上架，短短半天就累積數百人留言和轉發。有人分享自己的經驗，也有人標記了教育部跟民代，說不要只在乎少子化，也要抽空看看被生下來的孩子是否幸福。

T高中再次聲明，男同學的家長也認定孩子的死是一場意外，請外界停止不必要的揣測。兩天後，其華女中的高三杜同學在深夜，被人發現倒臥社區中庭，頭破血流，已沒有生命跡象。其華女中取代了T高中成了新的眾矢之的，距離大學入學測驗不到三十天，人們率先把杜同學尋死的理由跟考試壓力劃上等號。

劉校長告訴記者，她不會說出杜同學的任何資訊，也請媒體不要忘了其華女中還有八百多名學生，再過二十幾天就要參加影響一生的考試。如此得體的說法，多少給事件的火花潑了冷水，最終的報導只占了報紙角落一隅。

T高中再次回到風暴核心。該名男同學的同學在網路上以「班導沒有同理心」為題，匿名發布了一篇文章，描述班導在安慰全班同學時，說了一句，**我以前就覺得他個性有點太纖細**。沒多久，有網友在留言區公布那名班導的社群帳戶，輿論陸續湧入，隨時有人在輸入留言。何舒凡截了其中兩則，傳給吳依光，一則是「學生都死了，還要被你這樣檢討」，另一則是「你沒有當老師的資格」。不只何舒凡，吳依光認識的許多老師，多少以脣亡齒寒的心思關切著T高中事件的發展。

何舒凡嘆氣，說，我同意這位班導說錯了話，可是，他都快六十歲了，那個年代的人對憂鬱的理解不就是這樣？心思太纖細了。想太多了。諸如此類的。每個人在職場上都有搞砸的經驗吧？但現在我們就像是動物園裡的動物，暴露在所有人的目光之下，再這樣下去，也不能怪我們的態度越來越保守吧。

這個結論，吳依光也感到沉重，兩人不再追蹤T高中事件的報導，彷彿再執著下去，他們會失去待在這份工作的決心。唯獨有一次，聊到新課綱，謝老師似笑非笑地說，妳們還記得T高中的新聞嗎，好險我要退休了，現在的老師好慘，又要應付一堆莫名其妙的職責，又要提防學生會不會上網公審自己。吳依光從謝老師的語氣中模糊地看見了一個時代的榮景正在逸失。那個時代，母親也時常表達出憧憬跟懷念，很多事遠比如今容易。為什麼？吳依光認為自己知道答案，但她不想指出來。

吳依光苦澀地想著，許主任再次提起T高中，說不定她該回去一探究竟，那位班導之後還有待在那個班級嗎？還是毫無戀棧地卸下了這個身分，遠走校園？

許主任發出一聲輕咳，吳依光拿回手機，螢幕顯示過了將近四分鐘，感覺像是好幾個鐘頭。許主任支吾一陣，說，以老師而言，妳的反應有一點……怎麼說，特別嗎？至少我就不會跟學生說，我也很難過。吳依光問，那麼主任覺得怎麼說才好？她是打從心底想得知許主任的見解。

許主任著急地說，別誤會我的意思，我不是在糾正妳。只是說，現在每一步都必須謹慎，這個年代老師說錯話的代價是很大的，T高中那次，到後來沒人分得清楚重點究竟是學生墜樓，還是老師失言。妳在群組的發言，我就想，如果有學生把這句話說給家長聽，會導致什麼效果？個性比較負面、悲觀的家長是不是會想說，這個老師在做什麼，留下一句老師也很難過，學生要怎麼振作？

許主任的預測很精準，這就是鍾涼母親的想法。

臨別之際，許主任見吳依光一臉沉鬱，彆扭地抓了抓臉，改以柔性的口吻勸說，再給妳一個小建議，我們實際上怎麼想不重要，重要的是別人怎麼想我們。

說完，許主任邁開腳步，趕往一場已經進行了十分鐘的會議。

吳依光怔忡地望著手機，自問，十七歲那年，妳活了下來，有沒有長進呀？

11

輔導主任姓簡，名均築。四十五歲上下，目測一百六十五公分，齊耳短髮，素色短衫，寬鬆的長褲與運動鞋，脂粉未施。吳依光在校園偶遇簡均築，她都是這樣的裝扮。多數學生淨空了桌面，課本、鉛筆盒、衛生紙也被收進抽屜。鍾涼的雙手擱在桌上，用右手按著左手的虎口，就像那裡有個傷口。

簡均築沒有站上講臺，她坐在講臺上，雙手放在膝頭，指頭自然地敞開，略低的位置使她看著學生時，必須稍微抬起視線。她和藹地問候，午安。

學生們升上二年級之後，輔導老師轉由簡均築擔任。吳依光偶會在學生的週記裡讀到她們對簡均築的看法。簡均築不允許學生將輔導課挪作他用，她說，輔導課就是輔導課，不是拿來考試或自習的。對此，學生們評價兩極，有學生說她滿喜歡簡均築的上課內容，也有學生對她很是反感，理由是，輔導課的目的不就是減輕學生的壓力？我的壓力就是書讀不完，我需要自習，而不是寫那些沒有意義的學習單。

何舒凡導師班的學生也是給簡均築教的，她坦言自己也有收到類似的心聲。說完，何舒凡沉吟幾秒，反問，妳不覺得這就是現在學生的困境嗎？她們實在太忙了，忙著讀書、考試、填資料，拚了命地追求被頂尖大學錄取。她們知道自己不快樂，但她們更害怕沒有時間。馬拉松的跑道旁邊，不是會設很多給水站嗎？做為旁觀的老師，我覺得目前的輔導課就像那些給水站，學生們當然渴，想喝水，但她們更害怕一停下來喝水就會被其他人超過。她們只能繼續向前。

何舒凡的譬喻傳神極了，吳依光的腦中浮現了母親的身影，母親篤信忍耐跟成功之間的關聯，她即使渴得喉嚨都裂了也不會鬆懈。母親曾要求吳依光在辭典裡尋找跟吃苦有關的成語，每找到一個，她就要吳依光念出來，七次。她說，唯有這樣，妳以後吃苦的時候才撐得下去，妳看這些典故裡的人物都擁有很好的成就。

那麼，蘇明絢呢，她悄無聲息地退出跑道，哪怕是一句我累了，都沒有說過。

簡均築確認每位學生都安靜了，才徐徐開場。我想妳們度過了一個不好受的週末，腦中會閃過很多念頭。會想為什麼？會想自己跟蘇明絢說的最後一句話是什麼？說不定也會想時間倒轉的話，要改變跟蘇明絢相處的方式。想這些事的過程中，也許會覺得有一些想法很不應該。我想提醒一下，簡均築以手勢做了個引號，先不要這樣想。以後說不定可以這樣想，但，現在，先不要。就暫時允許任何想法都可以跑出來。

簡均築咬字清楚，且不可思議地慢。

鍾涼舉起了手，眼神有幾分輕佻。她說，主任，我想問。妳有這樣的經驗嗎。就是朋友突然走掉了。學生不算，學生跟朋友不一樣。

吳依光內心一沉。是鍾涼啊。正在治療憂鬱症的鍾涼。停下腳步，卻不知道有沒有好好喝上一杯水的鍾涼。

鍾涼國中畢業時，以全校第一名的身分上臺接受表揚。鍾涼的父母以為，女兒在其華女中也會有相對應的表現。鍾涼在其華女中第一次的段考，是十五名，鍾涼的父母大失所望。鍾涼之後卻再也沒考過這麼前面的名次。鍾涼苦讀的時間越延越長，名次始終不見起色，她入學健康檢查是五十四公斤，高二學期初她站上體重計，只剩不到四十公斤。哪怕是一週只有一堂課的美術老師都說過，鍾涼不太對勁，得有人看著她。下學期，鍾涼的母親特地來學校，找吳依光商討女兒的情形。將近晚上六點，鍾涼的母親坐在會客室的墨綠色沙發，沙發幾無下陷，她坦承自己這一年被女兒的事情弄得六神無主，也掉了五、六公斤。七分袖黑色洋裝讓她更加瘦弱，露出來的雙手青筋浮突，指甲也有些變形。吳依光還沒坐穩，鍾涼的母親急著切入正題，她先詢問鍾涼平常的上課狀況，以及，按照鍾涼目前的成績，可以考上哪一所大學。吳依光有條不紊地回答。鍾涼的母親捏了捏掌心，頓失冷靜地扔出一句，老師，我今天來也是想跟妳說，鍾涼她最近在看醫生了。

吳依光不以為意，班上有些女生會在中午撕開紙袋，閉眼吞下啞黃色的中藥粉末，不外乎是調整經期跟治療青春痘，青春期少女常見的煩惱。她安慰鍾涼的母親，說，快高三了，升學壓力很大，月經不順，長痘痘，都是難免的。

鍾涼的母親注視著吳依光，眼神多了幾分評估。吳依光體內的警報響起，呼吸為之一緊，她換上友善的微笑，說，對不起，可以再說一次是什麼藥嗎？這是她工作多年養成的習慣：你永遠都會有意想不到的疏失，先賠罪就是了。

鍾涼的母親聲音放得更輕，她說，是精神科的藥，我不想讓鍾涼才十幾歲就有這方面的紀錄，可是我哥哥也是老師，他說升高三吃藥還不算太晚，好好調整的話，鍾涼應該可以鎮定下來，好好讀書、準備考大學。不過，我覺得不完全是鍾涼的問題，這裡的競爭太強了。鍾涼國中的時候就很正常。

吳依光含蓄地問，鍾涼吃了藥，有好一些嗎？鍾涼的母親點了點頭，倏地又搖頭。她把問題拋了回來，老師妳覺得好的定義是什麼？鍾涼現在雖然不像以前，會動不動講一些很沮喪的話，但有時我看著她，會覺得這個小孩好陌生。

吳依光眨了眨眼，心思一動，鍾涼的母親之所以特地前來，交代一切，或多或少有另一層意涵：鍾涼目前很危險。她已經處於下一步會發生什麼事，父母也不能預測的程度了。這不是吳依光第一次收到這樣的告知，憂鬱症、躁鬱症、情緒障礙、不明原因的適應不良等等。何舒凡也說類似的情形是越來越常見了，她不確定到底是這些學生天性敏感，還是如今的社會就是會製造出這些病症。

即使沒有這些名詞，吳依光也從學生課堂上的樣貌、她們寫在週記裡的心情，隱約認知到，如今的學生，跟十五、六歲的自己不太一樣。她有時認為她的學生像俄羅斯娃娃，表面外觀精緻完好，但若拆開，裡頭是一個又一個，小小的、易壞的、稍有不慎就會弄失的、面貌不全的娃娃。

更讓吳依光困惑的是，學生們認為這樣的「裡外不一」是常態，她們很早就活在社群網路之中，她們打從心底接受一個人有很多個面向。

對此，吳依光是被動的，老師心力有限，只要學生們不拆穿自己，她絕不伸手去試探；鍾涼的母親則想讓吳依光看見，若把她的女兒層層揭開，最裡面那層是空的。鍾涼的母親幽幽說起鍾涼給自己造成的負擔，她的父親，鍾涼的外公，命令她全心全意陪伴鍾涼一年，她上個月才走完留職停薪的程序。鍾涼吃藥一事，也讓她跟鍾涼的父親數度起了爭執。鍾涼的母親的雙手止不住地打顫，彷彿有什麼正在流失。

吳依光默念著何舒凡的名字，好渴望跟何舒凡對調身分，何舒凡一定知道怎麼做。

吳依光見過何舒凡安慰難過的學生。她的上半身前傾，側頭，露出耳朵，右手宛若有自己的意志般，優雅，溫柔地覆在學生的手背，拍了拍。學生摘下眼鏡，掉下眼淚，何舒凡不曉得又跟學生說了什麼，學生答了一句，好，我懂了，語氣仍激動著，之中卻也透著釋懷。何舒凡閉上雙眼，再也沒說話，靜靜地陪著那學生。她說英文裡有一個表達鎮定的說法，直接翻譯成中文是「蒐集自己」，她做的事情就是跟那個學生一起蒐集自己。

吳依光曾經以為只要把國文科的知識傳遞給學生，就算盡了老師的義務。直到王澄憶事件，她才發現自己的一廂情願。即使何舒凡也認為她無辜，吳依光仍心底雪亮，若由何舒凡擔任王澄憶的班導，很有可能整起悲劇自始不會開啟。

現在是另一個她得做更多的時刻。吳依光模仿何舒凡，掌心輕放在女人的肩頭，她的胸腔泛起一股顫慄，若有帶電細流嘶嘶竄過。吳依光很少碰觸別人的身體，跟謝維哲相處，她也不是主動的那方，所以吳依光忽略了一個非常簡單的道理：摸這個動作永遠是雙向的，人不可能去碰他人的同時不被同一個人碰到，這瞬間，鍾涼的母親的肩頭也在「碰」她，她覺得冰涼，鍾涼的母親就覺得溫暖。吳依光很慢、很小心地說，有醫生的協助，我相信鍾涼會沒事的，至於課業壓力，其華女中每一位學生都是應屆考生的前百分之一，每個學生進來難免都會覺得比國中還辛苦。我們不能用國中的標準去看她的成績。

鍾涼的母親攤開手掌，上頭躺著捏爛的衛生紙，她吸了吸鼻子，點頭，苦笑著說，老師，不好意思占用妳這麼多時間，請老師不要跟鍾涼說我有來學校找妳，不然一定會對我發飆，她很討厭自己的事情被太多人知道，可是……。鍾涼的母親再次握緊拳頭，沙啞地說，我好像分不清楚什麼對鍾涼好，什麼對鍾涼不好了。我讀書時從來沒讓我父母操心過，怎麼現在的小孩這麼難養呢？

這場對話，改變了很多事。例如，吳依光會下意識觀察著鍾涼，包括上個禮拜五，吳依光在意的只有鍾涼，跳下去的竟是蘇明絢。鍾涼跟蘇明絢走得很近，又有憂鬱症這個因子……許主任的話語在耳邊響起，再有第三個學生尋短的話……。

整間教室的氛圍因鍾涼的提問而凝結，吳依光往前站一步，說，鍾涼，很謝謝妳提出這個問題，不過……。簡均築拉住吳依光的手臂，吳依光轉身，看進簡均築的雙眼，裡頭只有純然的寧靜，沒有驚慌。簡均築以氣音說道，吳老師，我可以的。她拿起麥克風，眼神在教室兜了一圈，坦然開口，有，我有這樣的經驗。這件事我有跟妳們學姊說過，說不定這裡有些人已經知道了。我讀大三那年，最好的朋友燒炭自殺了。

吳依光聽見倒抽一口氣的聲音，她無暇查看聲音的來源。她也愣住了。

鍾涼問，主任知道為什麼嗎？

簡均築回答，如果為什麼對妳來說很重要，那我可以回答，是感情的問題。

鍾涼的神情依舊漠然，她說，謝謝主任，我沒問題了。

簡均築臉上的笑意增添了無奈，她說，既然有同學問，我再多說一些好了。我在走來的路上，其實想起了那位朋友，我數了一下，她過世二十幾年了，可是，我怎麼想都覺得好像是幾天前的事情。所以，我才會跟妳們說，先不要去決定自己該怎麼感覺，這是一個妳們會放在內心很久的問題，不必急著有結論。

另一位學生提問，老師跟那位朋友是同班同學嗎？

簡均築搖頭，回答，不，她大我一屆，是學姊，我們讀不同系，都很喜歡爬山，是在登山社認識的。那天，計畫去嘉明湖，嘉明湖有點難度，我們做了幾次訓練，每個人都很期待，約定在臺北火車站集合，大家都提早到了，除了學姊。我從公用電話打了好幾通電話到她住的地方，沒有人接。後來，火車快開走了，我們只好上車。大家想說學姊大概是睡過頭吧。學姊的座位在我的隔壁，我記得自己一直看著那個空空的座位。那時，手機不普及，爬嘉明湖又必須很專心，到了第三天，我跟別人借電話打給學姊，忘了是誰接的。反正，有人告訴我，學姊在我們出發那天就走了。我一路哭著下山，還哭到摔倒，手被石頭割到，流了好多血。學姊留下三封遺書，一封給家人，一封給前男友，一封給我。她說很抱歉沒有跟我一起見證嘉明湖有多美，她希望我以後想到她，多想想我們一起爬山的日子，在山上的時候我們都很快樂。

簡均築把麥克風放回桌上，示意她的分享告一段落。

吳依光啞然無言。某種深不可測的哀傷在她空蕩蕩的胸腔裡不停地擴散、再擴散。有幾位學生摀著嘴，小聲地哭了起來。

方維維舉手，緊張地問，老師，妳看到學姊的信，心裡在想什麼？難道不會覺得學姊這樣說有點過分嗎？知道後來發生了什麼事，再回去想本來快樂的日子，不覺得很殘忍嗎？我跟蘇明絢都有在追一個偶像團體，很巧的是，我們的本命是同一個人。我跟蘇明絢每一次聊天，都在聊本命的新造型、她的專訪、她的飯拍……我們不算特別要好，但只要聊到本命，是真的很快樂。這幾天，我發現自己再也不想聽到那個團體的歌，一聽就會想到蘇明絢，想到蘇明絢就會想哭。不覺得回憶完全被改變了嗎？好希望蘇明絢還活著，坐在這裡，跟我們一起上課……。

方維維按捺不住，放聲哭了起來。她的哭聲很快地渲染至教室每一個角落，有些人垂頭，眼淚沿著鼻尖滴落；有些人木然地盯著桌子，雙手緊握。

鍾淙流了一臉的淚，她沒有伸手去擦。

吳依光感覺到教室內流動著一股特別的情緒，難過，但並不黑暗。

簡均築未置一詞，神情倒是很鎮定。吳依光始終很害怕沉默，害怕沉默讓自己被誤解為膽小，或者思慮不周，然而，簡均築似乎不這麼想，她珍惜此刻的沉默。

吳依光又想到外公逝世的經驗。

記不清從幾歲起，吳依光形成了一個心態：即使她再怎麼喜歡梅姨、被梅姨的個性吸引，她也千萬不能變得像梅姨那樣。母親不只一次當著她的面跟父親說，她這個妹妹，從小就很軟弱，遇到一點挫折就逃避，美國就是她最成功的一次逃避。吳依光不敢追問背後的故事，在她眼中，梅姨過得很幸福，威廉姨丈是個好人，喬伊絲跟愛琳也是個性甜蜜、大方的女孩。不過，她也知道，母親說的每一句話都有根據，她只好告訴自己，梅姨不是個好榜樣。外公的葬禮，母親、她、梅姨，喬伊絲跟愛琳一起坐在原木長桌旁，把金紙摺成一朵朵蓮花，摺到一半，梅姨趴在桌上，哭了起來，聞聲，喬伊絲跟愛琳互看一眼，也哎哎哭了起來。母親眼角凝淚，但她立刻以指腹抹去。吳依光想了一下，決定收起自己的眼淚。她想，在那麼多人面前哭是不得體的，喬伊絲跟愛琳還小，而且她們是美國人，她們遵守的是美國人的規矩。

眼前至少有十來位青少年正在哭泣，吳依光有些徬徨。她想，我跟她們一樣的年紀，不，我比她們年輕時就懂得藏起自己的悲傷。若許主任或其他老師經過，見著這一幕景象，是否會疑心這間教室的大人沒有管理好秩序？

吳依光安撫自己，若要追究，簡均築是主任，次序在她前面。實習階段，吳依光偶爾會握著粉筆，腦中一片空白，忘了自己說到哪裡。這時，她會下意識地去尋找坐在教室最後一排，負責指導她的陳老師。幾乎沒有例外，陳老師也專心地看著她。只要確認陳老師沒有離棄自己，吳依光就能想起什麼，繼續解說下去。

為自己負責，實在是太孤獨也太辛苦了。

簡均築再次開口，嗯，這位同學問了一個很好的問題。說實話，讀完那封信，我的第一個感覺是荒謬。我想說，學姊，妳在開玩笑嗎，從今以後，只要一想起爬山，要怎麼不同時想起妳已經不在了？我也有點生氣，學姊究竟在想什麼，怎麼會認為我可以假裝什麼事都沒有發生，跟以前一樣快樂，說不定我連爬山都做不到了。

又一位女孩舉手，她在課堂上絕少發言。吳依光翻找腦中的記憶，卻想不起這位學生跟蘇明絢有什麼交情。但青少女的友誼往往融合著神祕，如植物，看似迢遠的兩棵樹在地表之下有著繁盛的聯繫。

女孩問，主任，妳說生氣，妳是說真的生氣嗎？學姊都……學姊都……。

簡均築把話接了過去，妳要說的是，學姊都走了，我怎麼可以對她生氣嗎？女孩凝視著簡均築，輕聲說，對，我就是要問這個。我現在也有一點生氣的感覺，我一直跟自己說不可以，可是我控制不了。上個禮拜五，三點多，快放學的時候，我跟蘇明絢借了補習班的講義去印，我問她，拿去學校對面的便利超商印好嗎？她說，太貴了，她週末會讀其他科目，叫我拿去影印店印。我說謝謝，就去搭公車了。晚上，我在班級群組看到訊息，想說，不對啊，怎麼會這樣，蘇明絢不是跟我約好了星期一要還講義嗎，她怎麼就這樣走了呢？

簡均築問，妳因為這樣而生氣嗎？

女孩歪著頭，神色苦惱，說，我也不確定這算什麼。我們高一就同班了，星期三偶爾會一起搭公車去補數學。大概算得上是朋友吧。可是，禮拜五，我跟蘇明絢借講義的時候，她什麼也沒說，一句話也沒有，完全想像不到再過一個小時……為什麼？難道是覺得我們的交情很普通？還是覺得跟我說也沒有意義？我不知道。女孩說到最後已哽咽得口齒不清，我從禮拜五到現在只睡了三個小時，一閉上眼睛，就會想到這些問題。我很難過，又有點生氣，我不知道我在幹嘛。

簡均築示意女孩隔壁的同學遞上幾張衛生紙，她清了清喉嚨，說，妳的描述，難過、生氣，我覺得沒有衝突，兩種情緒很可能同時存在。這也是我那時想了好久的問題。假設，注意，我說假設……蘇明絢是意外走的，好比說車禍，我們現在是不是會好一點？我們可以怪那位司機，他為什麼不好好開車？蘇明絢寶貴的生命就這樣沒了。可是我們現在不能這樣做。我們使用自殺這個詞，也就是，是她結束了自己的生命，我們只能怪她，或怪自己，怪她沒說，怪自己沒發現，也可能我們都怪。

簡均築望著窗外，繼續說，學姊走了以後，我內心的想法一直在變，到今天也是。有時我覺得自己當初可以再多做一些事，像是，爬山前一天去找學姊吃宵夜，說不定學姊就不會走了；有時我覺得是學姊該做些什麼，她明明可以打電話給我，跟我說那段感情讓她多心痛，而不是一個人默默承受。我想了二十幾年，沒有正確答案。學姊不會回來、告訴我真相。她不會說，對，如果妳那晚來找我，我說不定就打消念頭了；也不會說，小築，她都叫我小築，放下吧，我注定在那個晚上離開這個世界。我以前會用寄信來形容，我寄出去的每一封信，都被蓋上一個查無此人的郵戳，退回來。現在沒什麼人在寄信了，我換個說法，就是本來你的訊息都傳得出去，有一天系統卻告訴你，這個使用者不存在。你看著以前的對話紀錄，想說，為什麼要走之前不講一聲呢，剩下我一個人留在這對話裡，好奇怪。

簡均築的每一個字，都讓吳依光感到奇幻，不可思議。她說出了大家埋於內心深處的想法：好想怪蘇明絢，她留下一道謎題，也給所有人的生命鑿開一道裂痕。

老師……老師。隱約間，吳依光聽到有人在喊著她，她找了一會，左前方的學生朝她伸手，手裡抓著衛生紙，另一隻手指著眼角。吳依光這才驚覺，她流眼淚了，她怔忡地張嘴，外公走的時候，她忍住沒哭，現在怎麼管不住自己了呢。吳依光低頭擦淚，眼窩陣陣刺痛，彷彿流出來的不只是眼淚，而是體內凍結多年的寒冰。

鐘聲又一次響起，這堂課結束了。好似從夢中幽然醒轉，簡均築握著麥克風，說，有什麼話想跟我說，妳們知道在哪裡可以找到我。

多麼妥貼的結尾。

吳依光才坐在玄關的穿鞋凳上，就聽到謝維哲來自客廳的問候，今天在學校怎麼樣？學生的反應還好嗎？吳依光想了一會，答，我請輔導主任來班上跟同學聊了一下，效果似乎不錯，學生們有好一些。吳依光把皮包擱在地上，她看著謝維哲，內心升起困惑，謝維哲今天提早回家了。手機鈴聲拉走了她的注意力，一看，是母親，吳依光數到三才接起。母親問了跟謝維哲一樣的問題，吳依光於是複述了一分鐘前自己交出的答案。母親嗯了一聲，回應，妳很幸運，這位輔導老師正好有類似的經驗，處理得算可以。是說，目前為止，那位同學的父母有說什麼嗎？吳依光說，沒有，他們這幾天大概也要處理不少事情。幾秒鐘的沉默，母親又問，謝維哲的父母有說什麼嗎？吳依光提高了音量，回，沒有，至少我沒有聽到。

母親又說，我看了一下新聞，沒有什麼更新，這幾年學生自殺好像也不是大新聞，不然就是你們劉校長想辦法壓下來了。吳依光不置可否地說，也許吧。母親哦了一聲，又問，妳呢，還好吧？吳依光對著空氣苦笑，如果這是這通電話的第一個問句，她必然會感激許多。母親卻不這麼做，這也是她在職場行之有年的策略：先解決問題，再來解決情緒。吳依光配合地說，還好。母親說，那先這樣，我們保持聯絡。

對話結束，吳依光聽著嘟……嘟……聲，直到謝維哲走近，伸手在她眼前晃了一下，吳依光才掛上電話，迎上謝維哲的雙眼，問，怎麼了？

謝維哲不安地問，妳是……真的……沒事吧，妳看起來好像隨時要暈倒。

此刻，謝維哲儼然是個多情的丈夫，吳依光幾乎要說出，看在我這麼悲慘的份上，就和我坦承你跟百合的事吧。百合跟我說的一切，有幾分是經過變造，又有幾分是你真誠的承諾？這些問題，也能簡化成一句話，你愛百合嗎？

吳依光什麼也沒做，她頷首，說，我這幾天睡得不是很好，一直翻來覆去，你會介意我暫時搬去書房睡嗎，我不想吵到你。謝維哲答應。分房睡是兩人婚姻生活的常態，謝維哲容易打呼，吳依光淺眠。直到兩人商量要生孩子之後，才又睡在同一張床上，沒有人明說原因，但並不難理解：不這麼做，太像例行公事了。

吳依光站在花灑下，把水溫調整到最高溫，近乎是燙了，她撫摸著發紅的皮膚，想像筋骨裡的痠痛跟倦怠隨著水液流進排水孔。半小時後，吳依光抱著自己專屬的枕頭走入書房，髮尾仍在滴水。母親說，頭髮沒吹乾直接睡覺會導致頭痛，吳依光在心中把母親的建議按成靜音，她自嘲地想，我現在什麼也沒做，頭也是痛得要命，不差這件事。她倒了杯溫水，拿起床頭櫃的藥丸，手機螢幕一亮，吳依光想置之不理，又擔心是蘇明絢的父母。她撿起手機查看，**妳還好吧，我前幾天看到新聞，應該是妳吧**。吳依光失笑，說出來有誰要信呢，她婚姻的第三者都比她的親生母親更願意可憐她？吳依光沒有回訊，信手把手機扔到床邊。醫生的建議是半顆，吳依光吞了兩顆，她慢慢地倒下，鼻尖嗅到沐浴乳的香氣。也許她真的太沮喪了，藥效來得比她估計得快且強烈，吳依光感受到柔軟、懶散的黑暗一層層襲來，她的意識就像最底層的礦物，受到擠壓，結成晶體的剎那，她掉入地心。藥物接管了她的心智，墜落的過程吳依光錯覺自己好像飄浮了起來，她再也沒有恐懼，只剩下絕對的寧靜。

12

失去孩子的那個禮拜，吳依光刻意在學校待得很晚，整間休息室剩下她獨自一人。年輕的導師永遠不缺加班的理由。她改了整個班級的作文，數不清第幾次修訂她的講義，然後，她背著雙手，在寂然無聲的校園裡走動，如巡房的護理師，只是教室空無一人。她不知不覺走到三年級的區域，晚自習的學生提供了燈火與交談，吳依光佇立，遠觀，良久，她折返，遊蕩至校長室，摘下一顆金桔，沒有清洗，放入嘴裡，重咬，任由牙齦被酸液浸透。吳依光懷抱著被誰撞見的衝動，她想被視為一個舉止怪異的、需要幫助的人，可惜的是，她沒有等到任何人。回到家，謝維哲從電視前抬起頭，看著她，平鋪直敘地說，妳回來了。

日子就是這樣，一天又結束了。

醫生說，這很正常，有三成的胚胎會被自然淘汰，稍事休養，又能懷上孩子。

母親說，沒有小孩，女人的人生就不完整了。母親說這句話的時候沒有絲毫的猶豫，相當果斷。聞言，吳依光問母親，她是怎麼出生的？母親頭也不抬地憶述，羊水是在深夜破的，她匆匆搖醒睡得深沉的吳家鵬。吳家鵬半瞇著眼，聽到妻子說，孩子要出來了，他才回過神來，抓起床邊的手提包，挽著妻子的手臂，趕到地下室牽車。半小時後，他們走入醫院，經過醫院大廳的落地鏡，母親看到鏡中的吳家鵬穿著短褲，卻套上了皮鞋，她忘了痛，笑出聲來，吳家鵬沿著妻子的視線低頭一瞧，一陣臉紅，沒多久也悶笑起來。十四個小時，母親強調，這是她為了生下吳依光而付出的時間。整個過程稱不上順利，劇痛四面八方擠壓著她，她頻頻調整呼吸，遵守指示用力。一段時間後，醫生說再這樣下去對產婦跟小孩都很危險，母親才放棄，讓醫生在她的肚皮上劃進深深的一刀。母親的語調極慢，慢到吳依光胃痛。母親不輕易開啟回憶，她就很厭煩在飯局裡說起舊事的人，梅姨往往是她糾正的對象。母親說，沒長進的人才會一直往後看，有本事的人都是向前看的。

吳依光等到了母親的結論，很辛苦，不過妳還是平安出生了。很長一段時間，吳依光拿這句話說服自己，母親愛她，否則母親不必這樣犧牲。

她好想目睹她的父母在落地鏡前愕然、失笑的場景，那個她注定不在場的時刻。吳依光幾乎沒有看過她的父母嘻笑成一片的模樣。

驗孕棒浮出兩條線的那一秒，吳依光想到自己跟謝維哲也不是那種相知相惜的夫妻。流產以後，她不由自主地猜想，有沒有一個可能，不是胚胎的生理構造有瑕疵，而是這個科學上尚沒有意識的小生命，發現「它」的母親還在猶豫，「它」的母親還不確定自己是否要成為母親。

在吳依光按時進補，調理身體時，百合來了。

星期六早上九點，吳依光困惑地走到對講機前，查看是誰按的門鈴。她猜是鄰居，若是訪客，管理室會先打電話通知。螢幕裡站著一名陌生女子，白色襯衫與牛仔褲。女子又按了一次門鈴，比第一次更長，吳依光蹙眉，按著耳朵，轉開門鎖。兩人四目相交，女子往後一步，瞪大眼，彷彿很驚訝門竟然開了。吳依光問，找誰呢。她細看女子，及腰長髮，小小的臉蛋只塗了粉色唇膏，吳依光才想著，弄錯門牌了吧。女子深呼吸，雙手按著胸口，凝視著吳依光，說，吳小姐，初次見面，妳好。我來這，是想問妳一個問題，把維哲讓給我好嗎？

吳依光身子一緊，腦子還在組織著這問句的訊息，身子率先反應過來，她的視線繞過女子，往後延伸，很好，沒有其他鄰居撞見這一幕。

吳依光以鎮定的語氣問，妳要不要進來再說呢？

女子的眼中閃爍著猜疑與不安，半晌，她嘆氣，有些無奈地說，妳跟教授形容得一模一樣。吳依光又是一慌，不僅是婚外情，對象還是學生？這就更棘手了，縱然女子已經成年，跟學生發展感情仍是教壇心照不宣的禁忌。舌根的苦澀悄悄地蔓延至整個口腔，接下來每一步都得再三思量，她不能這麼失去現有的完好與寧靜。吳依光雙唇緊抿，以冷漠的面孔掩飾內心的潰敗。她做不到無動於衷，但說到偽裝，她可是專家。還是個孩子的時候，吳依光就在練習藏起自己內心的想法。更精確的說法是，她比誰都明白，流露自己最真實的感受有多麼危險。

除非，她的感受是**母親想要的**。

吳依光冷冷地說，妳不進來，我就把門關上，假裝妳沒有來過。女子想了兩秒，說，好吧，那我說完就走。吳依光在女子的聲音裡辨識到幾分緊張，這撫慰了她波瀾不驚的外表底下，那顆撲通狂跳的心。

女子換上吳依光建議的拖鞋，走入屋內，更多的照明落在她臉上，雪白皮膚底下的青藍色血管隱約可見。女子緩緩坐下，主動自我介紹：我叫百合，這不是綽號，是真名，我都敢來找妳，就是不打算再躲了。

吳依光問，謝維哲知道妳今天要來嗎？

百合搖頭，說，不，他要是知道，一定會阻止我，他不希望我們認識。

吳依光又問，你們在一起多久了？

她以右手使勁擰轉著左手手臂內側的細肉，以疼痛來阻止顫抖。假使可以，她好想抓一把止痛藥塞進嘴巴，慢慢地咬碎、咀嚼、吞嚥。

百合把額前的髮絲勾回耳後，妳會告我嗎？

吳依光挑眉，說，謝維哲好像很常跟妳聊到我？妳對我不是一無所知，對吧。那麼，按照妳目前對我的認識，妳覺得我會告妳嗎？

百合看著吳依光，果敢跟怯懦兩種互斥的情感在她的眉眼交錯浮現，她閉起眼，神情痛苦，彷彿飽受折磨。吳依光莫名地被這舉止，也可以說是表演，給打動。即使百合前來，是為了告知吳依光，她眼中相安無事的婚姻，早已無聲崩解，她對百合的敵意仍然消失了。吳依光痛恨不了百合這樣的人。矛盾的人。哪怕出糗也要嘗試的人。有生命力的人。不像吳依光的人。

吳依光給自己和百合沖了一杯熱茶，百合沒有推辭，她說了聲謝謝，雙手捧起杯子，氤氳的熱氣軟化了她的五官。百合喝了一小口茶，又說，我得澄清，怎麼說呢，我跟教授在一起，幾乎都是我主動的，這麼說不是要保護他，是在陳述一個事實。

吳依光不發一語，她相信百合沒有說謊。謝維哲在感情裡始終不是追求的那一方。兩人的婚姻也不是「他想要」而形成的，而是「他沒有說不要」。

百合環視著四周，想法幾乎顯示在臉上：這就是謝維哲平常生活的地方。電視櫃旁擺放著婚紗照，這是芳的堅持，吳依光跟謝維哲本來想省略拍婚紗的程序，芳難得不肯退讓，她說，新家不能沒有婚紗照。

百合是目前為止，最認真看待那張照片的人。

百合拉了拉領口，搧了一點風，室內很涼爽，她的臉頰看起來卻又溼又紅。她吐出一口氣，小小聲說，我跟教授大概是一年前在一起的。吳依光算了一下，那時她跟謝維哲結婚滿兩年。吳依光不禁回想那時期兩人是否起過任何爭執，她一下就放棄了，爭執是某種高熱，而兩人冷靜、保持距離的應對，無論怎麼頻繁也難以抵達那種高熱。像一杯水再怎麼用力晃動，也不可能沸騰。

唯一稱得上衝突的經驗，也只是一瞬間。那晚，兩人從謝維哲的老家離開，吳依光坐進副駕駛座，一邊拉上安全帶一邊碎語，她不喜歡謝維哲的父親每見著她，就詢問兩人生孩子的進度。謝維哲握著方向盤，直視前方，輕聲說，我們去妳家，妳的父母也會問。聞言，吳依光扭頭望向窗外。謝維哲沒說錯，母親問得更直接、不留情面。吳依光幻想過，結了婚以後她就能跟母親劃清界線，終究她跟謝維哲建立了一個家庭，她是那個家庭的女主角。她對了一半，母親有收斂一部分，但母親不打算收斂的那部分，比從前更令她難堪。

孩子是其中一個主題，也是母親最在意的主題。

等待停車場鐵門捲起的幾秒鐘，謝維哲道歉了，他說，我不應該說那句話，不要生氣。吳依光原諒了他，她很清楚自己沒有生氣的立場。

某程度上，是謝維哲原諒了她。

如此寬宏大量的謝維哲，轉身跟百合談起了戀愛。不，還是說，就是因為在婚姻裡必須寬宏大量，謝維哲才想向外尋覓一個不需要顧忌的出口？吳依光端詳著百合的五官，大致是乾淨、清秀的。她問，你們是在學校認識的嗎？百合點頭，認真來說，他是我的導師，但我大二沒有修他的課，導生宴才第一次看到教授。吳依光又問，妳說，畢業以後你們才在一起？中間兩年發生了什麼事?百合瞅著吳依光,突然吸了一口氣,說,吳小姐,對不起,我想了一下,我好像做了不太好的事情。我不應該來的。吳依光見百合站起身,淡淡地提醒,但妳已經來了,不是嗎?百合的神情越來越不安,她的右手緊抓著左手,指甲陷入肉裡,她轉移話題,我從來沒有跟任何人說過教授的事,今天是第一次。吳依光幾乎是命令地說道,妳先坐下吧。她的話語沒有產生作用,百合匆匆站起,拎起皮包,往門口走去,她的嘴裡不斷呢喃,吳小姐,對不起,我也不曉得我在做什麼,請妳假裝我沒有來過好嗎?

吳依光沒有挽留百合,而是看著她三步併成兩步,倉皇離去。吳依光有預感,百合會再出現的。她在這挖了一個樹洞,她會回來看看這枚樹洞的。

13

兩個禮拜後，百合再次出現，依然是星期六。吳依光不動聲色地開了門，她要求百合記下她的電話，她不喜歡如此唐突的造訪。百合坐在之前的位置，同樣的上衣，換了件紗裙，她的雙手放在大腿，背部挺直得像個聽講的學生。吳依光問百合喜歡咖啡還是茶，這個詢問很荒謬，但背後有理性的邏輯，她可以主導對話的節奏。百合看起來比第一次更不知所措，她問，為什麼妳要這樣對我呢。吳依光問，那我應該要怎麼對妳？把妳趕走？辱罵妳？還是去找謝維哲興師問罪？

百合問，妳為什麼不跟教授說？

吳依光聳肩，說，這是妳的目的嗎？我跟謝維哲吵架，離婚，好讓你們雙宿雙飛？不，我不會這麼做，除非他自己和我坦承，或是妳直接告訴他，妳來找我了。

百合搖頭，說，我不會跟教授說，我怎麼可能跟他說我做了這樣的事？可是，說不上為什麼，跟妳見面之後，我一直夢到這裡，這個客廳，也夢到自己在跟妳說話。我知道自己不應該再來打擾妳，但……。百合這次梳起了馬尾，五官因而更加分明，她這回上了些粉底，皮膚細緻如瓷，下巴冒了顆暗紅的痘子。

百合抿了抿唇，說，我想問一個問題，妳對教授還有愛嗎？

吳依光果斷地回道，我沒有必要回答這個問題。

百合肩膀一垂，有些氣餒，她說，好吧，但我可以告訴妳，我愛教授，我愛他。

吳依光眨了眨眼，刻意讓自己看起來沒有受到絲毫影響，她說，既然妳說妳愛他，那就向我證明，為什麼謝維哲應該跟妳在一起，而不是跟我。說說你們的事吧。

百合細嘆，我好像越來越明白為什麼教授會說，妳是一個很特別的人，他跟妳相處這麼久，還是覺得自己一點也不懂妳。

吳依光嘲諷地問，為什麼他不斷地在妳面前提到我？這樣不是很怪嗎？

百合迎向吳依光的注視，嘴角泛起苦笑，對，我本來也覺得這樣很殺風景，可是，人就是這麼矛盾，聽久了以後，我好像也習慣了，有時也會主動問起妳的近況。

吳依光重申立場，她說，公平起見，我也要聽妳跟謝維哲的故事。

故事的基調讓吳依光聯想到一則古老的文本：長腿叔叔。三十好幾的年輕教授，在導生宴上提醒學生，遇到困難不要吝於告知。多數學生都沒有當真，但百合信了，理由很純粹，百合別無選擇。百合的家中有三個小孩，父親五十歲左右被診斷罹患罕見惡疾、經年臥病在床，百合的母親在一家中型企業擔任會計，薪水只能打平家中七成的開銷，剩下三成她以信貸支付。

百合離家上大學，學費貸款，生活費則是仰賴她在速食店打工的薪水。百合省吃儉用，每個月盡量匯個三、五千回家給母親應急。導生宴隔天，百合一個閃神，未注意燈號變換，撞上前方的轎車。對方得知百合的處境，好心地沒有索討修車費，但左腳骨折的百合失去了工作。她跟室友借了幾次錢，室友對她越來越冷漠。百合經過長考，寫了封電郵給謝維哲，她很意外，得到肯定的回覆。謝維哲跟她約在人來人往的宿舍門口，兩人一照面，他蹲下來仔細查看百合腳上的石膏，詢問百合是否有遵守醫囑，讓傷口維持乾燥。謝維哲交付給她一只信封，百合一摸，有些厚度，待謝維哲走遠，百合打開，裡頭放著一萬二，信封背面是教授工整的字跡，早日康復，錢就不必還了。

聽到這，吳依光搖頭輕哂，這完全是謝維哲會做的事。

百合傷口癒合不久，又回到速食店打工，她先還清和室友的借款，再來是教授。謝維哲推辭了三次。百合就這樣愛上了對方。大三那年，她表白心意，謝維哲起身把辦公室半敞的門拉到全開，他一臉驚慌，就像百合偷襲了他。謝維哲回過神來，堅定地告訴百合，她想必是近日生活太困難了，一時之間混淆了感情。百合沒否認，她想，說不定真的是這樣。接下來一整年，百合沒有再出現。升上大四沒多久，百合又去找了謝維哲，她說，自己努力了很久，還是放不下，如果一段感情活了這麼久，還能以混淆來解釋嗎？謝維哲很正經地跟百合道歉，說自己的確不應該貿然定義百合的感情。不過，很可惜他不能接受。他有妻子了。

百合停住，伸手觸碰鎖骨，調整變得急促的呼吸。她形容謝維哲說對不起的模樣，相當誠懇、溫柔。她的人生從來沒有一位年長、有學識、有地位的男性，如此敬重她。她有些恐懼，若錯過了教授，是不是再也遇不到這麼好的人了？

百合再次跟吳依光致歉，她說，妳一定覺得我瘋了，怎麼有勇氣跟妳說這些，可是，教授好像是我這一輩子，唯一遇見的好事。

吳依光半垂著眼，淅瀝淅瀝的雨聲沿著耳朵流進她的體內，清晨起床，吳依光感受到空氣飽啣涼涼的水氣，忖度，遲早要下雨的。百合說到一半時，屋外下起了小雨。吳依光打了個呵欠，昨夜她翻來覆去，仍睡不著，索性起身，披上針織外套，趿著拖鞋，晃到街口的超商。打從失去孩子的那一天，吳依光夜夜睡不著。

吳依光停了安眠藥，這是她自己也釐不清的決定，她似乎渴望再懷上一個孩子。為什麼？吳依光也很迷惘。母親的說法是「不可或缺」，孩子是一個家庭的不可或缺。吳依光拿這四個字去比對自己的人生，她是母親的不可或缺，不是禮物，也不是所謂的愛的結晶。不可或缺，聽起來像是形容一個物件。

她又為了什麼，想要那「不可或缺」？

百合看著斜飛的雨絲，說，下雨了。她停頓片刻，又說，我好像又做了不對的事情。我到底在想什麼，我根本不應該再來打擾妳。她在座位上挪動身子。

吳依光伸手，按住百合的手臂，說，既然都來兩次了，就請負起責任，不要再像上次一樣，莫名其妙地出現，又自顧自地離開。

百合閉了閉眼，輕嘆，吳小姐，我好像越來越懂得為什麼教授選擇了妳。

這句話比之前每一句更讓吳依光感到羞辱，她曾細思過，謝維哲是否察覺到，吳依光這位妻子所給予的宛若樣品屋。乍看之下新穎、整齊、規劃有序，地板上找不到會絆倒人的雜物，洗碗槽裡也沒有髒碗盤。但，打開冰箱，燈光不會亮起，因插頭並未接上；使勁轉動浴室的蓮蓬頭，也不會有熱水流出，廚房的層架裡頭更是空蕩蕩的。吳依光提供了婚姻的框架，她樂意跟謝維哲討論要不要買一盆青蘋果竹芋來點綴玄關；可是，框架以外，他們倆欠缺深刻的交流。

謝維哲從來不埋怨，吳依光誤解兩人需求一致，配合得完美無缺。看著百合，吳依光懂了，眼前這個年輕的女孩，她才是謝維哲不埋怨的主因。

吳依光給不起的部分，百合給了。

吳依光給自己添了半杯茶，聽百合繼續說下去，平靜得像是一位心理諮商師。百合坦承，謝維哲已婚的身分未曾是個阻撓。出於直覺，百合時常從謝維哲的身上讀到孤單的氣息。百合咬著下唇，等吳依光反應。吳依光有些懷疑，孤單是強烈的情感，謝維哲竟有那樣的情感？還是說謝維哲對百合展現了吳依光不知情的另一面？

至少，百合的結論不算錯。她不是個有存在感的伴侶。

百合告白了兩次，謝維哲對待百合的態度還是跟其他學生一視同仁。百合找他寫申請獎學金的推薦函，他也沒有推辭。畢業典禮前夕，百合告白了第三次，她純粹想讓教授知道，兩年了，她的感情依然不改。百合得到漫長的沉默，她以為謝維哲終究動怒了，才想著該怎麼圓場，謝維哲從記事本撕下一張白紙，草草寫下他的手機號碼。他說，百合以後可以傳訊息給他，不一定要寄信到他的學校信箱。百合著急地把那張紙放入皮夾，唯恐稍有猶豫，謝維哲就後悔了。過了三個晚上，百合傳出第一封訊息，問兩人現在是男女朋友嗎？謝維哲回傳，百合要不要陪他去美術館？

兩人第一次約會，就是在美術館。吳依光打斷百合，說，為什麼是美術館，人很少嗎？百合瞪大眼，彷彿吳依光說了一個笑話。

她反問，妳不知道教授喜歡版畫嗎？

百合踩到了吳依光的痛處，她的確一無所知。

就像吳依光不知道母親在成為母親之前，是怎樣的人，她也不是很清楚謝維哲在丈夫以外，過著怎樣的人生。她是以「條件」的形式認識謝維哲，資工系教授，家有恆產，有一位居住在德國，兩、三年回臺灣探親一次的妹妹。他教授的領域注重秩序、邏輯跟規矩，跟藝術宛若兩個世界。

原來他喜歡版畫。吳依光承認自己把所有事情都想得太簡單了。人跟人之間，即使有情感的名義，仍不代表情感就此完整、豐收。她跟她的父母不也是如此？

她告訴百合，我不知道這件事，他怎麼跟妳說的？百合雙眼微微一亮，吳依光的反應似乎令她無意間明白了，自己在謝維哲心中的確有個特殊的位置。

版畫的故事謝維哲說了至少七次，每次都多了一些細節，百合從不嫌煩，她猜想謝維哲一再提起，是他估計漫長的一生，他要說給很多人聽。但他等了好久，才出現一個百合，他只好對同一個人訴說一次又一次。十歲那年，謝維哲的鄰居邀請他一起到巷口的美術教室上課，芳認為薰陶孩子的藝術氣質，沒什麼壞處，就給兩個孩子一起報名。從基礎的素描學起，鄰居跟妹妹正經地把屁股黏在屁股上，凝視著米白色帆布旁的青蘋果。謝維哲畫了幾筆，發起呆，心想，青蘋果若滾到地上，該有多好玩。十堂課以後，謝維哲跟鄰居不打算再報名第二期，偏偏謝維哲的妹妹學出了興趣，芳說，你得陪著妹妹。就這樣，謝維哲跟妹妹升上進階班，老師改教版畫，謝維哲雕了一隻小鳥，妹妹則雕了一間小房屋，中間開了一扇寬敞的窗。老師開啟鋁罐，擠上顏料，把滾輪放在謝維哲手上，示意他按著顏料，先往下，再來是盡可能往四周延展。老師說重點是均勻。那晚，謝維哲無端失眠了，油墨的特殊氣味在鼻間滾動，顏料和滾筒沾黏的噠噠聲縈繞耳邊。接下來四年，謝維哲參加了十來場比賽，不只一次摘下首獎，進而認識幾位跟他一樣，對版畫情有獨鍾的學生。升上高中，謝維哲的父親終於表達立場，藝術是女孩子的事，家裡給他很多年的自由，該回歸正事，專心讀書了。謝維哲最後一張版畫，是獻給美術老師的禮物，他精雕細琢十幾朵老師喜歡的玫瑰。多版套色，從藍白色到經典的洋紅。禮物一送出，謝維哲轉身扔了全部的工具。再次接觸版畫，謝維哲已是位助理教授，他贊助學生地方創生的集資計畫，幾個月後，他幾乎忘了這件事，學生們親手送上計畫的成果：以鄉野奇譚為主題的繪本。謝維哲隨手一翻，一張觀音聖像的版畫，他倏地想起他曾經多麼深愛這門藝術。不再年輕的他至少可以欣賞。

謝維哲告訴百合，站在版畫前，他感覺得到手掌的神經在發燙、跳動，輕輕一握能感應到雕刻刀的形體，久違的刺鼻氣味再次瀰漫。他也分析了十歲的自己為什麼會愛上版畫，當然，偷渡了一點後見之明。他說，一是版畫製作過程，必須左右相反，結果才會符合期待。這讓他養成一個習慣，見到一張圖，一幅景色，就會不由自主地在腦中反過來，那是打發時間、自得其樂的好遊戲。再來，只要手裡握著雕刻刀，他就對自己滿懷信心。跟魔法沒兩樣，卡通裡，魔杖揮落，金粉灑落，主角的命運從此不同。雕刻刀是他的魔杖。

百合打破沉默，問，不知道為什麼，我覺得教授你的童年好像沒有很快樂。謝維哲停頓，看起來竟有些自卑，他反問百合，是這樣嗎？那妳呢？百合不假思索地說，沒有錢要怎麼快樂。謝維哲淡淡地笑了，說，有錢也不一定快樂。

他們不曾撞見過熟人。

謝維哲看畫時，他的肢體會不自覺地呈現老派且有點笨拙的動作，背著雙手，上半身前傾，脖子拉長，鼻頭跟畫之間不到十五公分，彷彿在嗅聞著什麼。百合看著謝維哲攤平的手掌，故意以指甲去摳，謝維哲別過頭，問，為什麼要這樣？百合說，好玩。一次，兩次，經過三個深呼吸，百合有些惶恐地試探，她握起謝維哲的手。謝維哲沒有抗拒，那是百合第一次牽手。

謝維哲是百合第一個戀愛對象，沒有別人了。

吳依光的內心隨著百合的陳述而有著瞬息萬變的起伏，時而感傷，時而嫉妒，當然她也憤怒，但那憤怒並不滾燙，反而有幾分蒼涼。百合也在製作版畫，她一字一句刻出了謝維哲罕有人知的那一面向，既像他，也不那麼像他，宛若反過來看。

是時候決定這幅版畫的色調了。

吳依光問了一個自己也有些詫異的問題，你們上過床了嗎。百合沒有迴避，有，但不是妳想的那樣，請聽我解釋。百合眼底閃逝傷楚，她說，我們約會了五、六次才做愛，也是唯一的一次。教授有很嚴重的罪惡感，之後，我們失聯好幾天，教授才傳訊息給我，說自己好像做了很糟糕的事，對每個人來說都很糟糕。

我不想失去教授，所以我們再也不上床。沒多久，教授說妳懷孕了。他變得很常跟我說你們的日常生活，像是你們去產檢、參觀月子中心，討論孩子幼稚園要讀公立還是私立。聽到這些，我內心很不好受，奇怪的是，教授不說，我也會問他。可能是想證明我很懂事吧。那幾個月，我對教授更體貼，更溫柔，陪教授看版畫，我也說得上一兩句了。教授以為我看久了也懂了一點知識。不是這樣的。我從圖書館借了好幾本談版畫藝術的書，把重複出現的字詞寫在小紙條上，一個一個背起來，像做報告。我很擔心教授最後還是選擇了妳，我想留住他。

百合的臉上浮現愧疚的鬱色。

吳依光咬牙，懂了百合沉默的理由。那個讓她緊張兮兮的孩子流掉了。

自然地，無聲地，彷彿一位安靜的房客，在天色未明時悄悄地自後門溜走。

吳依光睇了百合一眼，預感百合又要道歉了。她搶先一步阻止，說，我希望妳即使感到對不起我，也不要說出那三個字，妳也大學畢業了，應該知道，對不起，什麼也無法彌補，只是讓做錯事的人內心好受一些而已。

百合面色一凝，咬著下唇，半晌，她回應，對，我也很明白，我做的這些事好像是在二度傷害、三度傷害。但，我也不知道有沒有其他的方法。上個月，教授問我，挑一間高級的餐廳吧。他從來沒有帶我上過餐廳。我太蠢了，沒想到教授是要跟我說再見，還挑了一間很多網美推薦的西餐廳，四十七樓，景觀很美。一吃完甜點，教授跟我說，對不起，從今以後我們最好不要再見面了。教授認為孩子之所以會流掉，是老天對他不忠的懲罰。吳小姐，妳說得很對，對不起三個字，什麼也無法彌補。

吳依光後腦勺抽痛了起來。

百合這次待得太久了。

她冷冷質問，這就是妳來找我的原因？妳受不了分手這個結果，明知會傷害我，還是選擇告訴我這些？妳有沒有想過，假使我狀況不好，妳一走，我就從這個陽臺跳下去，妳怎麼辦，妳付得起這個代價嗎？他人又會怎麼看妳？

吳依光別過頭，望向陽臺，角落立著一棵漂亮的白水木。它不聲張地發展出優美的樹形，遠遠看像是一群青綠色的鳥，細爪緊握著枝椏，翅膀撲騰。那是王澄憶事件告一段落以後，何舒凡送來的禮物，照樣，伴隨著一張卡片，上頭寫著：我從一本書看到，樹是人類很好的傾聽夥伴。難過的話，就說給樹聽。吳依光不曾跟白水木傾吐過心事，不過，只要凝視著白水木，想起何舒凡的話，她就深受撫慰。

百合眉頭蹙起，定定地看著吳依光。

百合小她十歲又多一些，以年紀來說，百合更接近吳依光所教授的學生。吳依光從百合身上聞到了年輕人常有的鐵石心腸：我的感覺比你的還重要。

百合恢復冷靜，她問，妳會跳下去嗎？教授說，妳並不愛他。你們會在一起，就是時間到了，給家裡一個交代，而他正好是妳跟妳的家人都能接受的對象。

吳依光看著百合，這個女孩想必前程似錦，她聰明，且沉得住氣。

吳依光頷首，說，妳很幸運遇到的是我。可是我希望妳待會走出去，想一下我們全部的對話。妳都知道我跟謝維哲之所以結婚的原因，就應該要想到有時候人會跳下去，跟感情沒關，而是跟面子有關，跟再也無法給誰一個交代有關。

百合的臉部抽搐了一下，她終究被擊潰了。

吳依光享受著百合的恐懼，她希望百合認知到，說每一句話之前，務必預設對方是也有心的、感官是明亮的，會將所看到的、聽到的、聞到的、摸到的，在內心組織成信息，若那信息導向一個結論——人生不值得你全心以赴，有人會一聲不吭地跳下去。那瞬間是無從體會，難以預防的，唯一能做的就是不要去召喚那樣的結論出現。一次也不行。百合正在這麼做，吳依光認為自己有義務制止她，不只是為了自己，也為了百合，她還那麼年輕，她還會遇見許多人。

妳可以走了。吳依光說道。

百合魂不守舍地站起，問，那吳小姐，妳教我該怎麼放下？

吳依光淡淡地說，妳想著妳不要拿著就好了，放下很難，不要拿著就容易多了。

等空氣中百合的氣味完全散去，吳依光才拉開落地窗，走向白水木。她伏低身子，撫摸樹枝。內心有模糊的暗影湧動，她想，若母親旁觀了她跟百合的一切，會給予怎樣的評價？是否會承認她看走了眼，謝維哲不若她所料想得安全？

吳依光不會就這樣跳下去，但凡一個人，只要有過瀕死體驗，往後的人生就有了所謂的「閾值」。遇到任何痛苦的、極端的處境，他就會不由自主地和那回的死裡逃生做一比對。吳依光也是有「閾值」的人。以現在來說，吳依光問自己，為了謝維哲的婚外情而自殺，對得起十七歲的自己嗎？

不，當然不，兩者的層次差得可遠了。

十七歲的自己多麼真摯地相信，有位無所不能，她叫不出名字的惡徒，反覆著鞭打著她的心靈，教她一次次地陷入絕望。即使那人偶爾好心，賞給她幾顆糖果，給她一點擁抱，她也能從胸腔的冰冷空氣感應到不遠的未來，她將再次蒙受重創。

14

跟夢夢攜手繪製的漫畫被母親撕掉了，吳依光認知到，只要寄人籬下，母親就能一而再、再而三地扔掉她心愛的一切。她從此控制得很好。小學畢業，同學們給彼此寫畢業小卡，交換「勿忘我」、「百事可樂」之類的句子。有些男生調皮地寫下曖昧的詞彙。吳依光旁觀同學們哈哈嘻笑、傳遞，即使她也想得到一些祝福，不正經的也無妨，她還是沒有加入這場遊戲。

她沒有一個可以放心置物的地方。

十四歲那年，吳依光有了她深深喜歡、又不必擔憂得藏在哪裡的什麼，王聰明。這是綽號，王聰明無論長相、學業表現都像極了小叮噹卡通裡的那個角色。吳依光和王聰明是同學，放學後也前往同一間補習班。升國一不久，王聰明跟吳依光的家人給他們報名了森學補習班，母親說，她調查過，校排前十名的學生超過一半在這補習。補習班也篩選學生，一是成績，一是面試。身材魁梧的主任和顏悅色地解釋，他們只收最優秀的學生，不能讓資質、家庭環境不佳的同學混入其中。

主任問了一連串問題，最後一題是，是否允許適當的體罰。吳依光看向母親，母親眼都不眨地反問，體罰的理由有哪些？主任大概很習慣回答這個問題，不帶情緒地說，就兩件事，測驗低於八十五分跟作業遲交，成績跟紀律，很基本吧。母親想了兩秒，點頭說，沒問題。返家之後，母親把吳依光喚到面前，問，妳知道為什麼我會答應主任嗎？吳依光考慮了一會，說，這樣我才會進步？母親露出認同的微笑，點頭，說，對，妳得知道，命運掌握在自己的手裡。妳不想被打，就不要犯了這兩項規矩。成績跟紀律，主任說得很好，這都是基本。

吳依光長大之後，才發現這些話多麼危險，她卻服從了好多年。

班上有五個學生去森學補習，只有吳依光跟王聰明被分配到學生成績最好、管教也最嚴的菁英班，其他三位則是普通班。窄小的教室不時瀰漫著薰衣草清潔劑的味道，課桌椅密集排列，塑膠材質，一坐下就咿呀作響。王聰明第一次走進教室，左右張望，在吳依光旁邊的座位，扶著桌沿坐下。吳依光心臟一陣亂跳。說不上為什麼，她感到快樂。她跟王聰明交情普通。同學們偶爾起鬨，問兩人常在段考上互爭一二，是否會介意對方的存在。兩人異口同聲說不，吳依光偶爾拿物理去問王聰明，王聰明也問過吳依光英文文法。在森學補習班，兩人的距離倏地變好近。他們發展出規矩，先抵達森學的人，要負責搶占好位置。英文課坐第一排，乏善可陳的國文課就往後躲。有一天，放學了，他們仍為著一道問題爭論不休。王聰明認為老師的解題方法有瑕疵，吳依光則篤定是王聰明聽擰了老師的用詞。補習班鐵門即將拉下，王聰明提議，這樣好了，我陪妳走回家，我們邊走邊說。吳依光看了王聰明一眼，厚重鏡框背後的雙眼十分清澄，視線再往下，寬肩、胸膛、筆直修長的腿，小腿滿布微捲的汗毛。一個奇異的想法在吳依光的內心幽幽地舒展：他們是青春期的男女，成年只有幾步之遙。

她故作鎮定地說，好啊。幾分鐘後他們很驚喜地發現兩人的住址只差了一條街。隔天晚上，補習班放學，王聰明很自然地說，我們一起走吧。就這樣，一次、兩次，一段又一段十五分鐘的路程，兩人朝夕相處，作息近似，舉頭望著同一枚月亮，心口默背著同一首詩句。有一回，忘了聊到什麼，兩人投契的程度讓吳依光禁不住揣想，她夢見的事物，王聰明是不是也夢過了？她漸漸捨不得跟王聰明的對話就這麼結束，祈禱腳下的柏油路最好永無止盡地延長。

吳依光在森學挨打的次數屈指可數。很少老師形容她是天才，但她沒有弱項，分數分布得很均勻，科科都在八十五至九十之間。至於英文，托梅姨一家的福，最差也有九十四、九十六。主任偏愛她。有幾次，吳依光考差了，她站在隊伍之中，看主任握著纏滾了好幾圈膠帶的木板，一下接一下揮打學生的掌心。櫃檯工讀生曾在閒談時，漫不經心地透露，之前是以熱熔膠執行體罰，但傳聞有學生的手掌神經給打壞了，才換成木板。木板造成的是沉沉的、不知從何說起的悶痛。主任說這樣符合體罰的目的，刺激學生反省，而不是讓學生只記得痛。吳依光來到隊伍最前方，把一小口呼吸含在胸腔，左手手心發癢，這是規矩，挨揍時要伸出非慣用手，否則待會就握不住筆了。主任卻捏了捏她的掌肉，眨眼，說，依光，妳只是偶爾失常，這樣子打妳也沒意義，妳回去自己的座位吧。

假設吳依光沒有喜歡上王聰明，她會說，森學是間不錯的補習班。為什麼不？她享受了多少好處。森學被人詬病的昂貴收費在她父母眼中更是不算什麼。問題在於，王聰明在國二下學期，腦筋逐漸不夠使了。三年級上學期，王聰明再也應付不來，為了保住英文科，他放掉社會科。一日，地理測驗，王聰明把寒暖流弄顛倒了，分數極低。社會老師氣得發抖，說王聰明使用資優班的師資，分數卻比普通班不如，必須嚴懲，王聰明到主任面前報到。吳依光跟了過去。主任一接過考卷，隨即抄來木板，質問王聰明，你到底在做什麼。王聰明答，昨晚讀到一半，不小心睡著了。聞言，主任揚手，一下又一下狠抽王聰明的掌心，不忘警惕，要考進第一志願就是一科都不能放。你再這樣提不起勁，到時候看著同學一個個考上第一志願，要跟誰哭都不知道。主任的咆哮穿過補習班的輕薄隔間，同學們互看一眼，這樣殺雞儆猴的場景不是第一次，重點科目更常見。久而久之，每個人臉上長出一層漠然的保護色。王聰明嘶嘶吸氣，漲紅的臉冒出細小的汗滴，吳依光目睹一切，胸口無比疼痛。

成為老師之後，吳依光一再察覺到她的學生們，全心面向現在與未來而活，至於過去、任何近似歷史的事物，他們興致索然。他們不在乎智慧型手機被發明的時間，只關心手機的功能是否足以應付隨時查看彼此動態的需求。同樣地，他們出生在不會有老師朝他們的手心揮舞木板或熱熔膠的現代，他們懶得去追究，不過幾年前，老師打學生是件社會默許、甚至鼓勵的舉止。學生們不清不楚，不明不白，有一群人，才大他們幾歲，在青少年這個「合成自我」的階段，遇到強烈的壓制。他們適應了上一代施加的暴力，卻被禁止對下一代這麼做。吳依光認為最棘手的莫過於，她時常感受到某種驚人的欲望在她的皮膚底下翻騰，在任何她認為自己控制不住學生的場合，那欲望就現身，循循善誘，說，快教訓這些不知感恩的小王八蛋，讓他們知道妳是老師，妳說了算。也是在那一刻，她才發現，補習班傳遞的一切仍持續對她產生作用，差別在於她不知不覺間，轉換了身分。

懲罰結束，主任粗喘著氣，甩動右手，說，好啦，回去教室，英文考試不要再搞砸了。主任的語帶溫情，吳依光的胳膊起了雞皮疙瘩。王聰明坐回吳依光身邊，接過吳依光遞給他的試卷，眼神有些退卻。

吳依光握著自動鉛筆，一題刷過一題，不知不覺，她分心了：是否得為王聰明的痛苦做些什麼？什麼也不做未免太冷血了。放學後，王聰明急著要走。吳依光拉住了他的書包背帶，說，陪我去超商買杯飲料好嗎？我的心情好差。她說的是自己，不是王聰明。這個小伎倆果然奏效，王聰明考慮半晌，點頭答應。超商前擺了兩張公園常見的雙人椅，王聰明坐在其中一張等候。吳依光買了兩罐熱奶茶，一罐說是請王聰明喝。王聰明沒有推拒，他扯下拉環，喝了起來。冷冽的寒風搧打在臉上，吸乾了顱骨的最後一點餘溫，吳依光想起生物小考的內容，顫抖是生物產生熱能的機制之一。喝了兩口，後悔和尷尬交錯在吳依光的內心閃現，她自問，若有同學行經，撞見兩人坐在半明半暗的騎樓喝奶茶，流言蜚語會長成什麼模樣？

王聰明打破沉默，問，妳怎麼了，為什麼心情很差？吳依光隔了兩秒，想起自己信口胡謅的理由。她聳肩，說，沒什麼，就只是覺得太多考試了。

但是妳一直都考得很好。王聰明的語氣很中性，沒有反諷。

吳依光理解到她得修正她的說詞，因此，她改以有些逞強的憂鬱說道，考得好又怎麼樣呢？還不是在地獄？只是沒有十八層那麼慘而已。我根本就不快樂。更煩的是我不能公開這麼說，很多人覺得我夠幸福了。話一出口，吳依光也被自己給驚呆，她本意是安撫王聰明，沒料到這些話就這樣溜了出來。吳依光摸上臉頰，發燙得厲害。

王聰明咧嘴一笑，愁容淡化不少，他說，對，我們都在地獄裡。他別過臉，直視眼前因入夜而稀疏的車流，啐了一聲，幹，洋流到底有哪裡重要？不知道寒流暖流我難道會活不下去嗎？吳依光挑起眉毛，王聰明原來說髒話，且說得好自然。

王聰明搖晃著鋁罐，說，主任打電話給我爸，說我的分數很尷尬，大概在第一志願的邊緣，再不認真就只有第二志願了。我爸把我叫過去念了快一個小時，他要我不要鬆懈，想盡辦法再拚一下。可是，我很清楚，現在這分數就是我的極限了。跟妳說個祕密，我查了主任的學歷，他讀的高中連前三志願都不是，他憑什麼揍我？他跟我一樣大的時候，比我蠢十倍好嗎，不過我爸很喜歡主任，他說主任對學生很用心。

暖流滑入吳依光的肋骨之間。她喜歡這樣，她喜歡王聽明跟她說祕密。她頷首，問，你明明可以這樣說話，為什麼平常要把自己弄得像一個書呆子？王聽明沒好氣地說，還不是因為妳？吳依光指著自己，問，我？為什麼，跟我有什麼關係。王聽明看著地板，收起吊兒郎當，說，吳依光，妳知道嗎，我不想要妳覺得我很笨。我爸說，只有笨蛋才會喜歡搞笑。我要注意我的形象。

吳依光搖頭，說，我反而更喜歡現在這樣說話的你。語落，吳依光感受到空氣的部分分子條地凝結，她加上一句，就像我也喜歡體育股長，他說話也很誇張。

王聽明仰頭喝光奶茶。

吳依光想不起自己上一次這麼坦率、自由地和一個人相處是什麼時候。她看著手錶，必須走了，她不能確定母親是否會打電話給補習班，詢問女兒幾點幾分離開。吳依光起身，握著手中還剩一小口的奶茶，她打算拿回家，沖淨，放在桌上。

一只空罐子，她不信母親能看出什麼端倪。

從那天起，超商、飲料、騎樓的雙人椅，成了日常裡的小插曲。最常出現在星期六晚上，考試暫告一段落，不用急著趕回家，多寫三道證明題，或是熟記一次大戰的參與國家。王聽明在吳依光心目中的地位，一天比一天珍貴，他是個傾訴的好對象，守口如瓶，且不妄下定論。冬去春來，吳依光告訴王聰明，可以的話，她多想擺脫獨生女的身分，一個人長大太寂寞，也太沉重了。她有兩個住在美國西岸的表妹，喬伊絲跟愛琳，兩人時常針鋒相對，吳依光仍萬般羨慕，這對姊妹擁有彼此。王聰明聳肩，說他有個姊姊，脾氣跋扈，一會使喚他去洗碗，一會命令他吃掉她從菜餚裡挑出的胡蘿蔔跟洋蔥片。說完，王聰明做了一個餘悸猶存的鬼臉。吳依光微微一笑，她不會看不出王聰明是在安慰她。

王聰明說了下去，他的姊姊即將前往歐洲，在一所享有盛名的音樂學院留學，前幾天他的父母才確定了飛機班次。吳依光聽出王聰明的不捨，她瞅著王聰明俊秀的側臉，胸腔裡撲通跳動的什麼心再度偏離了平常的位置。

王聰明嘆了口氣，扔出另一個問題，為什麼第一志願要設計成男校跟女校呢，什麼年代了還在信奉那套戀愛會耽誤課業的迂腐想法。

聞言，吳依光頭一暈，她再也分析、處理不了任何資訊。有人如此教她，視覺是人類最依賴的感官，一旦視覺被屏蔽，其他的感官將隨之放大。吳依光閉上眼睛，想讓她寂靜已久的心充分去感受這一秒，純淨，清澈，無限大的幸福，她相信王聰明喜歡自己，她相信自己值得這份喜歡，她不會成為父母那樣的大人。

她是有感情的，她會跟心愛之人長相廝守。

吳依光在緊湊的考試行程裡安靜地找尋故事，年輕的情人分別前往第一志願，一千天以後依然深愛對方的故事。五月考試，六月畢業典禮，她得趁早說服自己跟王聰明，即使就讀不同的高中，他們之間正在發生的什麼，也不會就此消散。等兩人考進同一所大學，再也沒有什麼條件能迫使他們分開。

然而，四月，呼應愚人節似地，王聰明變了。他在補習班不顧吳依光的招呼，刻意選了與吳依光有些遠的位置；老師一宣布放學，他直接拎起書包，頭也不回地走掉。雙人椅上的閒聊更是不復存在。吳依光感到自己被一腳踢開，她既困惑，也有些羞恥，她甚至不能跟他人訴說這些絕望的心情。她不僅是失戀，也失去了一個說話的對象。她幾度想找王聰明，問，你是不是不喜歡我了？卻又唯恐實情就是這樣。最後一次模擬考，吳依光的成績驟降。導師當著全班學生的面問她，妳怎麼了，不要嚇老師啊，妳沒有考上其華女中，我很難交代。

一樣的戲碼，搬到森學補習班，又演了一次。主任搖頭，責問吳依光，如果大考也是這樣的成績，豈不是前功盡棄，早知如此，不如一開始就擺爛。吳依光的眼角瞄到王聰明立定不遠處，看著，她的內心湧出甜蜜的刺痛，她的目的已成，她要王聰明看見，她的確、無庸置疑地在往下墜。主任終於念夠了，他揮了揮手，說，妳走吧，大考之前妳別睡了，反正我猜妳也不敢睡，妳把補習班的模擬試題從頭到尾再讀過兩遍吧，我會看著妳的，妳不要丟森學的臉，菁英班沒人考過這麼爛的成績。吳依光木然地說，好，謝謝主任。她回到教室，拎起書包，王聰明從背後喚她，他說，吳依光，我請妳喝杯飲料。吳依光預先琢磨的劇本是，若王聰明找她，她要滿臉無所謂地走掉，偏偏眼淚不受控制地流下。她怎麼能？吳依光不曾這麼喜歡一個人。

兩人並肩走了一小段路，王聰明進去超商買了兩罐奶茶，他說，一罐給妳。吳依光接過，問，怎麼了。王聰明直視著她，說，吳依光，我希望妳可以專心讀書，考上其華女中。吳依光冷冷地反問，你在乎嗎？王聰明嘆了口氣，眼底閃過吳依光偶爾在成人臉上讀到的，莫可奈何的憂傷。他說，我現在很難跟妳解釋，總之，我們先專心準備考試，考完妳就什麼都懂了。吳依光被王聰明弄糊塗了，她放軟了語調，說，如果你不喜歡我了，你現在直接告訴我。王聰明哎了一聲，向前抓住吳依光的手腕，兩人因這個舉止而同時瞠圓了眼，在對方眼中讀到忐忑和悸動。

王聰明放手，往後退了幾步，他的耳根完全發紅。他說，吳依光，不然這樣好了，來打賭吧，我們接下來這個月就專心讀書，如果妳考上其華女中，我就告訴妳發生了什麼事。妳不要再這樣辜負自己了，我跟妳當同學也三年了，妳那麼聰明，妳注定要去第一志願的。

放榜日，母親推掉所有工作，不到七點就坐在餐桌前。吳依光六點半起床，她半瞇著眼，坐在沙發，看著在客廳來回踱步的母親。吳依光再次睜開眼，是母親來搖她的肩膀，她想，我在沙發上又睡著了啊。母親輕喊，妳考上其華女中了，比錄取分數還多十分。說完，母親哼起歌來，她以搖晃的、輕盈的滑步，回到了餐桌前，坐在丈夫的對面。吳依光不曾見過母親如此歡愉的模樣。相比之下，吳家鵬的反應落在吳依光的預期之中，他溫柔地呼喚，我們吳家的小資優生，快來吃早餐吧，妳就要穿上那光鮮亮麗的制服了。吳依光走到餐桌旁，看著父母臉上堆滿的微笑，跟著笑了，她拉開椅子，坐下，大啖盤中的鬆餅、鹹奶油與幾片生菜。

她想，我證明了自己值得。

稍晚，吳依光輾轉得知，王聰明以吊車尾的分數，考上第一志願。森學補習班舉辦了慶功宴，邀請所有應屆考生出席。那年，森學補習班榜單非常漂亮，主任得意地包下一間美式餐廳，炸雞，披薩，牛排，義大利麵，海鮮濃湯，源源不絕地供應。每個學生吃得滿臉紅光，不時吸吮手指。吳依光跟一位女同學喝了好幾杯可樂，滿肚子的氣泡讓她頻頻打嗝。家中的冰箱從來沒有可樂，一小瓶也沒有，母親說，氣泡飲料會讓人胖成泡芙，吳依光只有在美國，會跟梅姨、喬伊絲和愛琳一起喝可樂，她們的身材的確稱不上瘦。弔詭的是，吳依光注意到，三人在臺灣絕不碰可樂，她懷疑可樂跟英文一樣，被梅姨劃分在「在美國才可以使用」的範圍。

兩個小時過去，學生們慢下進食的步調，如被擊倒的保齡球，在紅色沙發上東倒西歪、躺成一片。吳依光裝了一杯冰可樂。緊接著，她在王聰明身旁坐下，仰頭喝進一些可樂跟碎冰，試圖讓自己看起來一點也不緊張。她問，我考上其華女中了，你可以告訴我了。王聰明似乎有所準備，他坐直身體，反問，妳是怎麼想的？吳依光一愣，感覺到體內的血管正在快速收縮，她降低音量，有些惱怒地問，你怎麼可以問我？是你先對我不理不睬的？

又一次地，吳依光在王聰明的臉上看見那不屬於他們年紀的感傷。王聰明說，看來妳是真的不知道，那我感覺好多了。吳依光，既然妳考上了，我遵守承諾跟妳說吧。三月底，有一天，妳媽媽打電話到我家，警告我爸媽，管好我，不要再去騷擾妳了。王聰明的臉上浮現一層陰影，他擠出難看的苦笑，說，電話是我媽媽接的，她告訴我，不管我們兩個有沒有在交往，我最好放棄，離妳遠一點。妳媽媽說話好傷人。她跟我媽說，我跟妳是不同世界的人，叫我別痴心妄想。我家確實不像你們家那麼好過，可是，吳依光，我們家也沒有欠你們什麼，妳媽沒必要把我們說成這樣。

吳依光身子一晃，杯子險些從她的手中滑落。在她學會密謀的同時，母親也進化了，這一次，她藏在家門之外的事物，母親也為她扔棄了。

吳依光看著自己的雙手，感覺到她什麼也不能擁有。她不得不道歉，說，王聰明，對不起，我什麼也不知道。請你原諒我。也請你的家人原諒我。

王聰明喝了一口可樂，安慰吳依光，算了，我們現在這樣也很好。妳看，我們兩個都考上第一志願了，沒有什麼損失。說不定，沒有妳媽的刺激，我就考不上了呢。

這是吳依光跟王聰明的最後一場對話。

15

星期二，吳依光按照通訊錄打了一通電話至蘇明絢的家中。李儀珊聲音沙啞、虛弱，她告訴吳依光，女兒的告別式即將在週末舉行，她跟先生的共識是低調進行，以親友為主。李儀珊補充，她先生任職的公司僅有兩位直屬上司會出席，她不希望學校派出的代表超過這個數字。吳依光問，那麼學生呢？李儀珊溫柔地道歉，說，可以的話，我不鼓勵女兒的同學參加。吳依光陷入靜默，李儀珊解釋，老師，請妳不要誤會，不是說我不歡迎她們。只是我們家也還在消化明絢的事情，情緒還是起伏不定，明絢的同學來了，我們不知道怎麼照顧這些年輕人，這點請妳轉告明絢的同學。

吳依光跟許主任轉述了李儀珊的想法。許主任沉吟一會，問，他們有沒有提到，嗯，蘇明絢……為什麼？許主任說得迂迴，吳依光立即意會，她搖頭，說，沒有，什麼都沒說，聽起來好像就是接受了這件事，沒有要多加追究。

許主任手握成拳，又鬆開，說，這樣啊……但，我們還是不能完全掉以輕心，說不定過兩天他們就把矛頭指向學校了。

第七堂課結束，吳依光收到許主任的訊息，我跟校長談過了，校長那天有安排行程。她會送花籃過去，我們兩個代表其華女中上香。吳依光回，我知道了。

吳依光在原地站了一會，才拖著腳步走回教師休息室，她注意到桌上躺著一張對半摺起的紙條。吳依光左顧右盼，確認沒人看向這兒，才打開紙條。**如果老師有心想知道真相，去問蘇明絢在熱音社的事情吧**。藍色墨水寫成、零點三八或零點四，字跡歪斜，八成是以非慣用手寫的。吳依光認出紙張是自學校販售的筆記本撕下。只要十二元，所有人都能取得。她拉開抽屜，缺乏保養的滾軸發出嘎地一聲，角落躺著一只扁扁的櫻花色鐵盒。鐵盒內有五張紙條，加上手上這張，整整六張。

吳依光拿起另一張，相同的墨水顏色與字跡，寫著，**妳是個差勁的老師，懂**？吳依光臉頰一熱，像是給什麼咬到似地放手，她把紙條放回盒子，壓緊蓋子，確定扣住了，才倒回椅背。吳依光手背貼上額頭，她不曉得如何看待紙條上的訊息，前面幾次都是直撲而來的惡意，這一次卻轉往蘇明絢。思緒如同散落一地的拼圖，每一片都好像，不知怎麼開始。就她印象所及，蘇明絢高一應該是合唱團，高二轉到熱音社。

吳依光請班長通知班上除了蘇明絢，另外兩位加入熱音社的同學。放學後，兩名女孩出現在吳依光眼前，她們低頭，一臉不安。

吳依光問，蘇明絢最近在熱音社過得怎樣？女孩們交換了一個眼神，並未掩藏她們的困惑。戴著細框眼鏡的女孩側著頭，語速適中地回答，雖然我們跟蘇明絢同班，可是我們很少在熱音社說到話。另一名留著齊耳短髮的學生點頭，加上一句，老師可以問熱音社的指導老師茉莉，蘇明絢滿常跟茉莉聊天，不然老師也可以問社長，夢露，她是七班的。眼鏡女孩把話接了過去，夢露跟蘇明絢是同一團的，老師要問蘇明絢在熱音社的事，夢露會比我們兩個還清楚。

吳依光問，瑪麗蓮夢露的夢露？女孩們很有默契地點頭，短髮女孩回想，夢露的本名叫什麼呢，完了，我只記得夢露。不過，問七班的同學，應該還是找得到人。吳依光找了張便條紙，寫下，七班，夢露，熱音社社長。

寫完最後一個字，吳依光猶豫了，她擁有不去找夢露的自由嗎？既然李儀珊並未表現出究責的想法，她還要執著為什麼嗎？說不定這根本違反了蘇明絢的意志。蘇明絢沒有留下隻字片語，她的靜默究竟是無話可說？或是不認為有誰值得託付？

心中升起一道聲音，竟是自己的。那聲音說，吳依光，一樣的，憂鬱的、內向的十七歲，妳依然活著，妳的學生卻沒有。妳難道就沒有一絲好奇？

吳依光事先跟七班班導汪老師打了個招呼。

她告知了張紙條的存在，汪老師是繼何舒凡以後，第二位知情的老師，但範圍不同，何舒凡看過全部，汪老師則以為只有那一張。他還回紙條，略帶同情地說，辛苦妳了，這根本是老師的惡夢，現在的學生不容小覷啊。

吳依光點頭，慶幸站在面前的不是謝老師，否則，她必然躲不過謝老師居高臨下的審視。不過，謝老師很久以前就不接班導了。她說，班導責任重大，加給卻少得可憐，她千辛萬苦才熬了過來，不可能回去受罪。

再過幾年，說不定汪老師也會說出類似的話。

吳依光時常感受到自己身處的社會不斷地發送催眠的訊息，老化是生命的最佳解，只有老化，才能取得享受一切幸福的正當性。

汪老師語氣一轉，說，在這個時間點，找學生去談社員自殺的事，我難免有所顧慮，但，夢露的話嘛……汪老師頓了頓，不知道是在說服自己，還是告知吳依光，夢露應該知道怎麼處理，她很成熟。

翌日，夢露來到教師休息室，吳依光有些驚訝她本人身材竟如此嬌小，一百五十公分出頭，小小的臉蛋鑲嵌著圓滾滾的大眼。吳依光徵詢過，夢露是貝斯手跟主唱。

她很難不想到方於晴，自己就讀其華女中時，坐在隔壁的同學，熱音社社長，也是貝斯手跟主唱。貝斯手的角色，吳依光記得，方於晴是這麼說的：貝斯手是一個容易被忽略的位置，正因如此，選擇它會有意想不到的效應。至於是什麼效應，十六歲的吳依光沒有過問，她只覺得方於晴整個人散發著細碎的光，並不耀眼，但，足以讓旁人知悉，跟方於晴相比，她們活得好平庸。

吳依光回過神來，她跟方於晴早已不相往來，拿方於晴的形象和夢露比對，無疑是伸手按壓陳舊、早已結痂的傷疤。

吳依光為自己耽誤到夢露的午休時間而致歉。夢露說，沒關係，她的神情很平靜，跟吳依光昨日詢問的兩位學生相比，夢露的確具有穩重、從容不迫的氣質。這部分也像極了方於晴。吳依光再也克制不了思緒的翻飛，她遇到了一位像極了方於晴的女孩，然而，十幾年後，她從學生成了老師，她如今是坐在這樣的女孩的對面，而非身邊。吳依光難得地，帶著疼痛地感知到自己老了，無可挽回地老了。

她詢問夢露，能不能解釋一下蘇明絢在熱音社的狀況。

夢露注視著吳依光，眼睛和長長的睫毛如小鹿斑比。吳依光在心中祈禱，夢露的個性可別像那些美麗且脆弱的生物，一探測到危險，就迅速騰跳，逃得無影無蹤。

她的選擇不多，只有一張匿名的小紙條，和夢露。

夢露問，老師，蘇明絢有沒有留下遺書？

吳依光沒有耽擱太久，回答，就我所知，蘇明絢好像什麼都沒有留下。

夢露又問，那老師覺得，為什麼呢？

吳依光看著夢露，這個女孩自走進休息室之後，分分秒秒都令她感到神奇。她又想起了另一個人，百合。吳依光有些迷惘，百合那麼熱，夢露這麼冷。她怎麼會把兩人牽連在一起？她搖了搖頭，說，我到現在還是不知道為什麼蘇明絢會自殺。

夢露抿了抿嘴，決絕地說，老師，很抱歉我什麼也不能說。我知道這樣說，老師會不太高興，可是，如果老師現在還是不知道為什麼，那麼……我覺得，這表示有些事情蘇明絢不打算讓大人知道。所以，無論老師是為了誰而來問我，我都不會說的，如果是蘇明絢的爸媽，我想，他們最好自己來問我，而不是請老師做這些。

吳依光低喊，夢露。老實說，這個呼喚在此刻有些過於親暱，但她不知道夢露的本名。她不是很確定地問，我應該不是第一個問妳的人吧，妳好像有些生氣？

夢露看了吳依光一眼，旋即別過頭，望向旁邊，說，對，妳不是第一個問我的人，可是，我沒有生氣，只是覺得荒謬。蘇明絢什麼都沒說，就這樣走了。這幾天，不只妳們三班，熱音社的每一個成員也很不好受。很多人問為什麼，蘇明絢的功課啊，人緣啊，大部分我們在煩惱的事，她都不需要煩惱。也有人說一些無聊的玩笑，如果蘇明絢這樣子的人都自殺了，我們這些比蘇明絢還廢的人怎麼辦？

彷彿有誰扼住了吳依光的喉頭，她感到窒息。夢露是第一個指出，事情正在全面失控的學生。她甚至直接說出自殺兩個字。

夢露說了下去，為什麼老師會找我，我不是三班的學生，難道有誰說了什麼嗎？

吳依光點頭，又搖頭，她支吾地說，夢露，請原諒我不能透露。

夢露沒有隱藏她對這個回應的不滿，她的鼻頭跟眼眶漲紅，雙手握成小小的拳頭。夢露顫抖地問，老師，妳有沒有想過，如果我說了什麼，以後怎麼辦？熱音社怎麼辦？學校的老師、同學，每個人都在尋找答案，想挖出一點蛛絲馬跡，去拼湊蘇明絢自殺的原因。我跟妳說的每一句話也會被這樣解讀吧。如果我說，對，蘇明絢在熱音社遇到了一些狀況，老師會不會開始連連看？從這句話連到蘇明絢的自殺。為什麼我們那麼需要原因？想哀悼蘇明絢？還是想劃清界線？

吳依光問，在妳眼中，我看起來也是想劃清界線的人嗎？

夢露搖頭，說，我不能回答這個問題，我不認識老師，不清楚老師的個性。

吳依光越是壓抑，方於晴的身影越是楚楚浮現。那一年，方於晴和教官談判，也是這樣乾淨、俐落的姿態。縱然方於晴的表達不若夢露流利，有時也會忘記接下來要說什麼而靜默，眼神卻有著白晝般的明亮意志。

吳依光應該要憤怒的，夢露的控訴非同小可，她的胸口竟無端升起溫柔的情感。那麼多年以後，還是有人像方於晴一樣，在處處是禁令的校園裡長出了銳利的爪牙，遭遇威脅時懂得反撲。不像吳依光，嚥下所有的怨恨，摁滅胸中的憧憬。

十幾年前亦步亦趨地跟在方於晴身後，甘心做她的影子，是為著什麼？

吳依光看著夢露，自己在十六、七歲的年紀，多渴盼大人的真誠以待。意思是，如果大人想敷衍她，不妨坦率地說：同學，我看得出來，你被一件事折磨得有點慘，但我實在沒興趣、沒時間、沒那個心情，你知道的，身為大人，我有一百件比傾聽你煩惱更要緊的事，請你放過我吧。吳依光寧願聽到這樣的說詞，而不是冠冕堂皇又不痛不癢的理由，領人繞了一圈遠路，最終的盤算仍是拋棄。

她不想以這樣「成人」的方式對待夢露。方於晴那年沒得到的真誠，她如今想給。

吳依光承認，夢露，妳說的沒錯，對於蘇明絢，我確實很需要一個因為這樣，所以那樣的理由。按照妳的說法，就是我需要這個連連看。我是三班的班導，蘇明絢又是從學校頂樓跳下去，如果我告訴別人我什麼也不知道，我就得面對一件很痛苦的事情——我會被看做一位失敗的班導。而我之前已經失敗過一次了。

吳依光撐著大腿站起，請夢露稍候，幾秒後，她端著那只鐵盒回到夢露面前。她扳開盒蓋，六張紙條全數倒在桌上。她示意夢露拿起任何一張。

夢露皺了皺眉，有些猶豫地拿起一張，瞄了一眼，眉心鎖起。她歪著頭，放回，又抓了一張，再一張，沒多久，她讀完了每一張紙條。夢露問，這是什麼？

吳依光攤開雙手，問，蘇明絢有沒有跟妳聊過我是一位怎樣的導師？夢露眼珠轉了半圈，說：嗯，可能有，不過我沒有印象。吳依光又問，蘇明絢難道沒說，三班之前有學生休學的事情嗎？或者，蘇明絢有跟妳聊過王澄憶這個人嗎？

夢露搖頭，迷惘的神情，令吳依光相信，夢露一無所知。

吳依光看了一眼時間，午休即將結束。她的視線又回到夢露，夢露的雙手擱於大腿，手心自然地敞開，肩膀放鬆，少了初始的提防。

吳依光以略快的語速解釋，一年多以前，三班出了一些狀況，簡單來說就是霸凌。被霸凌的人叫王澄憶。我處理得不太好，不，說不太好太輕描淡寫了，我犯了很嚴重的錯，總之，王澄憶休學了。紙條是在王澄憶休學之後開始的。每隔一到兩個月，我會收到一張紙條，就放在我的桌上，我不曉得是誰做的，也不確定是一個人，還是一群人這麼做。無論如何，我認為應該是三班的學生。

夢露提出建議，不是有監視器嗎？監視器應該有拍到是誰走進教師休息室。

吳依光微笑，眼神卻很憂愁，她說，夢露，妳說的沒錯，可以調閱監視器。不過，我得跟總務主任說明理由。我做不到，我不想讓主任看到這些紙條。

幾秒後，夢露小心地開口，老師覺得不好意思？

吳依光點頭。

夢露再次撿起一張紙條，轉動，認真端詳，問，所以，大家都不知道這件事嗎？

吳依光想了兩秒，交給夢露一個虛實各半的答案，我有跟幾位老師商量過。事實上，夢露是唯一讀過全數紙條的人，包括最新的那張。

吳依光吸入一口氣，好舒緩胸腔泛起的刺痛。想到王澄憶，她感覺得到自己就像被倒過來放的沙漏，精神一點一滴地流光。她和夢露說了下去，學生都休學了，我唯一能做的就是把日子過下去。我把這些紙條藏起來，沒有公開。我本來想說，三班的學生明年就畢業了，到時就不會再收到了。可是，妳看。吳依光拿起最新的那張紙條，說，我又收到這張，紙條上出現了蘇明絢的名字跟熱音社。我不能當做沒看見。

夢露盯著那張紙條，沒多久，她像是累了，揉了揉眼睛，說，我不懂為什麼有人要寫這樣的紙條，說得好像是熱音社的錯……。夢露把臉埋入掌心，模糊不清地說，蘇明絢這兩、三個月，的確在熱音社有一些狀況，可是我不認為那是她自殺的原因。

吳依光內心錯了一拍，這是星期五以來，她第一次找到，人們稱之為「徵兆」的片段。她提著呼吸，問，夢露，妳願意多說一些嗎？

夢露抬起眼，短短幾秒鐘，裡頭的光彩消失了，取而代之的是徬徨與黯淡。她說，我現在做不了決定，再讓我考慮一下好嗎？

吳依光提議，說，明天中午再來找我好嗎？一樣是這裡。得到夢露的承諾之後，吳依光將紙條一一收回鐵盒、清點數量，她一心一意想著，千萬不能遺漏任何一張紙條，因此，夢露說出那句話時，吳依光一時沒反應過來：夢露送出了第二個徵兆。

她說，蘇明絢自己的家庭……也有些問題。

不等吳依光回話，夢露倉促轉身離去。吳依光只能目送著夢露奔跑的背影。

16

吳依光收到謝維哲的訊息，我傍晚去學校接妳。她的回覆很簡短，好。約定的時間一到，白色凌志出現在距離校門口兩個街區的轉角。吳依光繫上安全帶，問，怎麼想到要來接我？我記得你跟學生約了吃晚餐？

謝維哲直視前方的路況，說，我跟學生改成明天了。

謝維哲不是喜歡變動的人。吳依光躊躇了幾秒，開口問，為什麼？謝維哲深呼吸，交代，妳父母下午打電話給我，說他們想過來看妳。妳媽好像想知道事情目前的發展。吳依光問，那你怎麼回答？

謝維哲轉動方向盤，不輕不重地說道，我告訴他們，我們晚上跟朋友有約了。所以我才想說，晚上最好不要在家。我記得王澄憶那次，妳媽有多聰明。

右手的指甲刺入左手的手腕，吳依光必須這麼做才能阻止自己發出尖喊。

謝維哲沒有忘記。

去年，母親不知從何得知，吳依光班上有學生休學的消息。她打了一通措辭強烈的電話，堅稱她必須跟吳依光面對面談這件事。母親認為吳依光最初的打算就是可怕的失誤，接下來每一步亦是錯得離譜。吳依光婉拒，謊稱她得留在學校計算學生的學期總成績。聞言，母親逕自掛斷電話。吳依光以為母親就這麼饒過了她。

晚上，吳依光回到家，餐桌不僅坐著謝維哲，也有母親。母親瞪了她一眼。謝維哲結巴地解釋，岳母在交誼廳等候，他自然得帶岳母上樓。吳依光漲紅著臉，質問母親，妳難道非得現在教訓我嗎？母親沒有搭話，看向謝維哲，問，你是教授，你應該教她怎麼做，而不是放任她把事情搞成今天這樣。謝維哲的目光在兩人之間徘徊，解釋，吳依光當老師的時間比我當教授的時間長，我不認為我比她懂……。

母親發出一聲乾笑，說，我知道你想對她好，可是，真正的好是說出真相。該說的，我都告訴你了，你如果想要真正地對她好，就要放掉那些不必要的保護。

說完，母親站起，走到吳依光面前，定定地注視著她，她一句話也沒說，眼神滿盈失望。她繼續往前走，拉開大門，沒有道別，逕自帶上。

謝維哲眨了眨眼，臉上閃現一抹古怪的表情，他打破沉默，問，這樣子，不累嗎？吳依光想，你太不了解那個女人了，她一點也不累，游刃有餘，且樂在其中。

吳依光坐下來，要求謝維哲重述母親和他說的話。她聽完，內心有個結論，母親是故意繞過她，找上謝維哲。母親想證明，只要她想，她可以籠絡任何人，說服任何人站在她這邊。縱然吳依光結了婚、建立一個家庭，也不會改變一件事：她是對的。她永遠是對的。

車子駛入停車場，吳依光望向窗外，餐廳的外觀乍看之下讓人以為置身南歐，圓頂、藍與白、多窗。謝維哲說，既然都要出門了，我訂了餐廳。吳依光又是一愣，謝維哲一連串的舉止，令她很是陌生。幾名打扮時尚、妝容明艷的女孩在花園拍照，她們扶著紅磚牆，交叉雙腿。經過她們時，吳依光聞到果香調的香水味。餐廳的內裝也十分講究，大理石吧檯，深藍色滾金邊絨布餐椅，桌位旁立著琴葉榕，釘在米白色天花板的金色橫桿垂掛著吳依光喊不出名字的蕨類。謝維哲說，這間是我學生推薦的，我想說，我們好像很少來這樣的餐廳吃飯，應該試試看。吳依光嗯了一聲，點了無花果芝麻葉生火腿沙拉，白酒蛤蜊義大利麵，提拉米蘇和一杯白酒。聽到最後一個選項，謝維哲露出意外的表情。他點了肉醬千層麵跟一杯檸檬紅茶。謝維哲的口味跟孩子沒兩樣。嗜甜，怕苦，也怕辣，不喜歡喝酒，喝咖啡也要加好幾匙糖跟奶精。

服務生走遠，謝維哲突然說起本來約好要見面的那位研究生，租房子時遭遇了一件怪事。那故事確實很離奇，無數個轉折埋伏其中。謝維哲說完，往後一坐，好整以暇地看著她。吳依光才領悟，謝維哲在跟她「閒聊」，而他們幾乎不閒聊的。

謝維哲去年說了一個故事，主角是他自己。

孩子流掉的第三天，沒來由地，謝維哲說起他的童年。小學四年級到六年級，他們一家四口住在約莫十三、四坪的空間，一房一廳。父母跟妹妹睡床上，謝維哲打地鋪。全家人吃飯，謝維哲跟妹妹寫作業，都在一張折疊桌上完成。每天，放學回家，謝維哲打開電視，讓卡通人物的對話流淌於小小的空間，攤開習作簿，埋首寫作業，偶爾也教妹妹一、兩題數學或生物。兩人不時停下來，伸手捏一捏桌上擺放的一隻兔子玩偶，玩偶是夜市裡玩套圈圈的戰利品。芳教他如何讀牆壁上的石英鐘，短針緩緩遠離六，長針快要碰到六，就是爸媽回家的時候。謝維哲一聽到屋外傳來不規則的、彷彿氣喘的機車引擎聲，轉頭吩咐妹妹，爸媽回來了，趕緊把課本、習作簿跟鉛筆盒挪至沙發。他從電視櫃的抽屜取出幾張舊報紙，在桌上鋪平，再從浴室、廚房各搬來一張紅色塑膠椅。芳手裡提著三份便當，父親一份，他一份，芳跟妹妹分著吃。謝維哲注意到芳幾乎讓著妹妹，自己只吃一點。芳說她愛美，要減肥。謝維哲信了。芳解釋的時候，眼裡有碎碎的光，既然母親有所追求，就沒什麼好悲傷。

很久很久以後，謝維哲在英文課裡學到白色的謊言，不知怎地想起了芳的這句話。他瞬即明白，芳是個好母親。

好險，飢苦的日子沒有持續下去。

謝維哲國一那一年，父親跟朋友合夥的物流公司，迎來網路購物的崛起，營業額翻漲數倍。謝維哲的父母買下市區繁榮地段的透天厝，花了鉅資裝潢。謝維哲很興奮，他即將擁有自己的房間，再也不必跟父母、妹妹挨擠在一塊。他可以模仿班上那位綽號「少爺」的同學，邀請所有同學至家中參觀，一起寫作業，製作自然科報告的海報。在同學因困倦而緩下動作、意興闌珊時，母親就適時地端上果汁，玻璃杯裡的冰塊互相撞擊而發出哐啷的聲響。

計程車在路口停下，謝維哲的父母戲劇性的，一人捂著一位小孩的眼睛，說這是驚喜的一部分。一家四口數著腳步移動至新家門口，芳示意，好，停，她移開雙手。一臺簇新、氣派的進口休旅車停放在車庫，謝維哲哇的一聲，急奔上前，摸一摸後照鏡，雙手擱在玻璃窗，眼睛跟上去，試圖瞧仔細內部。芳笑著說，這樣窗戶都是你的手印。半晌，謝維哲想起一件事，他問母親，舊車跑到哪去了。芳說，當然是牽去報廢了。謝維哲還要追問，芳接下來說的話讓他忘了怎麼說話。芳說，謝維哲之後要轉到私立國中去就讀，她這幾天把手續都給處理好了。

謝維哲問，舊的學校有哪裡不好，他跟同學相處得很融洽。芳伸手，指著四周，要謝維哲張大眼睛好好看著。她說，你跟他們是不同世界的人了，你現在要去真正屬於你的地方。謝維哲不敢再吭聲，他聽得出來，芳在暗示他別不知感恩。

謝維哲花了好幾個月融入新學校，習慣那裡的同學隨口就是一座他不曉得在哪個半球的城市、家中的傭人幹了什麼蠢事，以及他們新買的三百多塊的自動鉛筆和三千元的限量球鞋。一天，他跟芳說，我要去東京迪士尼。芳很贊成，甚至囑咐他跟妹妹，去找父親，這樣理直氣壯地要求。兄妹倆照做，父親乾脆地答應了，他說，也好，是該帶你們出國，見見世面了。芳在銀座買了一件大衣，謝維哲得到最新款的遊戲器，妹妹則是拿到一雙紅色短靴。謝維哲把遊戲器帶到學校，享受了一天的虛榮。

故事到此結束，謝維哲以旁觀者的語氣下了結論：他認為他的父母的成功，他們自己也說不上理由，只能歸諸於運氣。好像無意間經過一個地方，那兒正好放起了煙火。他的父母後來很在意兩個孩子的升學，夫妻倆認為，書讀得好，就不必像他們那樣只能用矇的。謝維哲不排斥，他喜歡、也擅長讀書，倒是他的妹妹，成績奇爛，請了再多家教仍不見起色。有段時間，她跟家人的關係不能再更惡劣。謝維哲的妹妹大學畢業，飛往柏林，投靠一位在當地創業的朋友，同時拉開和家庭的距離。

直到父親生了那場大病。妹妹和父母的關係才趨於緩和。說完，謝維哲按著膝蓋，站起身，說他得去書房回一下郵件。吳依光看著謝維哲慌忙的背影，墜入沉思。她想不透，謝維哲為什麼說起了自己的童年，安慰她？轉移她的傷心？她不自覺沉沉睡去。再次醒來，謝維哲又成了那個溫和有禮的丈夫。那個悲傷的男孩不見了。

吳依光請謝維哲再說一次研究生的故事。謝維哲很有耐心地複述了一次。吳依光問，如果這位學生真的被騙走了身上的積蓄，你會借他錢嗎？謝維哲沒考慮，直說，會吧，至少讓他可以度過這一、兩個月。吳依光啜了一小口氣泡水，笑著說，你是一位好教授，你對學生付出了不少感情。聞言，謝維哲抬起頭，注視著吳依光。服務生碰巧走到他們的桌旁，送上兩人的主餐。

吳依光轉移話題，她說，哇，看起來很好吃，我們快吃吧。謝維哲有些用力地點頭，他切下一小片千層麵，送至嘴裡，想起什麼似地，問，妳要來點千層麵嗎。吳依光擦了擦嘴角，說，謝謝，等一下吧。

吳依光捏著玻璃杯的細頸，舉起，下巴仰起，冷冷的酒液刷過齒側。她感謝謝維哲，提供了她一次體面的逃逸。她打算好好利用，就像把游標移到視窗一角，選擇關掉全部的視窗，只留下目前這一個。蘇明絢，夢露，主任，校長，告別式，王澄憶，以及母親。天啊，她竟有這麼多煩憂。吳依光又想起百合，謝維哲是從研究生口中知悉這家餐廳嗎？還是百合為他獻計？腦中閃現百合的那句話，**教授認為孩子之所以會流掉，是老天對他外遇的懲罰**。

吳依光伸手招來服務生，要了兩杯白酒，冰涼的酒液捎來一絲清醒，她笑出聲來。謝維哲問，怎麼了。吳依光搖頭，示意謝維哲別緊張，她說，我很無聊，在測試自己還笑不笑得出來。我跟你說，人啊，真的好有趣，只要想笑，其實再怎麼慘，都還是笑得出來。說完，吳依光拿起叉子，把鮮脆的蘆筍放進口中，謝維哲低頭切他的千層麵，吳依光趁著謝維哲不注意時，以紙巾按掉湧出的眼淚。

兩人在餐廳待了總計兩個小時，回到家已將近十點。謝維哲扶著腳步輕浮的妻子走入電梯，吳依光搶快按下一樓跟七樓，謝維哲問，為什麼要去一樓？吳依光說，我之前請管理員幫了一個小忙，外帶兩塊提拉米蘇就是為了答謝對方。謝維哲說，那我給妳拿過去就好了。吳依光拒絕，她說，不行，這樣沒有誠意，你不要再管了，我自己會處理好的。謝維哲的目光在吳依光的臉蛋逗留了一會，勉為其難地同意。吳依光快步走到管理室，雙手放在櫃檯，好穩住身體。她問，晚上有訪客嗎？

管理員想了一會，翻了翻皺起的記錄簿，搖頭。

吳依光把提拉米蘇送給了這位帶來好消息的年輕人。

17

夢露失約了。

吳依光來回踱步，直到時針指向一，她頓然有感，夢露不會現身。這個結果沒有讓她感到意外，她也認為自己昨天太過躁進。換做是她也會逃。

鐘聲響起，吳依光細細地洗了把臉，走進三班，從午睡中醒轉的學生，節奏緩慢地抬起頭，有些學生喜歡趴在書上午睡，她們的臉上橫陳著課本壓出的細長紅痕。吳依光請她們翻到指定的頁數。

空氣中的哀傷在日復一日中無聲流失，取代的是悄然凝固的什麼，不是麻木，要她形容的話，更像是結痂，為了保護自己，傷口朝內閉合，不再輕易打開。女孩們再也不像第一天那樣哭泣。

蘇明絢的死亡成了一個節點，女孩們「經過」，然後往前走。

新聞版面沒有後續報導，許主任的態度也有了巧妙的轉變，他告訴吳依光，其實，也沒有必要探究原因。他頓了頓，加上一句，現在的學生，不知用什麼做的，一張紙掉在臉上，好像也會骨折。那種脆弱不是我們可以想像的。若這幾天沒有什麼事，禮拜六代表學校去上香，對蘇同學的義務就差不多結束了。吳老師，妳這幾天吃得好，睡得好嗎？語訖，許主任的視線從地板拔起，看著吳依光。

吳依光說，謝謝主任關心，這幾天過得還可以。許主任點頭，又問，目前應該沒有學生跟妳說什麼需要我們在意的話吧。吳依光想起那張紙條，以及夢露提出的兩個「徵兆」。宛若白雪公主的毒蘋果，吳依光小心翼翼地咽在喉間，不咳出，也不吞下，她不認為許主任想聽，既然如此，她就不必說。

兩個小時後，許主任傳來一封訊息，他週六臨時有一個行程，改由洪教官出面。他已親自致電給李儀珊，表達不能親自出席的歉意。吳依光讀著那則訊息，事發至今，蘇明絢的家屬不曾表示出任何向學校究責，或討問真相的動作。他們只是靜默。

吳依光放下手機，隨處走動，消遣內心那股融合著不滿與困惑的情緒。等她停下腳步，抬頭望見七班的招牌，她瞪大眼，潛意識仍渴望著找夢露問清一切。

吳依光背著雙手，故作無心地張望，夢露坐在教室內，她握著手機，神情嚴肅，不知在做些什麼。夢露似乎警覺到什麼，她先是撫摸脖子、臉頰，幾秒後，夢露轉過頭，對上吳依光的視線。夢露環視了一下身旁的同學，輕手輕腳地溜出教室。

吳依光屏住呼吸，開啟對話，對不起，我不是故意要打擾妳的。

夢露輕嘆，說，不，該說對不起的人是我，我昨天放老師鴿子了。有些同學朝她們投來好奇的眼神。夢露不太自在地詢問，我放學後再去找老師可以嗎？

黃昏時分，夢露出現了。吳依光再次為自己唐突的打擾而致歉。夢露搖頭，說，其實我的內心也很掙扎，老師的出現讓我下定了決心，不管怎麼樣，我最好還是把內心在想的事情，至少說給一個大人聽。雖然我跟老師只說過一次話，可是，我有一種感覺，除了老師以外，也沒有誰是合適的人選。

吳依光吞了吞口水，問，為什麼？她在夢露面前，一再地展示出慌張的樣貌，夢露卻認定她值得。夢露沒有多想，直率地回答，老師，妳好像真的很難過。吳依光虛弱地微笑，問說，那夢露妳覺得有人的難過是假的嗎？

夢露抬頭，說，很多人的難過都是假的，我分得出來，大家雖然討論得很認真，但我覺得很多人只是在沉浸在那種感覺而已。吳依光默默思索著這句話，半晌，她又問，也許我的難過也是假的，還記得上次我給妳看的紙條嗎？說不定裡面寫的是真的。我不是一位好老師。

夢露沒有延續吳依光是不是一位好老師的話題，而是開啟了另一個，老師，妳猜，蘇明絢想讀什麼科系？

吳依光回答，新聞系，蘇明絢在課堂上有說過，班上的同學們也知道。

夢露搖了搖頭，似乎早有預期吳依光會這麼回答。她問，如果我告訴老師，蘇明絢其實對新聞系沒什麼感覺，她只是不想要被問到志願時，回答不知道。正好她堂姊讀新聞系，蘇明絢就把新聞系拿來當答案。老師會怎麼想呢？

吳依光答，我會很納悶，她為什麼不直接說她不知道？她還在想？

夢露吐出一口長氣，點頭，說，我問過蘇明絢這個問題，我覺得明明不想做，或者沒那麼想做的事情，卻一天到晚告訴別人這是自己的夢想，不是很虛偽嗎？以我自己來說，我跟很多人說我想讀中文系，中文系的確是我從小到大的夢想。

吳依光問，那蘇明絢怎麼回答呢？

夢露低下頭，說，她說她喜不喜歡新聞系是一回事，最重要的是，她希望自己看起來是有夢想的人。夢露摸了摸鼻子，再次開口時，她的語句滲入明顯的鼻音。夢露說，我很討厭蘇明絢這樣，好假，我們每一次吵架都是為了差不多的事情。蘇明絢很常跟我講一句話，夢露，不是每個人都可以像妳一樣。這句話是我的地雷，根本是蘇明絢自己太虛偽，為什麼檢討的對象卻是我。

夢露的胸膛劇烈起伏，眼眶在敘述的過程變得溼紅。

吳依光從自己的座位上拿來一盒衛生紙。

夢露又問，老師，妳有聽過蘇明絢唱歌嗎？很少人知道她唱歌真的很好聽。

吳依光整理了一下夢露的話，蘇明絢不想讓人覺得自己沒有夢想。蘇明絢擁有很好的歌聲。時針一格一格遞進，吳依光的胸窩有細火在燒，她很想這麼提議，夢露，我們進入正題好嗎？跟我說蘇明絢在熱音社遭遇了什麼？或者妳上次暗示的，她的家庭潛藏著什麼陰暗？但她忍住了。

她只有夢露。

夢露說了下去，我第一次聽到她唱歌，是跟齊物高中熱音社的聯誼。我們跟齊物熱音是友社，成果發表也一起舉辦。升高二，幹部交接完，我們會安排活動，讓兩社的幹部互相認識。那天，我們一起吃了火鍋，然後去唱歌，這幾乎是固定的行程，每一屆的學長姊都這麼做，按照規定，不管怎樣，每個人都得唱一首歌。蘇明絢選宇多田光的Automatic。有人用力鼓掌，說，蘇明絢很敢。我沒有聽過這首歌，所以我沒有什麼反應。等蘇明絢拿起麥克風，唱了三句，所有人都安靜了，該說是天分？還是才華？總之，明絢有那樣的東西，不是一點點，而是多到可以讓人一下就感覺到，她跟我們是不同境界的程度。這樣說很抽象，好後悔沒有錄音，誰想過蘇明絢那麼會唱歌？老師，妳平常會聽歌嗎？

吳依光指著自己，確認夢露在問她，才回答，我很少聽流行音樂，平常是聽古典樂居多。我喜歡巴哈的無伴奏，妳有聽過嗎？

夢露點了點頭，我爸也很喜歡巴哈。

吳依光踟躕了幾秒鐘，決定說得更完整，我父母很保守，電視只能拿來看新聞。我媽覺得流行音樂是靡靡之音，對小孩有不好的影響。我爸很喜歡古典樂，他每天起床第一件事就是放音樂。除了巴哈，也聽德布西、拉威爾跟帕海貝爾。我自己最喜歡波麗露，如果那天醒來，聽到我爸放了波麗露，我就會覺得那天是幸運日。後來，也不知道為什麼，大概是膩了，反正，我爸不放音樂了。接著，我考上大學，搬進宿舍，想說終於自由了，大家聽什麼，我就聽什麼。可是，妳有沒有聽過一個說法？人對音樂的品味十幾歲就定型了。我好像不太適應流行音樂，特別是讀書的時候，會覺得很煩躁。所以，我現在還是聽古典樂居多。

夢露打量著吳依光，彷彿她好訝異眼前這位老師也年輕過，必須聽從大人的指令。片刻，她才說，我大概知道老師在說什麼，這幾個月，我都在練成果發表的曲子，休息的時候，也只想聽古典樂。不過，我還是要說，蘇明絢的歌聲……讓人羨慕。

又繞回了蘇明絢。

吳依光了解到，這是夢露選擇的方式，她必須這麼迂迴、一再繞路，才能談蘇明絢這個人；她必須遠著一段距離，才能說出她所認為的一切。

夢露調整了一下坐姿，說，蘇明絢的貝斯也彈得很好，她很久沒有練習，還是彈得比社團內兩位貝斯手還要好。上一屆社長交接時跟我說了一句話，我要學會把社員分類，為了音樂而來的，還有不是為了音樂而來的。有些人加入熱音社，純粹是為了成果發表那一天，站在舞臺上，享受那種有人為自己尖叫的氣氛。蘇明絢高二才加入，我以為她也是那種人，算是刻板印象吧。不過，一聽到蘇明絢的演奏，我改變了想法，甚至覺得成果發表一定要找她一起。我們的指導老師茉莉說過，要證明自己多喜歡音樂，別用說的，直接用技術吧。蘇明絢就是這樣，她的技術說了一切。不只貝斯，有時請她代打吉他她也沒有問題。

夢露停頓，又說，對了，老師，這兩天我去找了一些社員，問她們是不是寫了什麼給熱音社以外的人。我沒有說是妳，目前為止，沒有人承認。

吳依光詢問，妳為什麼想這樣做？

夢露眼神一黯，表情有些痛苦，說，我跟蘇明絢，這幾個禮拜，為了成果發表鬧得很不愉快，高二的社員或多或少有聽說。我上次跟妳說，很討厭大家現在這樣，說要尋找真相，其實只想劃清界線。這幾天我想了想，說不定最符合這個形容的人，就是我自己。就算我不認為我做的事有嚴重到會讓人想要……可是，誰知道呢……有時候只是一件小事，心情就突然毀了……。

吳依光身子前傾，按住夢露劇烈發抖的身體。她說，夢露，等一下，先不要說了。沒有奏效，吳依光施加力道，再次呼喚，夢露，夢露。

豆大的淚珠從夢露的眼角流了下來，她急促地換氣，說，老師，我不是故意要罵蘇明絢自私的，我只是再怎麼樣也撐不下去了，我太害怕了……。

吳依光雙手握著夢露的肩頭，命令夢露看著自己，她說，夢露，我們先到此為止，好嗎，妳不必再說了。吳依光暗斥自己的莽撞，應該找簡均築一起的，即使這表示吳依光得事先向簡均築揭開自己的瘡疤，吳依光願意。

夢露對她的信任，她對簡均築也有。

在吳依光的堅持下，夢露喝了幾口熱茶。她放下杯子，說，我想要接著說下去。老師妳不要擔心，不說，我反而覺得更對不起蘇明絢。

吳依光不再阻止，對不起是多麼沉的情緒。

夢露嘆了口氣，說。事情是這樣的，我想要退出這屆的聯合成果發表，兩個月前我就有這樣的想法，熱音社練習的狀況實在太糟了，社員不是請假，就是摸魚。茉莉警告了好幾次，說再這樣下去，乾脆取消成果發表，大家還是不為所動。我在熱音社群組辦了一場投票，問大家可以接受退出這個選項嗎？贊成的人竟然占多數。

吳依光提問，可是，夢露，為什麼得退出？就像妳說的，有些學生只是想要享受那種氣氛，為了好玩而上臺難道不行嗎？

夢露搖了搖頭，以前大概可以，現在很難。上屆，有一組學姊，她們不是認真練團的那種，就只是想留下有趣的回憶。沒想到，有人錄下她們的演出，上傳到網路。網路留言很可怕，有人說這是車禍現場，也有人說什麼高中就看得出來女人不適合玩團。更恐怖的是，有人肉搜到學姊們的社群，公開了連結，其中一位學姊被根本沒見過面的網友騷擾了好幾天，躲在家哭了好久，也沒來學校。

夢露擤出鼻水，悶悶地解釋，茉莉說，那些網友在現實中大概是一群找不到成就感的魯蛇，只好把樂趣寄託在上網欺負女高中生。這件事導致一個副作用，我們這一屆很多社員就覺得，上臺變成一件很有壓力的事情，本來的樂趣不見了。再來，上一屆熱音社算是紅了吧，今年一定有更多網友想看我們出糗。大家寧願取消，場地訂金被沒收，也不想冒險上臺表演。身為社長，我有點難過，但也只能尊重。

吳依光斟酌了會，問，蘇明絢應該不想退出吧？

夢露閉上雙眼，臉上閃現沉痛的神情。她說，對，那是我唯一一次看到蘇明絢生氣，她說，練習這麼久，不能在最後一刻放棄。我那時也受夠了，當場就爆炸了。我跟她說，不要說其他團了，我們自己的鼓手也心不在焉，蘇明絢，別再自欺欺人了。看看四周、看看現實吧，想要成果發表的人只剩下妳了。蘇明絢問，夢露，妳也不想？我說，對，我也不想。然後，蘇明絢突然哭了。我嚇了一跳。我一直覺得她是個很壓抑的人、會把情緒藏起來的人。看她這樣，我有點後悔，但，夢露哎了一聲，說，另一方面我又很清楚，放棄是對的，我被成果發表這件事弄得吃不下、睡不著很久了，家人也不是很諒解。我應該要安慰蘇明絢的，但我只是看著她，什麼都沒說，也沒有伸手去拍拍她。我自己都快崩潰了，誰來安慰我？我猜，那個寫紙條的人，說不定就是看到了這一幕，也或許是蘇明絢親自跟她說的。

吳依光問，妳跟蘇明絢在哪裡談這件事？

夢露坐直，想了一下，歷史專科教室後面的走廊，平常很少人經過。我跟蘇明絢約在那談了三次，最後一次，是上上禮拜五。

吳依光數了一下日期，蘇明絢墜樓前一個禮拜。

夢露的眼神增添了幾分沮喪，一口氣交代這麼多，她的面容有些蒼白。

吳依光尋思著她要怎麼為整場對話劃下句點。夢露又開口了，上上禮拜五，也是我們兩個最後一次說話，蘇明絢問我，就我們兩個去參加不行嗎？我們可以請齊物熱音社的副社長支援，她是鼓手。蘇明絢用幾乎是拜託的語氣跟我說話。她說，成果發表結束，就是暑假，人生只剩下考大學一件事，就不能唱完一首歌再升高三嗎？她說的沒什麼不對，我卻罵了她。我說，蘇明絢，妳有沒有為我著想過？這次換我哭了。為了成果發表，我要跟齊物熱音社開會、我要練習、跟廠商拉贊助、談折扣，我一直在回訊息，根本沒有時間讀書。上一次段考，我考了二十三名。蘇明絢是全班第五名，我跟她說，這就是證據，為了這件事我退步那麼多，妳卻一點事也沒有。妳像個小孩哭哭啼啼，整天吵著要吃糖，卻沒想過我的未來該怎麼辦，如果妳明年考上了最好的大學，我只有不怎麼樣的學校，妳要為我負責嗎？說到一半，打鐘了。蘇明絢看著我，我以為她會反駁我，但她只是說，對不起，她再也不會拿這件事煩我了。

吳依光聽得喘不過氣來。想像兩名正值芳華、卻被層層壓力擠壓得動彈不得的女孩，能夠依賴的、傾訴的、傷害的，只剩下眼前的彼此。

她問，所以妳們從上上禮拜五再也沒說話了？

夢露揉了揉眼睛，點頭，整個週末我們沒說話，禮拜一、禮拜二也是，我想說冷靜一下也好，我要處理報名補習班的事。我爸是醫生，很反對我讀中文系。我的姊姊也讀其華女中，現在是醫學系大五。我爸說就算我考不上醫學系，也不應該去讀中文系那種沒有前途的科系。我接下熱音社社長，他更是氣瘋了，整整半年幾乎不跟我說話，算是放棄我了吧。我媽跟我姊想了個方法，她們要我保證，以臺大中文系為目標，沒考上的話，就乖乖改成讀理科，重考。我只有一次機會。

夢露低下頭，用雙手摀著眼睛，再度哽咽，老師，我好後悔，想回到過去阻止自己跟蘇明絢這樣說話。蘇明絢沒有錯，該做的每一件事她都做得很好，是我太沒用，想放掉責任。如果今天是另一個人來當社長，說不定事情就不是這樣了。

夢露描述的這個「熱音社的蘇明絢」，跟吳依光看了將近兩年「班上的蘇明絢」，重疊的範圍極其有限。吳依光記得蘇明絢坐在教室裡的樣子，低調，安靜，眼神溜轉，透露她的確在想著什麼，但若目光不意與吳依光交錯，蘇明絢會倏地低下頭，握著原子筆，在紙頁寫著什麼。蘇明絢不是個案。吳依光跟何舒凡說過，學生越來越像含羞草，一個眼神接觸就能讓她們緊張地縮起，等師長背過身，她們才自在地舒開。

蘇明絢竟這般渴望舞臺？集體的注目，難道不會灼傷她害羞的個性？

夢露的懺悔來到了尾聲，她說，我猜寫紙條的人，知道了這些事，她寫熱音社，指的是我。蘇明絢會跳樓，說不定就是我害的……我有責任……。

吳依光打斷夢露，堅定地說，一張匿名的紙條不能代表什麼。

夢露哭了起來，眼淚沿著臉頰滑落到透著淡青色澤的白皙手背上。她說，但我傷了蘇明絢也是事實，明明我才是那個膽小的廢物，卻指責她在無理取鬧。

彷彿有顆小石頭滾入夢露的嘴裡，她的呼吸混入咻咻的喘息。

再放任夢露自責下去，這個女孩的內心遲早也會培養出可怕的念頭。

吳依光催促自己趕緊阻斷這一切，情急之下，她拋出一句，夢露，妳上一次不是有提到，蘇明絢的家裡……也有一些問題嗎？

夢露眨了眨眼，苦笑，蘇明絢只講了一次家裡的事，認真說，也沒什麼，我上次只是不想要熱音社，或者說自己，成為老師懷疑的目標，才會這麼說。

吳依光說，就算妳覺得沒什麼，也請告訴我好嗎？

夢露注視著吳依光，眨了幾次眼，才點頭答應。那又是另一件事了。幾個月前，禮拜六，我們租場地練團。練到一半，鼓手回家上家教課，只剩下我跟蘇明絢。我問她，花這麼多時間練習，家裡不會說話嗎？我爸就會，他之前嘲笑我，擔任社團幹部，就算申請大學會加分，大考考不好，還不是沒有意義？我告訴蘇明絢，我很羨慕她，又會讀書又會玩，好完美。蘇明絢聽完，說了一句話，我印象很深刻，她說，夢露，如果我爸媽也像妳爸媽一樣，那麼認真地管我就好了。我想說，天啊，蘇明絢，妳在說什麼，妳沒看到我被逼得快窒息了嗎？可是她的表情，又不像是在跟我開玩笑。之後，我問蘇明絢為什麼要這樣講？她說，一時無聊，隨口說說。蘇明絢就是這樣，每一次我覺得我好像有點靠近她了，她就會後退，把自己藏得更深。我也不能怎樣，那是蘇明絢的個性，她的自由。只是在她走了以後，我會想，我是不是太容易放棄了？說不定蘇明絢希望我問下去？我有沒有說過，蘇明絢為了成果發表寫了一首歌，這不是她第一次寫歌，不過是第一次公開。本來那首歌是給我唱的，但我聽了一下旋律跟歌詞，覺得這首歌她來唱才對。我說，這次我當妳的和聲，蘇明絢考慮了好幾天才答應，但，最後我們兩個人都沒有上臺唱那首歌，就這樣結束了。

吳依光問，那是一首怎樣的歌？

夢露搖頭，那是蘇明絢的作品，只有她可以談那首歌。

18

夢露一走，吳依光癱軟在沙發上，筋疲力盡。該如何去衡量夢露所說的話？難道這就是真相？明天的告別式，若蘇明絢的家屬問起，她該怎麼回答？可以交出夢露嗎？不，不行，那太狡猾了。吳依光閉上眼，不再反對自己想起方於晴。

方於晴此刻在哪裡？若目睹了自己跟夢露的對話，方於晴是否會露出她那招牌的，心高氣傲的壞笑？時代不同了，箝制著年輕靈魂的工具，也在人們熟睡時悄悄更新到最新的版本。從前，這工具說，你不能為自己做主；如今，這工具說，你是你自己命運的主人。遊戲規則依舊由金字塔頂端的一小撮人制定，然而，現在的學生，倘若生命沒有活得豐盛，他們會一意孤行地想著：這全是我的錯。

十幾年前，其華女中的幾位學生發起了短褲運動，顧名思義，爭取的是穿短褲進出校園的權利。方於晴寫了一張連署書，自掏腰包，請學校對面的影印行印出上千份，再請熱音社社員至各班級宣傳。一個禮拜後，方於晴回收了七百多份連署單，她以發起人的身分前往學務處。其中一張連署單，簽著吳依光的名字。吳依光不在意這個議題，她私底下認為，學校制服裙子的設計，比運動短褲好看多了。

吳依光之所以參與，理由很簡單，她想要方於晴看見她。

學校是一微型社會，階級無所不在。以其華女中來說，分類標準從外貌身材、成績才藝，到身家背景，每個人的偏好、比重各有不同。但，吳依光相信，每個女孩都給方於晴保留了最好的位置。方於晴擁有少女們嫉妒得發狂，又不敢坦承的特質：她不在乎別人怎麼看她。方於晴清楚自己的天生麗質，但她不自戀，她不介意扮醜，也不會對著鏡子癡癡看著。教數學的班導，毫不遮掩他對方於晴的喜歡，時時在課堂上惋惜地說，方於晴再這樣玩社團，升學考試就要完了。一日，班導又開啟這個話題，方於晴沒有如往常那樣付諸一笑，她清亮的聲音迴盪於教室間，老師，班上有這麼多學生，你怎麼只找我說話？這很像騷擾。聞言，學生們停下抄寫算式的手，不敢確定自己聽見了什麼。但從方於晴堅定不移的目光，以及班導臉上青一陣、白一陣的臉色，同學們才相信，啊……方於晴幹了件大事。

班導咧嘴，撐起一個難看的怪笑，他問，方於晴，妳以為妳是誰？這樣說話可以證明什麼？妳只是一個成績很爛的壞學生。同學們相互打量，眼神傳遞著不安，和少許的刺激、興奮。方於晴沒有回應，她看著班導，不以為然的神情似乎在暗示著，再消耗下去，損失的人也不是她。班導嗤笑一聲，轉身面向黑板，寫起下一道習題。

吳依光莫名地被自己所見的景象給撼動，她想，這個跟自己一樣年紀的女孩，幾乎可說是——成功抵禦了成人的一次突襲。

吳依光一度幻想，考入其華女中，自由就不遠了。再也沒有人會一邊拿著熱熔膠或木板，一邊數著她的成績，計算該揍她幾下。不過兩、三個月，吳依光碰觸到現實，她只是從一只不起眼的籠子移動到金碧輝煌的籠子。開學第一天，大家摸著簇新制服的質料，時而傻笑，時而憂心忡忡，彷彿納悶著為什麼是自己坐在這裡，穿著這身制服，而不是其他人？第一次段考，就傳出有人作弊，吳依光得知消息後，最誠實的感觸是：僅僅是段考，何苦？第二個學期，吳依光在課堂上會沒來由地握不住筆，不知從何而來的熱氣鑽入皮膚，讓她口乾舌燥。即使不斷調整坐姿，仍覺得教室好擠、容不下她。吳依光花了一段時日才認清是什麼情緒困擾著自己：憤怒。

整座校園瀰散著戰場前線的氛圍：因著人們往往以大學學歷認識一個人。高中生的「現在」，無可避免地，被不遠的「未來」給預支、提領一空。

聽到班導對方於晴說，妳以為妳是誰，那股深刻憤怒又找上門來。對，現在，此地，妳是誰，一點也不重要。

方於晴是例外，她不妥協，執意要活在「現在」。

吳依光想，真好，方於晴是自由的，她更不必活在憤怒之中。

那次衝突過後，班導行為有些異常，在黑板上運寫算式，也會猝然回頭，彷彿玩著古老的遊戲，一二三木頭人。他的動機很清楚：他要確認沒有人在嘲笑他。

很久很久以後，吳依光成了老師，這才懂得當年那位身材矮小，滿臉痘疤的中年男子在做什麼。老師的權威是約定俗成、不言自明的，人們相信老師的每一句話不僅代表他們自身，也象徵久遠之前，人類集體的智慧和心血，理應得到傾聽與仰慕。方於晴那日的挑釁，不啻是動搖了上述的一切。她指出，知識，與傳遞知識的人，可以區別對待，敬仰前者，質疑後者，也不是不行。一旦臺下的學生們起了這樣的心思，老師這身分最大的不利也會浮上檯面：老師，永遠是班級的少數。

不受尊重的少數，在任何情況都是危險的。

熱音社在其華女中的定位向來矛盾。部分師長頗有微詞，說有些音樂的歌詞喪志，或含有色情元素，擔心學生耳濡目染，危及身心發展。學生們亦是意見不一，有些人挖苦地說，想玩音樂，何必讀其華女中？也有人認為熱音社代表「理想」的校園生活，就像日本漫畫，往往是以社團為背景，呈現青春期的各種面貌。方於晴身為熱音社社長，卻不曾表示她個人是如何看待這些說詞。她的注意力只放在自己想做的事，短褲運動即為其一。這項連署，最冷漠的反而是同班同學，只有五個人參與。

有人散布著陰謀論，說方於晴根本是在藉機欺負班導，她明知這樣的倡議，會讓班導被學校約談。吳依光並不贊同，這個論點太小看方於晴了。她更不認為，班導在方於晴內心，占有如此關鍵的地位，使得方於晴願意如此大費周章。

吳依光想起歷史課的內容，老師說，古今中外，變法多以失敗作收，越後期，失敗機率越高，春秋的管仲、戰國的李悝與商鞅、宋朝的王安石、明朝的張居正，以及清朝的戊戌變法。老師也說，下場淒慘的比比皆是。既得利益者的報復是不留情面的。

吳依光自知，拿方於晴的連署去和那些人物的變法做聯想，有些誇張，但她的確從同學們暗中交換的耳語與眼神，隱約地聞到近似的，風雨欲來的氣息。

吳依光參加了連署，這不是她的作風，然而，在她握著筆一橫一豎寫下自己的名字時，竟感受到久違的幸福，就像和王聰明一起，坐在長椅上喝奶茶。她交回連署單。方於晴說，謝啦，同學。吳依光在內心複誦了一次又一次，謝啦。

教官找方於晴約談。另一位熱音社成員，瑪麗也跟了過去，瑪麗走了一小段，折返，在吳依光的座位站定，說，吳依光，妳也連署了不是嗎？跟我們一起去吧。吳依光的心跳加速，耳膜隱隱作痛。她受寵若驚，該跟著一起去嗎？吳依光慢慢站起，從外人的角度，以為她是回應瑪麗，吳依光不這麼想，她認為她是回應自己內在的指引。

吳依光不在乎短褲運動，但她相信，只要跟著方於晴，她就能找到離開籠子的方法，進而獲得自由。那無以名狀的、日夜消磨她的憤怒給也會隨之消失。這麼一想，大量的腎上腺素灌入體內，吳依光有些陶然、暈眩，她似懂非懂，說不定這就是那些歷史人物的追求，無論如何，你反抗過。你終於認清自己是一個怎樣的人。

見到吳依光，蕭教官眼底閃過詫異，他笑了笑，繼續質問方於晴。妳知道妳讀哪一所學校吧？方於晴沒好氣地回答，當然。蕭教官又問，妳是否明白這個連署會傷害到學校？方於晴閉了閉眼，似乎在抑制著什麼，她反問，穿著短褲進出校園，哪裡傷害到學校了？蕭教官並沒有被方於晴略為激動的語氣給影響，好整以暇地問著，如果規矩改成可以穿著短褲自由進出校園，妳就不會抗議了，對吧？

方於晴狐疑地瞅著教官，過了幾秒才輕輕頷首。

蕭教官再問，如果未來妳的學妹發起另一個連署，主張要開放學生自己選擇穿什麼衣服上學的權利，包括便服，妳覺得呢？規矩之所以稱規矩，就是它一旦立在那，就不能去動。我再問一次，妳們是否知道自己讀哪一所學校？

蕭教官的雙眼緊緊鎖著方於晴，見方於晴默不吭聲，他冷哼，方同學，高二了，暑假結束，妳要升上高三，待在學校的時間認真算來不到一年。妳有沒有想過，其華女中的歷史有多久。

方於晴不答反問，那學生的自由呢？

蕭教官倒回椅背，雙手一攤，有些分量的肚腩給淺綠色襯衫撐起一道圓弧。他涼涼地說，多帶一套衣物到學校更換很困難嗎？有那麼多種自由，妳怎麼只爭取外表這種最膚淺、無聊的？妳的書是讀到哪裡去了？回去翻課本，妳告訴我，有哪一位在爭取這種穿什麼，不穿什麼的自由？

聞言，方於晴眨了眨眼，說，教官，歷史課本有教，清人入關，頒布了薙髮令，兩個城市的百姓因為拒絕遵守，而被屠殺。如果教官是對的，外表只是膚淺的、無聊的事情，這些人為什麼會死呢？再說了，今天我們的主張並不極端，開放穿短褲進出校園而已，我不明白為什麼學校的態度要如此強硬。

吳依光努力嚥下尖叫的衝動，方於晴這段說得太漂亮了。

蕭教官安靜只了幾秒鐘，他微笑，雙手環胸，瞄了一眼時間，換成慈藹的語調，說，方同學，我看過妳的成績，八百多位學生，妳可以考到七百多名。幾年前，妳也是應屆國中生的前百分之一，不然怎麼進得來其華女中，難道穿短褲，就是妳在其華最想做的事情嗎？既然如此，當初何必選擇其華，去讀別間學校就是。妳現在穿著其華的制服，難道沒有一點虛榮？

方於晴冷靜地回應，這跟我們在說的事有什麼關係？

蕭教官一陣低笑，再次抬頭，眼神多了同情。他說，怎麼會沒有關係呢？妳要求改變其華女中幾十年的規則，我們怎麼能跳過這所學校的背景不談？我問妳們，只有成績前百分之一的應屆考生，才能讀其華女中，不是也很不公平嗎？每個人的資質又不一樣，有人就是天生會讀書。再來，其華女中為什麼有今天的地位？就憑妳們這些來來去去的學生？才不，是因為我們這些尊重傳統跟典範的人。今天，就算要改變，也不是妳這種占了便宜還賣乖的學生出面。校排七百多名，有什麼代表性？

暗影不知不覺覆上方於晴的臉頰，瑪麗打了個哆嗦，別過頭去。

蕭教官的眼神在三人之間徘徊，滿足地嘆氣，妳們都是聰明的女生，不要把天分浪費在這些沒意義的小事，好好讀書，成為體制內，可以改變規矩的人。這些紙妳們要不要留著當紀念？蕭教官指著那一疊連署書。

方於晴看著地板，說，謝謝教官，那些連署書就看學校要怎麼處理吧，我們也該回去上課了。吳依光愕然地張嘴，就這樣結束了嗎？她還沒有說上半句話。悲哀的感覺油然而生，她以為她們至少會動搖些什麼。三人先後步出學務處，瑪麗恨恨地說，等我們畢業，教官算什麼，他也只有在學校才可以囂張。

吳依光呼吸一緊，瑪麗所說的，不也間接認同了教官的主張？她們遲早會離開這座校園，教官則會留在這所校園裡，忠誠地守護著既有的法則與秩序。吳依光轉頭看著一道道圍牆，再過不久，又有數百位，十五歲上下的少女們走入這座籠子。她們既是驕傲，又有些不安，制服摩擦著肌膚，擔心落後的情緒籠罩著心頭。

方於晴久久不語，泛紅的眼眶則說明了她的確被蕭教官的言語給擊潰。

當晚，吳依光放下書包，一轉進客廳，赫然見到母親坐在餐桌，面前放著一臺筆電。母親闔上筆電，摘掉眼鏡，冷冷地問，聽說妳今天跟同學去找教官？

吳依光瞪著雙眼，她以為教官忽略了自己，殊不知是另有盤算。然而，從開始到結束，她只是呆立一旁，沒有戲分，沒有演出。母親又問，妳做這些事情的時候，有想過我們跟學校的關係嗎？我跟妳爸也是捐了不少錢。

吳依光其實想過，否則為什麼瑪麗要來拉攏她？她沒有排除自己被視為棋子的可能，不過，換個角度想，方於晴跟瑪麗也是她的棋子？

她偶爾也想破壞自己的人生，想逸出常軌，想知道自己還能成為怎樣的人。

見吳依光不回話，母親持續追問，妳以為，如果沒有這層身分，人家為什麼找妳？教官說妳太笨了，被利用了還忠心耿耿。吳依光終於插嘴，她說，我沒有被利用，我自己也想做這件事。母親歪著頭，打量著吳依光，發出一聲冷笑，問，妳是不是每一次大考前就非得找一兩件事來鬧？國中那個男的也是這樣。

吳依光想了兩秒，才聽出母親說的是王聰明，她的胸口像是有誰伸腳狠踹了一下，劇痛不堪。她瞪著母親，說，所以妳承認妳有打電話去騷擾人家。

她模仿方於晴，使用「騷擾」這個字。

母親笑了，她拍手，彷彿被逗樂。她神情歡快地說，是，我打了電話，那個男生跟妳說的吧。我跟妳說，那個男生比我以為得還不中用，我才說了幾句，他就嚇死了，說每一次都是妳主動去找他。假如教官打電話去給那個熱音社的同學，妳信不信她也會說一樣的話，是吳依光自己要跟的？吳依光，妳太高估自己了，沒有我跟妳爸，妳以為人家會找妳嗎？走出這個家門，妳什麼都不是。現在，回去房間讀書，這次我不跟妳計較。妳最好停止跟那些不三不四的同學來往。剩不到一年妳就要考大學了。

吳依光扛起沉甸甸的書包走進房間。巧合的是，明日早自習有歷史小考。吳依光想起歷史老師對那些人物的讚美，縱使晚景淒涼，他們也曾鮮衣怒馬。

而她們除了恥辱，竟一無所獲。

方於晴跟瑪麗再也沒和吳依光搭話，不僅如此，她們若有似無地避著吳依光。吳依光想不透緣由，也許，母親是對的，她們未曾把吳依光視為同夥。

暑假來臨，有學生說自己在圖書館一隅，目睹方於晴跟瑪麗埋首苦讀。吳依光想，到最後，大家還是會回到籠子內，乖乖就定位。最終的勝利屬於教官跟母親。

沒有人站在她身邊。

深夜，萬籟俱寂，吳依光躺在床上，望著天花板，胡思亂想。

她想起黃同學，萝萝，王聰明。這些她嫉妒過，憧憬過，愛過的人，結局只剩下形同陌路。此際，除了憤怒，她還感到無盡的絕望。再這樣下去，她就要長大了，吳依光沒有信心自己得以適應社會。她沒把握自己能順利變成和父母一樣的大人。

吳依光想起早逝的呂同學，他的面貌、心靈停留在少年，多麼美麗的永恆。假若明天就是她的葬禮……吳依光勾勒起父母的反應，她想看見兩人指著彼此咆哮，指責對方錯過了什麼，或是哪裡干涉太多。她更想看見兩人懊悔的眼淚。

吳依光認為她跟她的父母之間，最強烈的情感無非虧欠。早在七、八歲的時候，吳依光就依稀意識到，她的父母心中住著一個「更好、更優秀的吳依光」。母親這個傾向又特別嚴重，母親看著她時，不僅僅是看著她，母親也在比對兩個版本的差異。就像藝術家觀察著眼前的原石，腦中有一個天衣無縫的想像。

吳依光嘗試過，讓自己靠近那想像，但她太笨、太脆弱、感情又太多，注定成為不了父母心中的完美孩子。吳依光想過，假設父母生下另一個「吳依光」，而不是她，是不是每個人都會快樂許多？這個孩子聰明，懂事，遵守所有的規矩，從不教人煩惱或失望。這個幻想如此清晰，以至於吳依光也被說服：論順序，是她先對不起她的父母——他們本應值得更好的小孩。

不過，吳依光至少能宣告到此為止，從今以後，誰也不欠誰了。

她想，就活到十八歲生日前夕吧。她的死亡將令每個人、每件事，回到應有的位置。不該出生的，回到宛若不曾出生的狀態。不能被社會接納的，就提早汰除。所有的錯置一筆勾銷。這是她所能想見，最完整、也最有誠意的償還。

生命開始倒數，吳依光反而感受到，生命，生命，生命不斷地朝她而來，以心臟在胸腔裡噗通作響的形式，以聞到某種氣味會打噴嚏的形式，以天邊有一朵雲飄過而她注意到了的形式。她想起人們曾經議論著名人的自死，那時，她也不懂，那些坐擁豪宅、開著敞篷跑車、身穿高級訂製服走紅地毯的明星，為什麼捨得結束生命？如今，吳依光都明白了，人在決定死亡的當下，內心自然有苦楚，不過，也有意想不到的安然，那些把他逼往死路的念頭，再也傷不了他了。

模擬考的數學考差了，英文將近滿分，吳依光不哭也不笑。全都要結束了，她再也不必勤勞地清算自己擁有什麼、不擁有什麼。

母親怪罪她，補習班給她上課的是一流名師，數學怎麼還是起起落落。吳依光說，對不起，妳放心，我大考不會失常。母親凝視著她，良久，說，妳最好知道自己在做什麼。吳依光走回房間，掩上門，倒在床上，想，沒有下一次了。

不捨的情緒也與日俱增，如果每一天都如此快樂、無憂，還有必要去死嗎？吳依光考慮了一下，死亡仍是必要的，她之所以能沉浸在分分秒秒的物景幻化，倖免於恐懼，倖免於憂傷，是因為她再也不必擔心自己未能活成某種模樣。

世界再大，她也只想在蛹裡寂靜地長眠。

一眨眼，生日近了，天色清朗，涼風吹拂，柔軟的汗毛根根豎立。英文老師發下成績單，吳依光沒有瞧上一眼，對摺，塞入書包。老師又拿起一疊試卷，交代，大考將至，學生們的精神必須旋緊，再旋緊，苦讀這麼久，不就是為了上考場的那一天？吳依光低頭作答，寫到一半，眼角餘光有雙黑色跟鞋，視線上延，是紫黑色絲襪。

吳依光昂起臉，問，怎麼了嗎？老師親切問，吳同學，聽說妳要考法律系跟國貿系？這兩個科系的錄取分數都很高，妳對自己的標準也要設高一點，好比說，考卷上的單字妳現在應該要馬上拼出來才對。

吳依光不記得自己說過那樣的話，然而，她也不必糾正老師的誤解。吳依光謝了英文老師，心思回到考卷上。接下來幾堂課，吳依光筆記沒漏抄一個字，老師們在講臺上說著過時的冷笑話，她隨著周圍同學一同笑出聲來。

晚餐，吳依光沒怎麼吃，她看著父母，特別是母親。她想，多少人不曉得自己正在經歷著最後一次見面，我卻知道。餐桌氣氛沉默，幾乎是冷了。母親說，吃飯時不要說話，否則別人會看見妳嘴巴裡嚼爛的飯菜。除非梅姨帶著喬伊絲跟愛琳回來，母親才會通融。這個家裡有不少例外是為了梅姨與她兩個女兒設定的。

仔細端詳，吳依光想，原來我的父母長這樣，吳家鵬有英挺的鼻子，深刻的雙眼皮讓他多了分穩重，嘴唇跟鼻子相比，略小，也略薄。至於母親，餐桌燈光的照耀下，黑髮裡的銀絲閃爍著細細的光澤。她今天穿著Ralph Lauren的深藍色襯衫，搭配AllSaints的西裝長褲，銀色眼影有點糊了，珍珠耳環尚未卸下。

吳依光想像母親在會議室裡、不苟言笑，快速地翻閱企畫書。她底下的員工是怎麼看她的呢？他們是否也害怕向她說明自己內心最誠實的看法？

還是說，正好相反，他們愛慘了她，認為她領導有方？吳依光見過母親反覆觀看一支影片，十幾位下屬為她錄製的，目的是恭喜母親升遷。鏡頭前的人們似乎發自內心地喜歡母親。

有一個目測三十左右的男人說到哽咽，他說，遇到這麼明理的主管，是他這幾年來最幸運的事情。吳依光下意識地蹙眉，視線移向母親，她沒想過母親不是母親的時候，有人這麼需要她，甚至是愛她。

再一次地，吳依光告訴自己，那不重要了。無論答案為何，都不能減輕妳的痛苦。她小口小口把碗裡的湯給喝完，起身，移動到流理臺，刷淨碗筷。她說，我要繼續讀書了。吳家鵬嗯了一聲。母親吞下嘴裡的湯，說，去吧。

吳依光打開桌燈，在信紙上寫起了遺書。她寫了一行字，撕掉，換上了一張空白的，寫了兩段，又撕掉。吳依光發現，她越是企圖描述那些讓她抑鬱的情境，那些情境就越縮小、成了一段蒼白幼稚的呻吟。有孩童營養不良而挺著鼓鼓的大肚子。有癌症患者煩惱著是否要截肢。有難民流離失所。有人為了醫藥錢而犯罪。這些人用盡手段要活下去，有得吃，有得住，好手好腳的我卻打算殺死自己。

只因我恆常感到空虛、不快樂，也不相信有誰捨得無條件地愛我。

吳依光放下筆，撐著頭苦思。沒多久，她看見自己犯的錯，死亡是她的，她不必苦苦地說服誰，好證明自己有資格這麼做。但，吳依光還是想留下些什麼，也只有這個情境，她再怎麼無理取鬧，世人也必須當成一回事，好生傾聽。吳依光寫下一句話，**世界太美了，可惜不值得**。寫完之後，她以筆盒將那張紙壓在桌面上。

事情要成真了，吳依光竟有哭泣的慾望。這就是孤獨的盡頭吧？好黑，所有的光都止步了。從什麼時候開始，死亡成了一個選項？吳依光想不出一個確切的時間點，她只知道，她想這麼做，她想從這不完美的、曖昧的、傷人的生命中解脫……。

十點，吳依光起身，走出房間，找著母親，說出擬好的謊言，同學跟她借了講義，親自拿來社區交還，她得下去一趟。母親從一疊報告書抬起頭，說，很晚了，妳不要讓人家等太久。吳依光看著母親，眼睛一熱。她打起精神，說，好，那我走了。

吳依光才靠近門口，就聽到一道熟悉、但意外的人聲。梅姨。

梅姨推開門，探頭，見著吳依光，堆出燦笑，說，嗨，寶貝，妳好嗎。梅姨的身後立著兩只二十八吋行李箱。吳依光吃驚地問，梅姨，妳怎麼突然回來了？

搭乘了十幾個鐘頭的航班，梅姨的嘴唇稍微脫皮，即使如此，她還是遞出一個綁著緞帶的紙盒，說，我不是有個認識二十幾年的好朋友嗎？她的女兒結婚，我怎麼樣也得回來。不過，最重要的是妳。在美國，有時差，我老是最晚一個祝妳生日快樂的，可是十八歲是成年，意義不一樣。我這次要當第一個。親愛的依光，祝妳生日快樂。

梅姨走進玄關，雙手打著節拍，唱起生日快樂歌。

吳依光一個心軟，時針就盪了過去。她的計畫功虧一簣。

吳依光就這樣長成了大人。

20

星期五，吳依光一如平日，七點二十五分來到自己的座位。她拿起保溫瓶，走到茶水間，打算裝一些熱水。何舒凡從身後喚住她，吳依光轉身，何舒凡急促地開口，噢，不，看妳這樣子，我猜妳還不知道。

吳依光反問，我要知道什麼？何舒凡撫著胸，視線投往另一個方向，許主任從另一端走過來，他雙頰漲紅，上氣不接下氣，想必經歷了一段小跑步。

許主任扶著膝蓋喘氣，問，吳老師，妳看到網路上那篇文章了嗎？

見許主任和何舒凡一臉驚慌，吳依光感覺到胸腔被什麼給擠壓著，她得用力才能吸進足夠的空氣。她侷促地回答，對不起，我不知道什麼文章。

許主任看著何舒凡，示意這件事由她處理。

何舒凡拿出手機，點了幾下，遞給吳依光。那是一篇社論，標題為「網路原生代的心理健康問題」。作者援引近年內青少年墜樓的案例，分析他們的心理健康，正暴露於怎樣的險境。其中，蘇明絢被作者劃分在「資優生」一欄，代號是其華高中S生。

何舒凡清了清喉嚨，提醒吳依光，重點不在文章本身，而是底下的留言。

網友們在留言區分成兩派。有人說，沒有嚴酷的考驗，心靈無從成長，現在的青少年被慣壞了，個個是玻璃心、憂鬱症；也有人說，舊時代，人們其實活得更不快樂，但那時的社會不允許人們坦白自己的負面情緒。

許主任跟何舒凡的目光不曾從吳依光的臉上轉移，她想，留言裡必然躲著一頭猛獸。才這樣猜，吳依光就看到了那行訊息。**S生的班級，一年級有人被霸凌到休學，不到一年又有人跳樓。學校不打算負責嗎**？留言的帳號是「零」，大頭貼空白，點進去個人頁面，不出預料，亦是一片空白。人們追問零，要求他透露更多資訊。其中一則留言令吳依光腹部一擰。「我女兒也讀其華，她說，校內都在傳這件事。我女兒的國文也是給S生的班導教的，她說老師還算認真，只是個性很無聊。」

吳依光反芻著「無聊」這兩個字，不知道為什麼，她更放不下這個評價，這兩個字彷彿從基本否定了她教書的資格：吸引不了學生。

她把手機還給何舒凡，問，從哪裡看到的？何舒凡答，我姊給的，我的外甥女最近在叛逆期，整個人陰陽怪氣，我姊跟姊夫最近很在意這個議題。再加上我在其華女中教書，她就理所當然把文章轉給我了。

許主任湊近，問，這個零是誰？吳老師，我看妳班上學生的機率最大，妳快想一下。許主任那令人眼花撩亂的招牌手勢又登場了。

吳依光盤整著腦中糾纏的思緒，零，說不定跟寫紙條的人是同一個，或者同一群人。等等，不，吳依光腦中閃起另一個人名，王澄憶。她有充分的動機。

過去幾個月，吳依光幾度掙扎，是否要撥打電話，問候王澄憶休學之後的近況，但她始終做不到。她害怕王澄憶親口證實，自己離開學校的原因包含對吳依光的失望。

吳依光咬牙，告訴許主任，我不想要這樣懷疑自己的學生。

許主任斜看吳依光一眼，說，吳老師，妳都已經被貼上「不適任老師」的標籤，學校更是被拖下水，要求負責，妳怎麼到現在還覺得自己的想法很重要？我都不想說妳，怎麼帶班的，可以弄到學生休學？王澄憶這個學生去年是怎麼了？我記得我請喪假的那幾天，學校有出一件大事，洪教官替我處理了，不會就是這學生吧。

一時半刻，吳依光說不出一句話。她沒有一天不想起這個名字，特別是淋浴時，熱氣蒸騰，視線模糊，深埋在體內的思緒無聲地湧動。吳依光反覆自問，再來一次她是否留得住這女孩？她是否能說服王澄憶，妳所經歷的痛苦，終有消散的一天？無論吳依光在腦海裡怎麼演算所有她想得到的處置，就是列不出和平落幕的結局。

手機響起，吳依光盯著那一串沒見過的號碼，是記者嗎？這年代，所有的隱私都有人願意出賣，要買到她的資料想必不算困難。鈴聲一聲接著一聲，許主任的臉色益發沉重，似乎被眼前詭譎的氣氛弄得很煩躁，吳依光心一橫，按下接聽鍵。

來電者就是王澄憶，更正確地說，是他的父親。吳依光腦袋還在消化這樣的巧合，男子又提出令她不敢置信的請求，王澄憶想參加蘇明絢的告別式。下一秒，吳依光聽到王澄憶輕柔的聲音，她說，爸爸，接下來換我跟老師說吧。

王澄憶接過了電話，老師，好久不見，我是王澄憶，聽說明天就是蘇明絢的告別式，請問老師可以告訴我時間、地點嗎？吳依光心跳加快，她沒有想過自己會再次跟王澄憶有所聯繫，且是在這樣的場合。王澄憶，蘇明絢，她教學生涯最刻骨銘心的兩個名字。說不準王澄憶真是「零」，她的現身是遲來的討伐。

吳依光嚥下口水，刻意冷靜地問，王澄憶，妳最近好嗎。是這樣的，蘇同學的家人不想太聲張，告別式主要是給親近的朋友……。

王澄憶不慌不忙地解釋，老師，我跟蘇明絢高一沒說幾句話是真的。可是，我休學在家的這一年，蘇明絢時常來看我，她也是班上唯一來看我的人。

王澄憶休學之後，吳依光未曾前去拜訪，一次也沒有。

吳依光聽見自己顫抖的聲音，妳說蘇明絢去找過妳？

王澄憶沉默了幾秒，回答，對，蘇明絢來找過我好幾次。所以，我可以出席她的告別式吧？我想要好好地跟她說再見。

通話一結束，吳依光逕自蹲下身子，把臉埋入掌心，用力地呼吸。她認為自己隨時就要昏厥。她必須好好地照顧自己。耳邊響起何舒凡的聲音，許主任，請你把那句怎麼帶班的給收回去。不是只有學生的感受才是感受，我們老師的心也是肉做的……。

21

女校，所有對少女們的青睞、鍾愛、偏見、刻板印象，都會在這個場域得到數倍的放大。吳依光跟何舒凡發明了一個專有名詞，來形容女校常見的一種文化——摯友——意指女孩間特殊的情誼。人們常定義愛情是封閉的，友誼是開放的，摯友介於之間，它被歸類在友誼，展現出來的質地卻接近一對一。青春期的女孩是化學課教過的鹼金屬，柔軟，易於切割，活性極大，給她們一點熱就足以沸騰、融化。

女孩只有自己的時候，格外不穩定。她們更傾向結伴。所以，女孩們隨時隨地都在察言觀色，深怕落單、被孤立。用餐、上廁所、去福利社買包衛生棉，也非得攬著誰的手臂，摩肩而行，好像一窩雛鳥，借用彼此的體溫才能熬過青澀的日子。

有些女孩不在意自己有沒有「摯友」，她們或者把獨處視為樂趣，或者她們早已看清所有的人際都是一場磨耗。吳依光就讀其華女中時，身邊沒有「摯友」。這是她有意的安排，她不想增加母親手上的人質。她失去過太多。

而王澄憶事件，吳依光事後的歸納是：有時，群體必須排除一個人，才能維持運作。王澄憶就是在那個時間點，一年三班這個群體決定要排除的人。

帶頭的人是徐錦瑟，王澄憶一度認定為「摯友」的人。

常曰名字是父母對孩子的第一個祝福。吳依光第一次點名，也忍不住多瞅了徐錦瑟幾秒，問，妳這名字怎麼來的。徐錦瑟答得從容，像是回答了上百次。她說，我的父母在給我和我哥取名字時，各自挑了最喜歡的一首詩。

徐錦瑟四肢修長，烏黑的長髮束成高高的馬尾。她的頭型和五官都很出色，飽滿的額頭，大眼，直挺的鼻，粉潤的嘴唇，困擾多數青少年的粉刺、青春痘問題，獨獨饒過了她，她的皮膚細滑如搪瓷。徐錦瑟的眉宇間有淡淡的英氣，一開口卻是略稠的娃娃音，這個女孩，吳依光在心中默嘆，她不知道要迷倒多少人。

吳依光好奇徐錦瑟手足的名字，但她沒有過問。她有預感，不遠的未來，徐錦瑟會得到同儕、師長一致的偏愛，所有女孩嚮往的特質，都能在徐錦瑟身上找到。身為班導，她最好不要對徐錦瑟表現出太多的興趣，為了徐錦瑟好，也為了她好。

幾天後，吳依光認識了徐錦瑟的父親，徐遠寧。在大學任教的徐遠寧，自願擔任家長委員。吳依光就讀其華女中時，吳家鵬擔任過兩屆副會長，就她所知，三年下來，她父母陸續捐給學校的錢，等值於一枚一克拉鑽戒。學期才過了一半，徐遠寧的貢獻就追過了吳依光的父母。其華女中正好迎上建校百年，校慶的規模、排場連跳三級，支出連帶倍增。劉校長從學期初，就向家長委員會明示暗示，今年籌款的壓力。徐遠寧不僅個人捐出一大筆數字，還透過直接、間接的人脈，募來幾筆大額捐款。開場的知名女歌手，經紀人跟徐遠寧是舊識，開價遠低於行情。劉校長不只一次，當眾表示她對徐遠寧的感激之情，說，有這樣的家長，是其華女中的福氣。徐遠寧則不著痕跡地把主角繞到女兒身上，說，一切要歸功於徐錦瑟，如果不是她會讀書，他這個做父親的，再怎麼想為學校付出，也師出無名。

徐錦瑟的確會讀書。讀書以外的部分，她更是亮眼得讓人心碎。

第一次段考，徐錦瑟第三名，國文英文是全班最高分。同一時間，吳依光從其他學生口中得知，徐錦瑟在社群媒體的帳號有上萬人追蹤，有人稱她「小網紅」。

吳依光偶爾會看見徐錦瑟從拿出迪奧唇膏，就著手裡的小方鏡，輕巧地補妝，或是拿起梳子，把瀏海一根一根梳理到最恰到好處的位置。吳依光本來以為，這不過是某種自戀，徐錦瑟實在太美了。有一天，她目睹一名學生，手機對準靜靜翻著書頁的徐錦瑟，沒有過問，逕行按下拍攝。事後，她私下問徐錦瑟，妳不介意嗎？徐錦瑟說，要阻止是阻止不完的，反正她也習慣了，就給大家拍吧。吳依光這才後知後覺，自戀只解釋了一半，另一半是，徐錦瑟似乎認為她的美不只屬於自己。

許多女孩巴望著與徐錦瑟結為「摯友」，但在吳依光眼中，她們多成了「跟班」，沒有更適切的稱謂。不管到哪兒，這些女孩們都緊跟在徐錦瑟一步之後，臉上掛著迎合的微笑。徐錦瑟跟每個「跟班」都維持差不多的交情，不特別親近、疏遠誰。

徐錦瑟很少在週記內提及她和跟班們做了什麼，她傾向寫跟家人的相處情形。徐錦瑟有個融洽的家庭。倒是跟班們，徐錦瑟是她們週記的要角，徐錦瑟吃了什麼，說了什麼，用的是哪一牌的沐浴乳，都能化為書寫的題材。徐錦瑟是發光的恆星，其他女孩是繞著恆星週轉的行星。其中，吳依光在王澄憶對徐錦瑟的側寫，讀到某種情意，但她沒有放在心上，這個時代，什麼感情都不奇怪。

吳依光讀其華女中時，愛情，像泳池裡的生菌數，必須嚴加管控、抑制。輔導老師說，女生的首要是「貞潔」。同學們聽得出神，部分是她們已從言情小說，隱晦地理解到有些快樂，來自拋棄貞潔。部分是她們討厭輔導老師。

有人在背後喊輔導老師「山怪」。大鼻、厚脣、肥臉、厚重的方框眼鏡之後，是一雙突兀的小眼睛。她終年穿著長及腳踝的裙子，顯得更加無精打采。除了貞潔，她另一個主要的論述是，女校會催生出奇特的風土病，也就是同性愛。記憶中，她對學生是這麼說的：妳們正處於青春期，情竇初開，身邊又沒有差不多年紀的男生。有時，難免會混淆，以為自己好像愛上了身邊的同學，我要特地提醒妳們，這只是一時的錯亂。說到這，輔導老師別有深意地朝著體育股長的方向看了一眼，繼續說下去，等妳們上大學，班上有男同學，妳們就會好起來了，所以最好不要隨便就跟同學說什麼，喜歡啊，愛啊。妳們會後悔的。

吳依光想不起體育股長的名字跟座號，只記得她經營著一個叫「拉子社」的地下社團，社員會在廁所裡張貼小廣告，像是「妳相信女生之間，不只友情嗎」之類的句子。這些廣告貼在那不到一天，就會被撕除。沒有人承認是自己做的，包括教官。

根據輔導老師的理論，體育股長只是害起了一場短暫的高燒，換個環境，這病就好了。好多年後，吳依光見著社會上形形色色的人，這才如夢初醒，輔導老師錯了，很多時候，愛，就只是愛。

徐錦瑟和王澄憶的情誼在寒假生變。王澄憶回到學校，察覺自己被逐出跟班的行列，她一湊近，徐錦瑟與跟班們就轉身、走遠。幾天後，其他同學也選了邊站。吳依光在走廊上、教室裡各自撞見幾次，王澄憶走路時，一些學生會刻意後退，或者別過頭，以免跟王澄憶有互動。吳依光一頭霧水，她記得王澄憶之前與班上同學交情不惡。王澄憶甚至是「跟班」裡相對受徐錦瑟重視的角色，徐錦瑟最常互傳訊息的人，就是王澄憶。吳依光有時寫完板書，轉過身，只見王澄憶、徐錦瑟兩人捂著嘴、低頭憋笑。吳依光只能沒好氣地提醒，同學，上課盡量不要使用手機。

一個禮拜後，王澄憶在週記裡大吐苦水，**錦瑟不理我**，**我好難過好難過**……，第一時間，吳依光沒有太視為一回事。友誼的質變在高中校園並不罕見，吳依光先前也安撫過幾位，與朋友失和而難過到不能上課的學生。吳依光如常地寫下幾句建議，像是，王澄憶不妨去找班上其他同學聊天。接著，她抽出另一本週記，讀了起來。

吳依光忽略了一件事，對方是徐錦瑟。

安迪沃荷曾經預言，「在未來，每個人都有聞名於世的十五分鐘。」他口中的「未來」，就是徐錦瑟的「現在」。王澄憶被群體視若無睹的那個月，更多人看見徐錦瑟。徐錦瑟上傳了一張照片，她咬著吸管，對著窗外發呆。一位跟班給她拍的。

徐錦瑟本身五官立體、精緻，但在照片裡，她的神韻比平日多了那麼一點深邃、一點憂愁，混合著女孩的清新與女人的世故，身上的制服也暗示了她有顆聰明的腦袋。那張照片在網路上瘋傳，徐錦瑟一個禮拜多了七、八千名追蹤者。

吳依光聯想到很久以前，大學通識課介紹的黑洞。徐錦瑟的名氣如同質量，擁有彎曲周圍空間的能力。下課時間，學生們在三班門口徘徊。她們說，想看現實的徐錦瑟是不是長得跟照片一樣漂亮。更進一步的目標是，想和徐錦瑟合照一張。

至於三班的學生，越來越喜歡貼著徐錦瑟，製造互動。徐錦瑟曾上傳她跟一位同學的合照，兩人臉貼著臉，雙眼緊閉，抿嘴微笑。三千人按了「喜歡」。那位同學興奮尖叫，說這是她人生中最風光的一刻。

徐錦瑟隨意扔棄的麵包屑，都能餵飽一位平凡女孩的虛榮心。到後來，她不經意的動和靜，都會被視為某種安排，具有神祕的意旨。

一日，方維維與另一位林同學結伴前來，方維維再三回頭看，彷彿在確認自己的行蹤沒有落入誰的眼線。方維維問，老師，妳有注意到大家最近怎麼對王澄憶嗎？吳依光吞了吞口水，反問方維維，事情的全貌，她掌握了幾分？

方維維後退一步，搖頭，她始終擠不到徐錦瑟身邊，手上的資訊，不過只是一些從網路蒐集的線索，不會比其他人齊全。吳依光一頭霧水，問，網路？方維維深吸一口氣，描述起開學不久，那則讓全班陷入躁動的留言。

深夜，徐錦瑟發了一則動態，不要再說我是人生勝利組，我在學校遇到了很痛苦的事⋯⋯希望高二不要再跟那個人同班了。當晚，一半以上的同學收到了這則動態的截圖，包括方維維。女孩們抽絲剝繭，判定這句話所指的對象是王澄憶。女孩們進一步推理，個性直率的徐錦瑟，使用了「痛苦」這樣強烈的字眼，表示兩人並非純粹的漸行漸遠，王澄憶有可能對徐錦瑟做了什麼。

即使徐錦瑟並未要求，女孩們依然獻上自己的忠誠：加入孤立王澄憶的隊伍。

事後，沒有人承認自己是受到徐錦瑟的操弄、暗示。最常見的說法是，喜歡，就像她們在徐錦瑟社群上的相片按了喜歡，她們在現實裡也這麼做，喜歡徐錦瑟這個人，想為她做些什麼。若澈底忽略她們輕描淡寫的「什麼」，就是對王澄憶使用冷暴力，吳依光或許會認同這樣子的支持是可愛的，也是珍貴的。

她問方維維，妳們有沒有問徐錦瑟，她說的是王澄憶嗎？兩名女孩交換了一個眼神，方維維抬手拱林同學的手臂，林同學急促地回答，徐錦瑟是用限動回應的，不適合去問她。吳依光猶豫地問，限動？方維維花了幾分鐘解釋，吳依光才認知到這個名詞是「限時動態」的簡稱，使用者發布的內容會在二十四小時內自動消失；其他使用者對這則動態的回應，會以私訊的形式傳送，也就是說，其他人看不到之間的互動。

吳依光又問，為什麼限動就不能去問徐錦瑟？話一脫口，吳依光有些赧然，她跟學生的立場顛倒過來，掌握知識的是學生，背著注釋的人是她。方維維再一次說明，限動是以「一天之後就消失」為前提，認真的話，就失去限動的本意了。吳依光反問，既然如此，怎麼大家會決定不跟王澄憶說話呢？妳們都認真了，對吧。

兩位女孩面面相覷、不發一語，吳依光只好再問，這個限動，妳們不是說有截圖嗎？我需要證據。方維維先反應了過來，她複述，證據？對不起，我們不能把截圖給老師，老師如果之後拿這截圖去問徐錦瑟，徐錦瑟就會懷疑是誰告密的。

林同學點頭，十分認同方維維的主張。

吳依光搖頭，輕嘆，問，這樣我能做什麼。方維維有些激動地說，我們來找老師，已經很不容易了……其他的部分，不是應該要……。方維維就此打住，吳依光明白了她的意思，方維維沒說錯，這是她的職責。兩位女孩做的夠多了。

從前，一旦放學，學生們魚貫走出教室，所謂的「班級」也隨之解散，成了一個虛詞。在這樣的時刻，不會有人覺得老師仍負有義務，得去顧慮學生的安危。直到翌日清晨，學生們一個接一個走入校園，「班級」回歸完整，老師的管轄才又開始。如今，放學之後，班級並未隨之解散。班級群組二十四小時都有人回話，老師的責任不自覺地隨之延長。兩年前，晚上十一點，吳依光被一位家長的來電吵醒，接起之後，男子先是致歉，說，女兒太害羞，不敢問同學明天段考國文的默寫範圍。話鋒一轉，男子解釋，他有先傳訊息給老師，見老師遲遲未讀，才不得不致電。

吳依光從此不敢確定，放學了，自己是否仍得扮演「老師」的角色？待王澄憶的風波浮上檯面，很多人懷疑是吳依光沒有及時阻止，吳依光一度也認定自己失職。不過，等她釐清順序，又陷入迷惘：整起霸凌是在Instagram上啟動、延燒，校園只是中間的廣告。Instagram是吳依光陌生又難以參與的領域；甚至，學生們密談時，吳依光已沉沉睡去。吳依光承認自己得負責任，不過，一個人應負的責任，難道不應該和他知情的範圍重疊嗎？她要怎麼為她看不見的事情負責？

期末考前，王澄憶請假天數大幅增加，假卡上有父親簽名和醫生證明，腸胃潰瘍。吳依光詢問王澄憶身體近況，王澄憶回，她沒事，只是天生腸胃不好而已。吳依光還想再問，王澄憶卻面露畏縮，好似在提醒，請別這麼做。

吳依光只好在假單蓋上自己的印章。

稍晚，吳依光跟何舒凡一同前往學校附近新開幕的餐廳。何舒凡先是讚美餐廳提供的生菜沙拉很新鮮，蘿蔓葉即使不沾搭配的藍莓醬，也很清甜、爽脆。主餐端上，何舒凡又分了一塊鱸魚給吳依光，勸她多吃點。吳依光配合地切了一小塊，放進嘴裡，說，自己最近的確沒什麼食慾。聞言，何舒凡放下叉子，拿起餐巾紙揩掉嘴角的醬汁，問，王澄憶的事，妳打算怎麼做？她再這樣請假下去⋯⋯。

吳依光也放下叉子，回，我問過王澄憶了，她說，什麼事都沒有，如果今天學生沒有處理的意願，那老師能做的很有限。何舒凡搖了搖頭，表情既有躊躇，也有擔憂，她說，依光，我們一起進修過溝通的課程⋯⋯妳知道，學生沒有說的部分才是⋯⋯。吳依光打斷何舒凡，或許是餐廳的音樂太抒情，或許是她的確無計可施，深埋內心的話一股腦翻了出來，我知道，我們有去進修，可是現在的情況很複雜，跟我們在課堂上學的不太一樣，時代的變化太快了⋯⋯何舒凡，妳知道什麼是限動嗎？

何舒凡眉心一折，回，大概知道，就一個功能。我很少使用。

吳依光煩躁起來，拍了拍額頭，說，沒事了，妳放心，我會處理好的。

吳依光獨自走在街道上，昏黃的燈光染開了她的影子。她沒有搭公車，而是踩著細碎的步伐前進。有些街口的燈忽明忽暗，吳依光一點也不驚慌，她想，我要煩惱的事情太多了，不差這幾盞破燈。

吳依光停下腳步，發現自己走在另一個家的方向，也就是那個她千方百計逃離的、有母親的那個家。吳依光硬生生轉過身，攔下一輛計程車，回到有謝維哲的那個家。父母，謝維哲，愛她但會傷害她的，不愛她但也不至於傷害她的，吳依光選擇後者。

殊不知，再過幾個月，百合就要來了。

吳依光褪下鞋子，在玄關呆坐好久，才若有所思地站起。謝維哲在主臥室，睡得香甜，他明天一早有個會議。吳依光簡單盥洗，爬上床，吞了一片藥，盡量不製造聲響地把自己的棉被往上拉。腦中再次播映幾個鐘頭前跟何舒凡的對話，但在渙散的意識裡，畫面很是模糊、宛若映像管時代，電視螢幕的粗顆粒質地。吳依光感覺自己的思緒被何舒凡的一句話困住了，動彈不得，何舒凡定義這是「王澄憶的問題」。

但，真的嗎？為什麼這不是「徐錦瑟的問題」？徐錦瑟才是始作俑者。在她即將墜入夢鄉之前，吳依光想，她得換個方向，她要親自和徐錦瑟談。

偏偏王澄憶搶快一拍，率先動作，她的行為讓整件事有了更鮮明的視覺，人們談起這件事，無不想起徐錦瑟額上的鮮血。

22

其華女中的游泳池位於地下一樓，挑高兩層樓設計，空氣流通，光線得以從綜合館一樓整面的落地窗切入，形成自然照明。吳依光偶爾駐足，往下望，想起很久以前，自己將臉浸入瀰漫著消毒氣味的池水，一邊計算肺部的含氧，一邊忖度著是否有誰站在一樓，偷窺她笨拙的泳姿。

這也是為什麼，當學生通知她，徐錦瑟在游泳池出事了，有那麼一秒，吳依光不合時宜地想起，她曾經有多喜歡游泳課，她只要專心做好一件事：呼吸。

那天，是「自由式五十公尺」檢定，任一隻腳踩到池底即屬失敗，每位學生有一次重考的機會，這個規則，跟吳依光求學時一模一樣。學生們會追問體育老師，游泳課安排在幾月？十二月太殘忍，三月差強人意，五月是最好的時節。然而，天氣再怎麼暖和，一浸入池中，牙齒仍不住顫抖，小腿肌肉抽跳。等適應了水溫，上岸時又莫名地覺得冷，縷縷微風將皮膚表層的熱氣刮得乾乾淨淨。體育老師刻意將不諳水性的同學編列在最後一組，就算她們得重考，也不占用其他同學的時間。

王澄憶和徐錦瑟被劃在最後一組。

游泳課之後，是英文課，有定期考。凱瑟琳老師是出了名的嚴格。她也是吳依光高一那年的英文老師。那時，凱瑟琳才從倫敦取得碩士學位，學生們央求她以英國腔朗誦一小段艾蜜莉·狄金森。十幾年後，吳依光以老師的身分重返其華女中，凱瑟琳外表依然年輕、掛著小圓眼鏡，烏黑的長髮裡斜飛出幾根醒目的銀絲，她結婚了，有一個女兒。她記得吳依光這個學生，凱瑟琳說，妳暑假都在美國，妳的英文很好。她對方於晴印象也很深刻，稱呼她為「那個有個性的小女孩」。凱瑟琳以懷舊、挖苦的口吻繞回自己，我至今仍想不透，英國腔到底有什麼好稀罕的。

凱瑟琳代表一種老師，為學生設定困難的標準，學生仍感覺得到愛。吳依光思索了好久，得到一個結論，學生看見了凱瑟琳的用心良苦，凱瑟琳記得哪些學生在課堂上說過怎樣的話、做過怎樣的事。這些小事讓學生感覺到凱瑟琳不是只在乎成績，而是在乎她們的全部。學生們很少怠慢凱瑟琳的考試，她們不想讓凱瑟琳難過。

如果那天沒有定期考，說不定一切就不會上演。

或者，至少有目擊者。

現實的狀況卻是，學生們一結束自由式檢定，立即拉著扶手離開游泳池，小跑步奔入淋浴間。她們吹乾身體和頭髮，回到池畔的塑膠長椅，拿出筆記，低頭背誦。幾分鐘後，徐錦瑟的尖叫驚動了她們，學生們放下筆記，衝回淋浴間，只見徐錦瑟倒在地上，一隻手撐著地板，試著坐起，另一隻手捂著額頭，掌根被鮮血染紅。二十分鐘後，在教官陪同下，徐錦瑟被載往最近的醫院。

吳依光接獲通知時，正在給學生複習期末考，她走出教室，撥打電話至徐錦瑟家中，沒人接聽。她改撥給徐遠寧，響了兩聲，徐遠寧接起，聽完吳依光的轉述，徐遠寧沉默片刻，說，謝謝老師，我這就去醫院。

吳依光趕到醫院，徐錦瑟已完成初步檢查，她坐著，看似茫然、無聊，她的手機留在教室，沒有帶上。徐遠寧坐在一旁，急躁地刷著手機螢幕。洪教官抓著手機，來回踱步，不知在和誰說話，語氣有些示好。徐錦瑟首先注意到吳依光，她抬起臉，在醫院森冷白光的覆蓋下，她的容貌比以往蒼白，也更脆弱。她禮貌地問候，老師好。

洪教官大步走來，不忘繼續交代，我晚點到家再跟你說，不用等我，你們先吃飯。吳依光深呼吸，她太神經兮兮了——洪教官只是聯絡家人而已。徐遠寧抬站起身，徐徐將手機收入口袋，筆挺的西裝將他頎長的身材襯托得更加高大。

吳依光問，徐錦瑟還好嗎？洪教官搭腔，醫生說，應該沒什麼大礙，先靜養幾天，後續再觀察。徐遠寧的眼神在洪教官跟吳依光之間流走，似乎在抉擇誰才是他要問罪的人，最後，他的視線落在吳依光身上，他說，吳老師，為什麼學校沒有在第一時間通知家長？吳依光愕然地看了洪教官一眼，回答，徐先生，我們立刻通知您了。

徐遠寧搖頭，輕輕握著女兒的肩頭，說，吳老師，我什麼都知道了。我女兒被王同學糾纏了好幾個月，妳都沒有處理，今天才會出了這種事。徐錦瑟低聲，帶點撒嬌地糾正，爸，我沒有說糾纏，我只是說，她有時會用很奇怪的眼神看著我。

徐遠寧反駁，那就是糾纏。

吳依光略看向徐錦瑟，徐錦瑟低下頭，迴避她的視線。

那一刻，吳依光相信，所謂的「真相」，即使存在，也被鎖在求之不可得的地方。你知道保險箱內藏放著什麼，手上卻沒有密碼。

事發的幾秒鐘，其他同學都在想盡辦法牢記單字與片語，沒人目睹經過，線索只有當事者的一方之言。徐錦瑟的說法，也是洪教官，徐遠寧、班上多數同學採信的版本。她從淋浴間走出，碰見王澄憶，徐錦瑟趕著把泳衣扔進脫水機、吹乾頭髮，好複習她前一晚整理到凌晨的筆記。她快步越過王澄憶，後者喚住她，詢問兩人之間到底是怎麼了。徐錦瑟沒有搭理，王澄憶冷不防伸手扣住她的手腕，徐錦瑟嚇得驚喊、掙扎，王澄憶一愣，鬆開了手，徐錦瑟失去重心，身子往旁一倒，額頭撞擊門板上的不鏽鋼門閂。接下來，就是同學們見到的景象：徐錦瑟餘悸猶存地喘氣，滿頭是血地倒在地上。佇立一旁的王澄憶面無血色，六神無主地重複著一句話，我什麼都沒有做……我真的什麼都沒有做……。

至於王澄憶，她坦言，自己有喚住徐錦瑟，也有提問，但她並未伸手，而是徐錦瑟自己踩到積水滑倒，撞上門閂。王澄憶試著扶起她，徐錦瑟卻不斷尖叫。王澄憶解釋到一半，眼淚滾落，她吸了吸鼻子，說，老師，沒關係，我不要再為自己說話了，我很清楚不會有人相信我。我早就知道自己完了。這幾個月……我在班上，沒人要跟我說話……我知道為什麼，我以為撐到學期結束就沒事了。徐錦瑟的志願是藥學系，我們高二就不同班了。為什麼那一秒鐘我沒有忍住，幹嘛叫住她呢。

徐錦瑟的桌上擺放著一只玻璃罐，裡頭有數百隻同學們為她摺的紙鶴，至於學校，劉校長認為有必要請雙方家長到校會談，她也會在場。王澄憶雙親離異，她從小跟著父親生活。電話裡，吳依光每說一句，王澄憶的父親就重重地嘆氣。他向吳依光道歉，我們家的小孩，做事常常沒經過大腦，對不起，給老師和那位徐同學添麻煩了。聞言，吳依光有了定見，王澄憶的父親也認為自己的女兒有錯，也就是說，沒有人相信王澄憶的無辜。某程度上，這個結果對吳依光有利，她可以預見談判順利進行。但，說不出理由，吳依光心頭滿溢著悲傷。

五點半，校長室外，站著提早到場的王澄憶父女。王定坤身材瘦小，膚色黝黑，多皺紋，外表比他的年紀還老了好幾歲，他穿著明顯過大也過時的灰藍色西裝外套，白襯衫，西裝褲，腳上踩著運動鞋。吳依光一出現，父女倆像是池塘裡被驚擾的鯉魚，朝著相反的方向彈開。王定坤擠出微笑。吳依光點了點頭，算是致意。

洪教官跟徐錦瑟父女一起現身。洪教官環視所有人，說，全員到齊，那我們進去吧。說完，洪教官、徐錦瑟父女陸續走進校長室。王澄憶杵在原地，一臉不情願，王定坤折返，伸手重拍女兒的背，喝斥，這件事是妳闖出來的，妳要敢做敢當，王澄憶這才跨出一小步。吳依光走在最末，沒忘記帶上門。

校長室的會客桌兩側，各擺著一張三人座沙發，洪教官在徐錦瑟父女旁坐下，吳依光沒有其他位置可選。她坐下時，王定坤挪動臀部，讓出更多空間給她。

劉校長坐在獨立的單人座沙發，問候徐錦瑟的傷勢。徐錦瑟撫摸額頭的紗布，說，謝謝校長，沒有第一天那麼痛了。徐遠寧連忙加入一句，下禮拜得再回診，醫生說要保持觀察。接下來，徐遠寧的每一句話，吳依光事先都想過了。好比說，他接到電話時有多麼焦急、他長期對其華女中的支持、他擔任副家長會長的貢獻等等。

劉校長安撫地說道，徐副會長，請您相信，令嬡在學校受傷，我們也很心疼。今天我，洪教官、吳老師都在這，證明學校百分之百有善後的誠意。吳老師，妳是徐同學跟王同學的班導，妳怎麼看這件事？

所有人的目光聚集在吳依光身上，她交出擬好的答案，徐同學說，王同學有伸手拉她，但王同學說她什麼也沒有做。我想我們至少得先……。

徐遠寧打斷吳依光，說，這就是校方的誠意？我以為你們至少調查好真相了。

洪教官盯著王澄憶，接手詢問，王同學，妳沒做，那徐同學怎麼會摔倒呢？

王澄憶注視著自己的雙手，沒看向任何人，小聲地說，我只是想要問徐錦瑟一些問題，是她突然往後退……踩到地上的水……就滑倒了。我沒有伸手。

徐遠寧握拳，厲聲質問，王同學，妳知道我女兒為什麼要往後退嗎？她怕妳繼續糾纏她。我女兒是哪裡惹到妳，妳為什麼這幾個月都不肯放過她？要不是我女兒忍到現在出事了才告訴我。我早就叫學校把妳轉到其他班級。到現在，妳還不肯承認自己做了什麼，王同學，妳這樣太過分了。

劉校長凝視著吳依光，眼神透著不滿，彷彿在說，洪教官不是警告過妳了嗎？

昨日，吳依光接到洪教官打來的電話，詢問王澄憶是否已經認錯。吳依光回，王澄憶堅持自己沒有做。洪教官嘆了一口氣，失望地說，吳老師，這樣明天會很難收尾，妳就不能勸一下王同學嗎？吳依光說，洪教官，如果王澄憶真的沒有做，我要怎麼勸？這不是在逼她嗎？洪教官靜默半晌，才語重心長地說，吳老師，那我就得提醒妳一句不太中聽的話，明天場面不會太好看。

王定坤終於出聲，他看著女兒，問，王澄憶，妳老實說妳有沒有推人、害人跌倒？

王澄憶抬起頭，眼中滿是悲楚，她的口吻接近哀求，爸，我說了沒有，拜託相信我。

徐遠寧雙手一攤，說，這一切讓我想到什麼？葉永鋕。

劉校長神情掠過一抹驚恐，她坐直身子，似要發言，徐遠寧又說了下去，這兩件事不是很像嗎？都是被同學糾纏，都是在教室以外的空間滑倒，今天，好在我女兒很幸運，沒有傷到頭，如果我女兒沒這麼幸運呢？誰可以負起責任？

劉校長臉色難看地注視著桌面。洪教官屏著呼吸，不敢喘一口大氣。吳依光心跳加速。同樣出身教育界的徐遠寧，很清楚如何攫住學校的軟肋。

王定坤一頭霧水地看著眾人，顯然地，他不認識徐遠寧所提出的人名。他只看到劉校長跟洪教官噤若寒蟬的反應。他吐出一口氣，催促王澄憶，不管妳有沒有推人家，人家就是受傷了，道歉吧。王澄憶眼一紅，雙手緊抓著褲子，拒絕，我不要道歉，我沒有做錯事。爸，你怎麼就是不相信我呢？

徐遠寧呼吸一緊，嘴脣動了動，看似又要開口。

啪。

王定坤重重地打了王澄憶一巴掌。

彷彿有人調慢了時間，王定坤的動作在吳依光眼中裂解成好幾小格，下一秒，她的心臟痛苦地攣縮。校長室的空氣倏地稀薄，吳依光感到窒息。

王定坤面無表情，又一次催促，王澄憶，快跟人家道歉。他看向校長，說，不好意思，浪費大家這麼多時間，徐同學看醫生多少錢，我們也會負責。

王澄憶伸手掩著紅腫的臉頰，吳依光在她的臉上讀到木然、死寂。

徐錦瑟眼中閃熠著細碎的，難以分說的光，吳依光正要瞧仔細時，徐錦瑟又低下頭，不讓人窺見她的情緒。

徐遠寧清了清喉嚨，眾人熟悉的、和藹可親的徐副會長又回來了。他堆起久違的微笑，說，也沒有花多少，都是小錢。我們沒有特別追究，只是想要一個合理的說法。既然王同學也有在反省了，那就先這樣，反正聽我女兒說，高二就分班了，剩下兩個禮拜好好相處吧。

洪教官看了吳依光一眼，涼涼地說，吳老師妳也跟徐副會長好好道個歉吧，學生的關係弄成這樣，妳做班導的也有責任。

吳依光站起，朝徐遠寧一鞠躬，說，會發生這樣的事，代表我帶班的方式需要檢討。辜負徐副會長對其華女中的期待，非常抱歉。

劉校長跟洪教官親自護送徐遠寧父女離開。他們一走，王澄憶站起身，往門外跑去，王定坤轉頭看了吳依光一眼，說，老師，抱歉，我的女兒不懂事，我回去再好好管教她。吳依光眨了眨眼，嘴唇動了動，她想說，不，不要這樣，你女兒沒有錯。但她實際說出口的卻是，王先生，再見。

稍晚，洪教官又打來電話，他說，吳老師，妳真幸運，遇到王先生這麼好說話的家長，要知道，若徐副會長一心要鬧，學校也只能任他宰割了。

23

幾天後，王澄憶送來休學申請表，如同之前的假單，上頭已有王定坤的簽名。按照流程，班導得和提出休學申請的學生訪談，王澄憶婉拒了。她說，為了說服父親，她已用光最後一絲力氣，不打算再應付任何一位大人的探究。吳依光又說，暑假過後，妳們兩個會被分到不同的班級，再撐一下下就沒事了。

王澄憶定定地打量著吳依光，不帶起伏地說，老師，我真的做不到。我現在只要一想到自己還要來上學，就覺得好痛苦、好想死。有些同學已經在用看著怪人的眼神看著我了。我休學對老師來說應該也是好事吧，至少班上的氣氛不會這麼糟了。

一時半刻，吳依光不知從何反駁。見狀，王澄憶不動聲色，彷彿一切在意料之內，也彷彿她在這幾個月之間，學會了無動於衷。

夏天的長假，吳依光竭力反省自己做錯了什麼。母親說，這是吳依光教學生涯的一大汙點。假期尾聲，吳依光想了一個日子可以過下去的說辭：女孩們的組合注定導致這樣的結局，即使是何舒凡，也沒有把握處理得更妥善。吳依光清楚自己絕不無辜，但她也不認為自己有罪。聽說，把老鼠囚禁在一個窄仄的空間內，只給予牠們微量的食物，老鼠就會自相殘殺。校園不正是這樣？什麼資源都很有限，美是有限的，排名是有限的，自由是有限的，崇拜是有限的。傷害，是可以想見的。

即使吳依光打定主意這麼認定，最後一次見到王澄憶，她那絕望的眼神仍一再勾起了她的愁緒。人有記憶悲傷的傾向，傷害你一次的往事，就會傷害你第二次、第三次。吳依光當年尋死不成，覺得梅姨是碰巧出現，直到自己也成了個大人，才遲遲領悟，在任何時刻，打消一個人的死慾都相當困難。

不是偶然。也不應該被定義為偶然。

她沒有成為梅姨那樣的大人。

有幾個月，吳依光屢屢在夜半驚醒。一晚，她睜開眼睛，心跳飛快，背部溼透。床頭櫃的小燈亮著，她轉過身，謝維哲坐在床沿，看著她，眼神平靜，不起一絲波紋。謝維哲必然是在那個位置看著自己有一段時間了。吳依光坐起身，雙腳放在地板上，寒氣從腳底板往上竄，她恢復清醒。謝維哲的低語從背後升起，他問，妳夢見什麼了？吳依光故作輕鬆地反問，你怎麼知道我做夢了？謝維哲接下來說的話，讓吳依光僥倖自己仍背對著他：妳知道妳一下哭，一下笑嗎？我都分不清妳是做惡夢還是怎麼了。吳依光說，抱歉，吵到你睡覺了。我大概是睡覺前看太多影集，做了奇怪的夢。這當然是謊言，她相信謝維哲也知道自己沒有誠實。謝維哲沒有戳破，只是說，那妳以後睡覺前不要再看那麼多影集了。

夢中，好多人前來和她打招呼，父母，夢夢，王聰明，方於晴，王澄憶，何舒凡，她愛過的人也來了，老闆和許立森。最後現身的是謝維哲，身後跟著他的父母。吳依光在夢中納悶著，為什麼每個人的表情都這麼哀戚呢？她轉身一看，竟是自己的葬禮，照片裡的她，穿著高中制服。

蘇明絢的告別式不收奠儀，簽到簿上有洪教官的簽名，吳依光卻遍尋不著洪教官的身影，洪教官來過，也走了。會場布置得比吳依光想像得輕盈、溫馨，暖橙色燈光，潔白的、盛放的花朵，悠揚慢拍的古典樂。吳依光抬頭看著那張照片，蘇明絢抿著嘴，似笑非笑，眉眼則合乎吳依光的印象，有些好奇，也有些羞赧，彷彿想看清楚這個世界，又想躲起來，不想被誰找著。

吳依光雙手合十，鞠躬，李儀珊和蘇振業回禮。

吳依光觀察了一下前來的人們。王澄憶還沒來。吳依光不自覺看向李儀珊，方才距離太近，她不敢過於明白地看著，但她的確想瞧仔細李儀珊的神情。十二歲那年，呂同學的母親，頭低垂一邊，宛若負傷的形象仍烙印在她的腦中，李儀珊某些角度看起來也像呂同學的母親，只是李儀珊身材更瘦、也更高。

李儀珊和蘇振業身後站著一名穿著西裝，年紀約莫十六、七歲的少年，他嘴脣掀了掀，不知道說了些什麼，男人掄起拳頭，朝著少年臂膀揮拳。少年被打得後退一步，他朝著男人投去一記混合著困惑與委屈的眼神，搖搖晃晃地往一旁走去。

會場的人多半垂頭低泣，或者對著手機不知道在確認些什麼。吳依光被這一瞬間的暴力給弄混淆了，她記得蘇明絢不是獨生女，少年或許是她的手足。為什麼蘇明絢的父親這麼做？腦中斷續閃過夢露的言語，難不成蘇明絢的家庭，的確存有外人不察的暗影？吳依光思索到一半，有人從背後叫她，她回頭，是王澄憶。她比一年前豐腴了些，手上提著一只百貨公司的紙袋。王澄憶指了指李儀珊的方向，示意自己得先去上香。李儀珊回禮時，王澄憶將紙袋交給了她，說了幾句話。李儀珊掩著嘴，有些詫異的樣子，王澄憶回吳依光身邊，說，老師，走吧。

陽光自層層樹葉的縫隙篩落，斑斑光點在王澄憶的光滑的顴骨上躍動，即使有蔭，初夏的日照仍在皮膚上啃出一些熾熱的癢感。吳依光在幾百公尺外的咖啡廳訂了位。王澄憶說，她的姑姑一個小時後會來接她。

入座之後，吳依光看著王澄憶的雙眼，烏黑，明亮，有神，要她形容的話，她會說王澄憶比從前健康、自在許多。王澄憶微微一笑，說，老師，妳不要怕，我跟一年前的我不太一樣了，我現在很正常。吳依光放下杯子，注視著王澄憶，考慮了會，才說，王澄憶，妳以前也沒有不正常。

王澄憶瞇起眼，語氣依然很爽朗，說，謝謝老師，可是不用安慰我，我這一年有在看諮商。我現在啊，分得清楚很多事。喔，對，諮商是我大姑姑建議的，她說，我遲早還是得回去其華女中，辛苦考上的，不能就這樣放掉。所以我去看醫生，把自己弄得正常一些，諮商很貴，好險我的大姑姑很會賺錢。

吳依光安靜無語，她隱約感覺得到，現在這個王澄憶，的確如她言稱的，要回到校園不成問題，但，似乎又缺少了什麼。吳依光沒有深思的餘裕，她問，妳說，妳跟蘇明絢這幾個月有聯絡，妳知不知道她為什麼會做出這個決定？

王澄憶將垂落在眼前的頭髮輕輕勾回耳後，說，來的路上我就在想，老師會不會問我這個問題，我果然猜到了。我聽說蘇明絢沒有留下遺書。不過，班上其他的同學呢？蘇明絢在班上，我記得人緣很好，有一些時常說話的同學，她們也沒說什麼嗎？

吳依光一再搖頭。

王澄憶不發一語，似乎在整合這些資訊，半晌。她才開口，我好像可以理解，我不是說蘇明絢自殺這件事，而是沒有人知道為什麼。我一直覺得蘇明絢很矛盾，她有時非常在意別人的看法，有時又一點也不在意，很難猜出她在想什麼。就像我們高一根本沒說過幾句話，我休學之後，她卻是最常來看我的人。

吳依光沒有應聲。她擔心自己無論說什麼，都會傷到王澄憶。

王澄憶似乎感覺到吳依光的保留，她苦笑，重申，老師，我說了，妳不要那麼小心翼翼，妳這樣會讓我很緊張，以為自己是不是又做錯了。

吳依光深呼吸，感覺胸腔慢慢滿起，她說，王澄憶，妳沒有做錯任何事，做錯事的人是我。妳跟徐錦瑟的事我很抱歉，從頭到尾我都做得不夠好。

王澄憶搖頭，以糾正的語氣說，老師，不是這樣的，這部分我很清楚，無論老師當初做什麼，我跟徐錦瑟，我們兩個人就是會弄成那樣子。

吳依光打了個哆嗦，不確定自己是否聽錯了。王澄憶說出她最想得到的答案。

王澄憶以吸管攪拌著杯中的檸檬片，啜了一口，說，這一年來，我爸常念我，大家都在往前，只有我在原地，什麼事也沒有做。其實我有做事，至少我比以前清楚自己是怎麼了。醫生說，這就是很大的進步。我喜歡跟醫生在一起，大家都說，不快樂的事就不要去想了，醫生不會管我，他說，可以想，但要換個方式。王澄憶的語速越來越快，彷彿她再不說，日後就沒有機會。她說，那件事，我也有錯，我只在意自己的感受，忘了徐錦瑟也有自己的想法。這麼簡單的事情，為什麼當時我就是無法接受呢？我不是說徐錦瑟可以這樣對我，但，王澄憶停下來，嚥了嚥口水，落寞地說，我也做了不好的事情。醫生問，為什麼徐錦瑟不理我，我的反應這麼大？我曾經以為我是喜歡上徐錦瑟，不然我怎麼會放不下？可是，跟醫生談了好久，我才慢慢發現，喔，不對，不是喜歡，是想要變成她。我很羨慕徐錦瑟有這麼多人愛她，喜歡她。

我覺得，跟她成為朋友，就能變得像她一樣。

吳依光複述，想要變成徐錦瑟？

王澄憶點了點頭，說，蘇明絢也這樣想。平常，我們聚在一起，蘇明絢會刻意避開學校的事。那次，是我自己想談。我說，我想變成徐錦瑟，蘇明絢說，她也是，她對讀大學沒有興趣，最想當的是偶像，徐錦瑟大概是我們身邊最接近偶像的人了。

吳依光嘗試不要讓自己看起來太懷疑，但她失敗了。王澄憶露出莞爾的神情，切下一小塊吳依光建議的千層蛋糕，送進嘴裡。吳依光喝了一些黑咖啡，但胃部的絞痛提醒她，這幾天她攝取太少食物了。她伸手招來服務生，也點了一塊蛋糕。

王澄憶說了下去，有那麼難以想像嗎？誰不想成為徐錦瑟？蘇明絢說過，一樣的年紀，一樣的學校，徐錦瑟卻像是活在另一個世界。每個人都在看她在做什麼，用什麼東西，去哪裡玩。跟她比起來，我們好像不存在。

吳依光問，這都是蘇明絢說的嗎？

王澄憶點頭，說，是啊，蘇明絢真的好矛盾啊，在學校好安靜，但在我面前，她其實是喜歡說話的。我問蘇明絢，看不出來妳在意這個。她說，她試過很多方法，只是都失敗了，大家才會看不出來。她經營過社群，但她說，生活太普通了，長得又沒有特別好看，寫文字，發照片，都吸引不了別人的注意。對了，老師，妳聽過蘇明絢唱歌嗎？很好聽哦，不只是聲音，還有感情。

王澄憶是繼夢露之後，第二位提到蘇明絢歌聲的人。

吳依光搖頭，說，我只知道蘇明絢高一是合唱團，高二轉到熱音社。

王澄憶微笑，想起了什麼似地，摩挲著掌心。她說，對，蘇明絢國小、國中都在合唱團，國中時她的學校還拿了全市第一名，網路上找得到影片。蘇明絢是高音部的，站在倒數第二排，他們國中的藍色格子裙很好看。

吳依光問，蘇明絢高二怎麼想要轉到熱音社呢？

王澄憶眼睛一亮，說，這就是我要跟老師說的事情。蘇明絢說，合唱團每一秒都在聽別人的聲音，聲音跟別人的融合在一起，不能讓別人一聽就知道你在哪裡。她說她想了很久，不只是在合唱團，她很多時候都是這樣，她想要改變。

吳依光考慮幾秒，問，蘇明絢有說過她在熱音社的事情嗎？

王澄憶回答，好像只有一次吧，她說，熱音社跟她想的不一樣，可能是外界對熱音社，有社員都不愛讀書的印象，弄得大家很有壓力。蘇明絢說過，她在熱音社最常回答的問題，不是音樂，而是，數學去哪裡補的？為什麼英文沒補習卻考這麼好？

吳依光問，妳們兩個在一起，都在做什麼呢？

王澄憶說，沒有做什麼啊，就是聊天。我們之前沒講幾句話，蘇明絢第一次來，我姑姑也在場，想保護我吧。她問蘇明絢怎麼會想來看我？蘇明絢說，同學一年，感覺要來看看。我姑姑看她人很有禮貌，態度也算真誠，就也不再管了。我休學之後，不是讀自己的書，就是聽音樂。有時，蘇明絢來，我們也就是一起聽音樂。蘇明絢音感很好，也有語言天分，她的日文跟韓文，是自己用羅馬拼音學起來的。她叫我一起唱，我說我的聲音沒有她好。蘇明絢說，沒關係，反正就我們兩個。我問蘇明絢，為什麼那麼喜歡唱歌？她說，不覺得唱歌很有趣嗎？我們說的話，不代表實際上我們在想什麼。唱歌不是這樣，我們不會唱自己沒有共鳴的歌，但，我們在唱歌時，很少人會覺得那是我們在想的事情。蘇明絢說，唱歌很安全。

吳依光的喉嚨隨著王澄憶的每一句話而慢慢縮起，她必須使點力氣才能正常呼吸。王澄憶指出了一個方向：蘇明絢嚮往過的一切。吳依光內心浮起一不成熟的念頭，生跟死，是否如莫比烏斯環般一體兩面？沿著「生」的路徑一直往前直行，在某個時間點，會陡然翻轉至「死」的那一面？否則，為什麼王澄憶告訴她的這些回憶，明明說的是蘇明絢曾有的憧憬，吳依光卻感覺到自己，比之前更靠近她的死亡。

吳依光只剩下一個疑問，蘇明絢有說她為什麼去看妳嗎？

王澄憶嗯哼了一聲，爽快地點頭。有，我問過，我太好奇了。跟蘇明絢說話，比跟醫生說話，更讓我有信心，有一天可以回去上學。其實我們也沒做什麼，就只是聊天、唱歌跟亂叫。有一天，我們唱到一半，我累了，我不知道我是怎麼了，醫生說，人就像機器，只要有使用，偶爾就是會當機，沒什麼特別的原因。我大概就是突然當機了，我跟蘇明絢說，妳是同情我才來看我的嗎？

吳依光跟王澄憶坐在窗邊，陽光斜行，映照出王澄憶淡咖啡色的瞳孔，她拿起杯子，沒有喝，又放了回去，似乎因短時間內召喚這麼多回憶而有些疲倦。吳依光以為王澄憶打算到此為止，王澄憶竟又說了下去，蘇明絢說，她來找我，是想跟我說一聲，對不起。她很早就發現班上的氣氛不對勁，她以為大家會適可而止。她說，很後悔自己沒有早一點為我說話，她太懦弱了。聽到這，我哭了。休學之前，我每天回到家都好難過，難過的不只是徐錦瑟這樣子對我，也包括怎麼沒有人願意救我。然後，我爸回來了，他平常不會在那個時間回來，但那天他臨時要回家拿一些東西。看我哭成那樣，我爸請蘇明絢離開。老師，妳也見過我爸，他就是那樣的人。我們最後一次見面，蘇明絢可以說是被我爸趕走的。過兩天，她傳了一封訊息給我，說，請我原諒她。我說，沒事的。我爸說，暫時不要跟蘇明絢來往吧，不然醫生都白看了。我想也是，在我沒有完全好起來之前，我好像不適合跟以前的同學說話。

托盤上的手機一亮，王澄憶拿起，查看，說，姑姑來了，老師，我得走了。

吳依光站起，往窗外看，一名上班族打扮，年紀約五十歲上下的女性，朝著王澄憶揮了揮手。吳依光再次向王澄憶致歉，也說感激王澄憶和她說了這些。

王澄憶苦澀的微笑，說，老師，我這幾天一直在想，蘇明絢怎麼沒有跟我說？可是，蘇明絢就是這麼的奇怪啊，那麼努力地安慰我，卻不讓任何人知道自己不開心。我這幾天偷偷在想，該走的人應該是我吧？醫生說我不應該這樣想，但我控制不了。別擔心，我不會做一樣的事，我姑姑這一年為了我，時常跟公司請假，做了很多犧牲，我不想讓我姑姑傷心。我只是好想蘇明絢，我想念跟蘇明絢在我家一起耍廢，聊一些有的沒的。那時我們好像都很快樂。

吳依光陪王澄憶走到咖啡廳門口，王澄憶握著門把，轉過頭，想起什麼似地，說，對了，老師，我一直沒有問，妳覺得，游泳課，我有推徐錦瑟嗎？

24

吳依光曾經是學生，如今是老師，每一年，她都感受得到，老師吳依光，正在影響學生吳依光的認知。

好比說，學生吳依光不只一次思考，為什麼她很少遇到會把「我也不知道」做為回答選項的老師？她感覺得到，有些老師在逞強，其實對自己的說法並沒有把握。老師吳依光知道為什麼。老師站到講臺，面對底下數十雙眼睛，很難不感到徬徨、恐慌，懷疑自己並沒有資格。而假裝自己無所不知，是許多老師說服自己留在講臺上的方式，總不好選擇讓學生讀出你的害怕。

好比說，學生吳依光最喜歡的空間是「間質」，這是她獨創的名詞，校園以內、教室以外的地帶。以前的早自習，各科老師安排了大小不一的考試，吳依光過了三十歲仍做著重返校園的惡夢。夢裡，她匆匆要趕赴一場考試。她後來讀到一篇文章，才得知很多亞洲人和她一樣，成年了仍在夢裡提心吊膽地應試。吳依光能為自己做的事，就是好好待在「間質」裡。她的「間質」位在通往頂樓的樓梯間，吳依光習慣七點二十到校，走到間質，躺著，感受時間流經。考國文默寫，就待到七點四十，考英文單字，七點五十再回教室也來得及。每年有兩個月跟梅姨一家共度，吳依光在英文一科向來游刃有餘。至少有二十分鐘，她不存在於任何人眼中和記憶，她似乎消失了，也似乎可以成為一切。時間一到，她悠悠走回教室，坐下，寫題，八點鐘響，把考卷傳給後座同學，側耳傾聽對方筆尖的那顆圓球，在紙頁上劃出沙沙的聲響。吳依光始終覺得，打勾的那一撇，物理上或精神上都非常動聽。

老師吳依光不喜歡學生待在「間質」。近年，不知道為什麼，有些學生會躲在「間質」裡，她們來到學校，卻不肯走進教室。教官跟學務主任日益頻仍地巡邏校園各處的間質，以免有學生在那些無光的角落，熟練地傷害自己。學生吳依光，在「間質」裡淨想著什麼呢？事後追憶，每一件事都乏善可陳，不小心剪醜了瀏海、早餐吃太撐有些不舒服、指甲修得不夠短，得去學務處完成服裝儀容的複檢等等。除了上述這些小小的心思，吳依光最常做的，是抬頭望著眼前那被建築物切割得有些畸零的一小片天空，沒有任何想法，彷彿她是另一片天空。很多年後，她再次踏入其華女中，有學生問起，她從前是個怎樣的學生，吳依光很想回答，是個會躲在學校一隅看著雲朵發呆的人。但她從來沒有這樣說過。她不確定學生們知曉這個答案之後，會不會暗中比對兩個時期的差異，學生吳依光有趣多了，老師吳依光是一個乏味且畏縮的大人。

25

蘇明絢的家座落精華地段，約有二十幾樓，跳島式的陽臺，充滿綠意的植栽，吳依光也跟著母親、謝維哲看過幾間房子，她清楚這樣的設計要價多麼不菲。吳依光一表明來意，胸前別著「祕書」名牌的年輕女性從抽屜拉出一串鑰匙，示意吳依光跟著她走。兩人經過社區中庭，吳依光緩下腳步，池塘，流水，圓石，緬梔花，眼前所見在在提醒她，蘇明絢生於富裕之家。

兩人在電梯前站定，祕書傾著頭，問，妳說妳是蘇明絢的老師？

吳依光點頭。

祕書收回停在按鈕上的右手，張望了一下四周，確定附近沒有旁人，才輕聲細語地問，老師，妳知道為什麼蘇明絢要自殺嗎？吳依光沒有回答，她抬起頭，注視著對方。祕書雙手交握，含糊地說，我滿喜歡蘇明絢這個小女生的。會讀書，又很有禮貌，每一次跟我們借東西，都會說謝謝。不像有些住戶的小孩，只會對我們大呼小叫。這半年，她常在閱覽室讀書，禮拜天她可以從早上八點，讀到我下班了，她還在讀。我問她，這麼認真，要考哪一所大學啊，她只是笑了一下，什麼也沒說。

吳依光含著歉意回答，對不起，但是我什麼也不知道。

祕書嘆了口氣，臉上的遺憾一目瞭然，她說，當我知道她就這樣走了，失眠了好幾天，怎麼會這樣？每一天我看著她出門、回家，好好的不是嗎？

電梯門打開，祕書走進電梯，鑰匙掃過感應區，為吳依光按下樓層。她低頭，依然含糊地說，很抱歉，占用妳這麼多時間，希望妳跟李小姐都能走出來，李小姐這幾天真的非常、非常地難過。她也是一個很好的人，溫柔，客氣。

電梯門再次關上，吳依光閉上雙眼，感受吞嚥口水時喉嚨至耳膜的震顫。祕書的話語仍在她耳邊迴盪。蘇明絢這幾個禮拜仍規律地複習，為什麼偏離了跑道？難道終點之後，那個驅動蘇明絢不斷提起腳步的事物消失了嗎？

李儀珊一身寬鬆的淡綠色連身長裙，臉色蒼白，嘴唇沒有血色。吳依光多看了一眼，李儀珊沒有上妝，抹點口紅也沒有。她說，老師，妳來了。這個稱謂讓吳依光呼吸一亂。前來的路上，內心不斷升起扭頭逃跑的欲望。吳依光預演了幾次仍捉摸不定，她該要懺悔嗎？又該懺悔到什麼程度？

李儀珊指引吳依光換上室內拖鞋，坐在客廳的三人座沙發，她自己則踩著淺淺的腳步行至廚房，回來時握著一只薄荷綠馬克杯。吳依光被電視櫃上的合照給吸引了，相片裡，蘇明絢穿著國小制服，旁邊站著一位比她高上幾公分的男孩，男孩目光羞怯低垂，像是不太樂意入鏡。

這位男孩是否就是告別式上被蘇振業揮打的少年？一時間吳依光難以判斷，只憑那麼一眼，實在太吃力了。李儀珊擺好杯墊，置上杯子，等她的動作告一段落，吳依光從提包內取出學生製作的卡片。這是方維維的主意，每個人寫一段話給蘇明絢。李儀珊身子前傾，接過卡片，攤開，瞇眼細看，卡片約半張報紙尺寸，近四十位同學寫得密密麻麻。沒多久，李儀珊闔起，說，請幫我跟各位同學說謝謝，希望蘇明絢的事不要影響到大家，大家要升高三了，要準備考試。吳依光謹慎地回答，說，大家跟蘇明絢相處了這麼久，受到影響也很自然，不是什麼壞事。李儀珊注視著掌心，說，真的嗎？我不知道。我不想要同學們沒多久就把蘇明絢給忘掉，繼續過生活。可是，假如我這樣說，大家會怎麼想，啊，好自私的媽媽，對吧？吳依光抬起眼，果斷地否認，不，不會的，這不是自私，如果是我，也會這麼想。

李儀珊腫脹的雙眼，凹陷的臉頰，無一不透露這段時間她所經受的折磨。李儀珊倒回椅背，低聲問，老師，我記得妳沒有生小孩。吳依光搖頭，說，我沒有生，但我曾經有個小孩，只是在四個月的時候，心跳停了。去年的事，我本來打算確定請假時間再告訴學生，小孩卻沒有了，所以學生不知道這件事。吳依光好訝然，她就這樣說了出來，在謝維哲、何舒凡面前，她都做不到此時的坦然。

李儀珊眼中閃過一絲錯愕，旋即，又歸於平淡，她說，老師，妳一定很難過。吳依光再次沒有保留地說，是，我很難過，嬰兒床跟推車都買好了。

試紙上的兩條線，初期的嘔吐，都比不上第一次聽見孩子急促的心跳聲，更讓她感覺到自己從此不同。咚咚，咚咚，聽起來好著急。醫生說，胚胎最早的發育就是麼快，他們得在十個月內，從肉眼看不見的小點，發展成複雜精緻的嬰兒。

拿出胚胎之後，當晚，吳依光取出陰道的紗布，不能自已地哭泣，謝維哲把嬰兒床跟推車都收納至吳依光看不到的地方，他說，有天會再拿出來的。

李儀珊倒向椅背，望向陽臺，說，我先生希望我們不要再談到我女兒，他的想法是，蘇明絢做了很不孝的事情，他一時間無法諒解。他說，我們哪裡對她不好？我不是不能理解我先生，可是，我又覺得這樣說明絢，明絢好可憐。吳老師，妳當明絢的班導兩年，妳知道為什麼嗎？明絢有沒有說過什麼，就算是家裡的事，也請妳不要顧忌，孩子都已經沒有了，我要的是真相。

吳依光的思緒如被風吹動的書，每一頁都是不同的故事。取消的成果發表、跟夢露的齟齬、在家中感到孤單、想要成為偶像的願望、對自己的漠然而懊悔、跟王澄憶的分別……這麼多的蘇明絢，竟難以構成一個理所當然的為什麼。

迷霧之後仍有更濃的迷霧。

吳依光搖頭，說，對不起，但，還是不知道為什麼。

李儀珊哎了一聲，說，那這個小孩就是打算，要讓所有人都不知道了。我先生說，她對我們，比哥哥對我們還要殘忍。李儀珊指向相片，問，蘇明絢在學校有說過，她有一個哥哥，以及她哥哥的狀況嗎？

吳依光再次搖頭，眼神不自覺落在李儀珊背後的那張原木餐桌。三張餐椅規矩地收進桌下，一張則被拉出。桌上有只半透明的細頸、花瓶，裡頭沒有水，也沒有花。花瓶旁散落著白色紙張和信封。吳依光想像蘇明絢坐在其中一張椅子上，用餐，讀書，或者發呆……蘇明絢在家是個怎樣的人？

李儀珊幽幽地開口，我兒子，蘇明絢的哥哥，好像……有一些障礙。從幼稚園，就不只一位老師跟我說可能需要帶他去看醫生。他的情緒反應跟一般人不太一樣。他國小，有天，跟同學玩到一半，吵架，我兒子竟然拿起石頭往對方頭上砸，再偏一點點就是眼睛了，我們家賠了三十幾萬，我先生氣瘋了，我只好帶他去看醫生。每個醫生說的都不太一樣，一下是情緒障礙，一下是躁鬱症，小孩也會有躁鬱症嗎……。我從以前就很害怕學校打來的電話，那天也是，我接起電話，教官問我是不是蘇明絢的家人，我想說，又來了，但，下一秒，我想說，哦，是明絢，女兒的話，沒什麼好擔心的。沒想到蘇明絢唯一一次出事，就是我這個當媽的，人生最心痛的一次……開車到醫院的路上，我一直在想，一定是搞錯了。可是，躺在那裡的人的確是我的寶貝。

吳依光再次道歉，對不起，但，我不知道自己該說什麼。

李儀珊靜靜地流下眼淚，說，那樣也好。不知道說什麼，就說不知道，這麼簡單的道理為什麼大家都不懂呢？這幾天，我受夠了好多人跟我說，節哀，希望妳不要太難過，早日走出來，聽到最後我都好生氣，我是母親，女兒走了，我能夠為她做的也只剩下哭泣，為什麼叫我不要太難過，我可是死了女兒的人。

吳依光咬牙，勉為其難地問，請問，蘇明絢跟家人……處得好嗎？

李儀珊吸了吸鼻水，反問，很複雜，太複雜了，老師怎麼想知道？

吳依光後腦勺一緊，彷彿有團血塊淤積在那，她閉了閉雙眼，趕在懊悔升起之前，連忙吐出，我覺得蘇明絢的事，我也有責任。語落，許主任的訓斥立即現形，吳老師，妳這是在自毀前程。然而，她也想起夢露，想起那還沒有經歷太多風浪就已懂得憂愁的臉蛋，夢露嘗試把蘇明絢的死，朝著自己的生，搆得近一些，宛若某種虧欠跟償還；她也想起王澄憶，把自己拼湊起，只為了指證兩人營造的歡樂時光；最後，吳依光想到自己，想以死亡來抗拒成年的她，如今活到一倍的歲數。

聽說，人一旦閉氣，體內的二氧化碳濃度攀高，刺激頸動脈的受器釋放訊號，中樞神經會促進人體重新呼吸。每個人都活在為了生存而設計的軀體，若要尋死，就得迎接生命本身的抵抗。梅姨說不定就是她的生命在冥冥之中召喚的抵抗。

李儀珊在等著她。

吳依光說了下去，這幾天，我重新翻過蘇明絢的週記，一個字，一個字，慢慢地看，哪怕是一點蛛絲馬跡都好，我什麼都沒有找到。我又回想了一下，蘇明絢有來找過我，跟我說什麼嗎？也沒有。

李儀珊坦承，對，我想過，我女兒在學校的時間這麼長。

吳依光喝了一口茶，說，也許妳這幾天會看到一些新聞，我不確定，有些事我想親自告訴妳。吳依光將王澄憶跟徐錦瑟的衝突，簡約地講述了一次，過程中，她的身體發熱，她不得不跟李儀珊要了幾張衛生紙，抹去額頭的汗。

吳依光說出自己的結論：我這幾天才知道蘇明絢常去拜訪王澄憶，這部分她也完全沒說。這讓我覺得，在蘇明絢心中，我不是可以討論事情的老師。對不起。

李儀珊直勾勾地注視著吳依光，說，我每一次問蘇明絢，在學校過得好嗎？她都說很好。老師，妳說的每一句，也可以套用在我身上。在我女兒心中，我好像也不是可以討論事情的媽媽。老師，妳介意我喝點酒嗎？

吳依光看著李儀珊，確認她不是在開玩笑，才點頭說好。

琥珀色的酒液倒入杯中，李儀珊啜了一口，雙眼緊閉，貌似受苦，但她小口吐氣的嘴脣似乎又暗示了愉快。李儀珊睜開雙眼，笑了，說，我先生看到，一定會非常生氣，他最痛恨我喝酒，何況是在老師面前。吳依光什麼話也沒說，她好緊張，心臟撲通跳騰，耳膜腫脹，她不敢驚動李儀珊。

李儀珊又啜了一小口，含在嘴裡，拆成數份吞下。她說，妳當老師這麼多年，有沒有遇過一種學生？看起來很正常，不過，一跟他們說話，或者是相處久一點，就會感覺到有哪裡不太對勁。蘇明絢的哥哥就是這樣，他控制不了情緒，不知道是基因，還是後天哪裡出了問題。我的先生沒耐心，教小孩直接用揍的，哥哥都高三了，有時發脾氣，我先生也是二話不說，直接動手。他說我那套慢慢教的方式沒有用。我只好安慰自己，好險我先生在外地工作，一個禮拜才回來一天。蘇明絢走的前兩天，我們三個人在家，吃完晚餐，哥哥去洗澡。蘇明絢把盤子拿到廚房的時候，說了一句話，媽媽，雖然妳有時候笨笨的，我還是愛妳。我沒有問她怎麼突然說這句話，我不是那種一心多用的人，我一次只能顧好一件事。我跟我先生最近在冷戰，我們很常冷戰，幾乎都是為了哥哥，我希望哥哥可以接受完整的治療，吃藥、諮商、運動，都可以試試看。我先生只接受運動，其他都反對，他說，吃藥跟諮商是有問題的人在做的，哥哥如果去了，被別人知道怎麼辦？我先生說我很不用心，不懂得為小孩的前途打算，我這幾個月滿腦子都在想這件事，以至於蘇明絢，她說愛我的時候，我沒什麼反應，我太累了，我真的太累了。

李儀珊又吞了一口酒，這次含在嘴裡的秒數長了些。她露出哀愁的笑容，說，蘇明絢討厭我喝酒，她小時候會把酒藏起來，不讓我找到。我說，媽媽只喝一些，她還會糾正說，妳才不會只喝一些。李儀珊的手一顫，幾滴酒液灑在桌面。長大以後，她才說，她不是討厭我喝酒，是討厭喝酒表示我心情不好。蘇明絢讀小六時，問過我，妳跟爸爸為什麼不離婚。我嚇壞了，我告訴她，我跟爸爸沒有感情不好，只是想事情的方法不一樣；再來，大人的世界很複雜的，不可以只顧慮自己，也要顧慮你跟哥哥。說來好慚愧，孩子不在了，我才認真想她講的每一句話。

吳依光做了一個自己都提心吊膽的舉動：她在酒液再次灑出之前，壓著李儀珊的手腕，然後她從李儀珊的手中摘起酒杯，放回桌面。

李儀珊哀戚地笑了笑，說，吳老師，我得先謝謝妳，今天早上我差點打電話給妳，取消這次的見面。我先生說，談幾次蘇明絢都不會回來，那談她有什麼意義？可是，我覺得，為什麼每一件事都要有意義，不能只是我想談嗎？哥哥從小到大，都讓我很挫折，不知道該怎麼辦，蘇明絢沒有，她好乖、好懂事，我沒有聽過一位老師跟我打過她的小報告。我常跟別人說，女兒是老天給我的禮物，彌補兒子讓我這麼傷腦筋。沒想到蘇明絢唯一讓我傷心的一次，就是最痛的一次。我在她的房間裡拚命找，找了好久，沒有找到一句留給我們的話。她什麼話都不想說。平常她都在房間，很安靜，我都想著她大概在讀書。她的成績一直很好，在其華女中也沒有掉出前十名。偶爾我會聽到吉他的聲音，她跟一位老師學了四、五年，升上高中才退掉，她說課業壓力大，自己練習就可以了。我一直很驕傲，她從小就知道自己要什麼，不需要我擔心。等到她走了，我才發現我一點也不了解她。告別式，有同學給我一個紙袋，裡頭是隨身碟跟一張卡片。隨身碟裡有五支影片，每一支都是蘇明絢在唱歌，她一邊唱，還會一邊跳舞。我看過蘇明絢在合唱團唱歌，但我沒看過這樣的她。她笑得好開心。我想不起來上一次她在我面前笑得這麼開心是幾年前的事了。

沒有意外的話，等吳依光走出這個社區，她跟李儀珊再也不會見面了。夢露的直覺很準確，蘇明絢在家裡該是寂寞的。也不只她，吳依光從李儀珊的字句裡，感覺到每一個人都很寂寞，哪怕是蘇振業。他們住在這麼美的房子，相聚時卻不能彼此撫慰。吳依光也是從這樣的家庭活過來的，坐在金子白銀上，流下生鏽的眼淚。但她很警醒，不能將自己和蘇明絢混為一談，這是蘇明絢的死亡。吳依光猶豫了幾秒，她伸手握住李儀珊的手，掌心清晰地感受到薄薄的皮膚底下的每塊骨頭的輪廓，以及仍然抑制不住的顫抖。她沒有說話，就只是維持這個動作，而李儀珊的眼淚流個不停。

26

因為梅姨，吳依光一個不小心就長成了大人，她不得不參加大學入學考試。吳依光的分數只有模擬考七成多一些，有好幾題她刻意跳過，沒有作答。既然沒死成，她也想要換個形式存在。她厭倦了只能把自己活得無比正確。

母親瞪著成績單良久，那眼神，吳依光相信，這一刻，母親對她恨之入骨。母親在職場的拿手本領是風險控管，她痛恨任何控管不了的事物。

母親問，妳是故意的嗎？吳依光狀似無辜地眨眼，說，這樣子對我有什麼好處？母親立刻振作起來，說，妳必須重考，補習班說他們也會負起責任。吳依光拒絕了。她刻意把中文系排在第一志願，而母親的底限是外文系。母親祭出制裁：她不會出半毛的學費，吳依光不以為忤。她告訴自己，最極端的幽谷她都走過了。

吳依光出門那天，氣溫高得嚇人，和她一樣，預備申請助學貸款的學生與家屬把走廊擠得寸步難行，空調輸出的涼風也被摩肩接踵的人群稀釋。吳依光等了近一個小時，終於輪到自己。承辦人員是一位面貌慈藹的婦人，見到吳依光，她左顧右盼，問，妳的父母呢？貸款需要保證人。吳依光小聲地問，沒有通融的餘地嗎？我畢業之後，一定會還錢的。婦人搖頭，說，規定就是規定，妳難道是孤兒嗎？

吳依光嘴脣動了動，空氣在齒間流動，她說不出半句話來。踏進這棟大樓之前，吳依光擬了一份說詞。她以為會有好心的大人，邀請她走入另一間更隱密的包廂，遞給她一杯果汁，傾聽她的苦衷。現實卻是，婦人說，請妳再跑一趟吧，銀行不可能借錢給小孩的。說完，婦人瞄了一眼等候的人群，暗示她等不及處理下一位。

吳依光收起資料，掉頭就走，公車卡的餘額只能讓她搭乘單趟，她回程索性用走的。艷陽高掛，赤熱的陽光密密地咬著她的顴骨，胳肢窩滲汗，內褲也溼透。她走到家，打開門，沁涼的冷氣襲來，母親坐在沙發，雙手環胸，端詳著她。吳依光會意過來：母親早已料準她此行的失敗。稍晚，吳依光對吳家鵬說，她需要上大學的學費。吳家鵬搖頭，說他不能這麼做。他反過來遊說女兒，妳為什麼就是不能體諒妳媽對妳的用心呢？妳難道不知道，很多人的父母只把小孩生下來，沒在管教嗎？

沒有人為吳依光說話。

吳依光不打算投降，她從超商買了履歷表。她拿出計算機，一週打工六天，一天八個小時，加上她的一些積蓄，足以湊到第一個學期的學雜費。吳依光的申請，接連被咖啡廳，冰店與便利超商拒絕，其中，咖啡廳的店長，一名年輕女人，她耐心地解釋理由，訓練員工也是有成本的，多數老闆不會接受只待兩個月的員工。

聞言，吳依光有些赧然，她太高估自己的勞動價值了。

吳依光就要放棄時，飲料店老闆錄用了她。老闆說，暑假是旺季，多個人手也好。吳依光之前是飲料店的常客，老闆常在她點的紅茶冰裡舀進幾匙免費的珍珠。

上班第三天，吳依光已能一項不漏地背誦每個品項的成分，奶精糖水檸檬原汁的比例等等。不過，這份工作考驗的是體力，久站整天，到了晚上雙腳如灌滿了鉛，細瘦的手臂痠痛不堪，汗水在衣物纖維裡結晶。吳依光抽不出更換衛生棉的時間，血塊回沾陰部，混合了熱汗的腥氣令她反胃。回家第一件事，就是抓著衣物衝入浴室，洗掉整身的氣味。勞動使她沒有胃口，寧願倒頭就睡。吳依光的作息調整成，凌晨三、四點起床，把冰箱裡前一晚的飯菜送進微波爐，一邊咀嚼著不是太燙，就是略冷的飯菜，一邊翻閱著飲料店同事借給她的恐怖小說。

萬籟俱寂，世人沉睡，吳依光之前罕有這樣的時刻，跟多數人彷彿活在不同時區。思緒如湧浪，每一次回岸都在不同顆石頭的紋路上迴轉。她想，我不曾這麼累過，可是，我的內心卻是前所未有的快樂。

一日，吳依光遇見其華女中的同學，對方驚喊她的名字，說，妳怎麼在這裡工作？吳依光試圖打發對方。對方的眼神不像被說服，倒是升起一抹同情。吳依光把兩杯茶交給同學，同學仍杵在原地，目不轉睛地看著她，直到吳依光躲進後場，埋首儲冰槽，使勁打碎沾黏在一起的冰塊，同學才提著飲料走遠。想像那位女孩如何轉述這場相遇，多少擰痛了吳依光的心，她命令自己回想每日清晨獨處，那突如其來，卻無比真確的靈光，難道這些啟發不足以讓她釋懷？晚上，她又一次筋疲力盡回到家，吳依光看著鏡中的身體，結實平坦的腹部、束起的手臂肌肉與立體的鎖骨，她也想起抽屜裡的紙鈔，她的薪水。她想，我必須原諒那位同學，她還不懂何謂為自己而活。我的世界，全由我的雙手創造，獨立，豐盈，完整，自由。

吳依光上手的速度令人驚艷，老闆詢問她，第二個月能否排幾天的打烊班？一小時多五十元，但得洗刷那些巨大笨重的茶桶，以及被客人鞋底來回摩擦踐踏的地板。吳依光告訴老闆，她得考慮。翌日凌晨，吳依光坐在餐桌，咀嚼昨夜的飯菜，分心計算打烊班的薪水是否值得。吳家鵬自主臥室走出，看了一眼四周，走入客廳，拉開女兒對面的椅子，不快不慢地坐下。他眼神清醒，看來清醒已有一段時間。

吳家鵬看著女兒，嘆了一口氣，說，別玩了，看妳臉頰都瘦到凹下去了。

吳依光反駁，我沒有在玩，我很認真，我在賺自己的學費。

吳家鵬搖了搖頭，說，妳媽花了那麼多心思栽培妳，不是要讓妳去飲料店打工的，妳再怎麼叛逆，也不要這樣對她。這很過分。

吳依光放下筷子，看著父親，說，我沒有拜託她這樣栽培我，而且，她這麼做也不是為了我，是為了她的虛榮。吳家鵬皺眉，瞅著女兒的眼神彷彿在看不請自來的陌生人。他提高音量，說，妳何時變得這麼不知感恩？

吳依光感覺到她跟父親所佇立的地板，就像兩個相背的板塊，正在張裂、分離，形成一座大裂谷。她反問，我有哪裡說錯？我從小到大，她有哪一次讚美我。

吳家鵬答得果斷，有，妳考上其華女中的時候。

吳依光笑出聲來，眼睛卻滾出眼淚，她說，對，她有讚美我，可是你也有聽到她之後說了什麼，她說，考上資優班就更好了。

吳家鵬扯開一抹乾笑，說，這是事實，不是嗎？妳沒考上資優班，要不是妳那時都跟一個男生混在一起，妳應該就考上了。吳依光正要說些什麼，一道冷冷的聲音介入，說，不要再吵了。吳依光跟吳家鵬不約而同別過頭。

母親倚著門，肩上披著一件薄外套，她板著臉說，家鵬，不必說了，我們的女兒認為她現在可以靠自己了，我們的付出在她眼中都是多餘的，我們就看著辦吧。

中午，吳依光告訴老闆，她願意接受一個禮拜兩天打烊班的安排。她可以想像，父母後續的制裁只會更苛刻，她必須未雨綢繆。

吳依光篤信，每個小孩自懂事起，就在撰寫「父母使用手冊」，有些父母也宣稱自己在寫「孩子使用手冊」，看似相近，實則如雲泥之別。孩子們埋首苦寫是為了生存，至於父母，再怎麼投入，充其量也是消遣。

孩子不理解父母的脾氣個性，吃苦的是孩子；父母不理解孩子的脾氣個性，吃苦的也是孩子。有人說，有些孩子是生來折磨父母的，然而，父母要折磨孩子容易多了，可以打，可以揍，可以嘲笑，可以跟孩子說，早知道就別生下你了，或者雙手一攤，放著孩子不管，不給孩子食物和水，孩子就會靜靜地死去。

孩子再怎麼可惡也做不到上述的一半程度。

吳依光的手冊上註記得密密麻麻，她不認為她的父母有她一半的認真，如果有，他們理應調整，以更溫和的方式跟她說話。挑一、兩件小事，肯定女兒還算優秀。或者，給她一個溫暖的擁抱，說愛她。吳依光好渴望最後這個，渴望到骨頭都痛了。

於是當老闆親吻她的時候，吳依光沒有抗拒，小指頭也沒有顫抖。老闆給她錢，也給了她愛。老闆的嘴唇有死皮，齒間漫著菸味。吳依光腦中浮現小咪的臉、小咪細長的鳳眼、厚唇與蜂蜜色的肌膚。小咪是老闆的妻子，在父親開設的記帳士事務所工作，小咪的職責就是騎著小五十穿梭在大街小巷，找客戶拿資料。

初見小咪，她靠著櫃檯，悠哉地喝茶，飲料杯沒有封膜。見吳依光盯著自己，小咪也不自我介紹，而是轉頭問店內另一位員工，怎麼這次找了個這麼文靜的。員工正在洗手，頭也不抬地說，老闆娘，人家是讀其華女中的，九月就要上大學了。小咪再次看向吳依光，良久，像是滿意了，才說，我得回去了。兩人錯身時，吳依光聞到淡淡的蘋果香氣，跟老闆不一樣，老闆聞起來是薄荷與菸。吳依光的生活很少接觸到菸，母親認為那是慢性自殺。跟老闆相處久了，吳依光反而從那氣味之中聞出了熟悉和安慰。她偶爾會深深吸氣，只為感受更多。

吳依光問過老闆，為什麼是小咪？她也問過吳家鵬，為什麼是母親？在她猜測母親說不定是後母的時期。吳家鵬說，兩人是親友介紹認識的，交往滿半年，他的母親，也就是吳依光要喊祖母的人，診斷出癌症末期。吳依光滿月前一天，吳家鵬的母親與世長辭。吳家鵬說，他很高興自己完成了母親的心願。吳依光問，那你開心跟媽媽結婚嗎？吳家鵬笑出聲來，說，這不是開心不開心的問題，妳媽是個優秀的人。吳依光不滿意這個答案，又問，那你愛她嗎？吳家鵬沉吟一會，說，愛不愛不重要，她把這個家打理得很好，要說有什麼可惜的地方，就是不夠小鳥依人吧。吳依光從中歸納出兩個結論：一，她的父親也渴望一位溫柔、順服的妻子。二，人並不一定會和一生摯愛走上紅毯。這兩個結論對她來說都非同小可，她就此延伸出一個心得：人真是擅長適應的生物。她不懂的是，適應的過程，人是否清楚自己丟失了什麼？

因此，吳依光很好奇老闆愛小咪嗎？老闆如默背口訣般，說出他跟小咪交往初期就談妥的共識：不要嘗試改變對方。吳依光問，為什麼？老闆說，愛就是給一個人自由。吳依光重新打量老闆的面容，這張她看了數十次的臉，她讀到之前未曾注意過的成分，性的成分。她太執著於這偶然的領悟，來不及收回眼神，下一秒鐘，老闆也回望著她，吳依光心虛地低頭，老闆湊近，像是對待易碎物品那般，小心地吻她。老闆說，對不起，妳太可愛了。

老闆是母親看不上眼的那種人，吳依光想，我也是母親看不上眼的那種人，我跟老闆靠得這麼近，終究是注定。

吳依光對小咪感到罪惡。

小咪時不時出現在飲料店，從她緩緩撫過工作臺的指尖，確認收銀機零錢是否足夠的小動作，吳依光看得出小咪關心她先生的事業。小咪不曾對吳依光投以任何猜忌的眼光，反而提出給吳依光加薪。她說，心疼吳依光得自己籌錢上大學。吳依光和老闆有過一次深夜的談判，老闆同意配合假裝那個吻不曾發生。他照舊講著那些網路上流傳多年的冷笑話，吳依光偶爾捧場，偶爾不。九月上旬，吳依光換下飲料店制服，小咪在餐廳內訂了包廂，和所有員工一起舉杯祝福吳依光在大學活得繽紛、精彩。吳依光笑到一半就哭了，她分不清楚有多少眼淚是為了老闆而流。

離家求學，存款水位降得很快。洗衣精、冷氣、三餐、水果、大眾運輸、影印講義的錢、吳依光錢包的的鈔票一張張消失。和同學一同吃下午茶，吳依光看著同學們心安理得地花用父母按月匯來的零用錢，她卻是交出假期打工的血汗錢。學期中，吳依光應徵了校內速食餐廳的打烊班，從此在課業與兼職間趕場。午夜夢迴，吳依光不免自問，這是我要的生活嗎？她安慰自己：反抗者必然得付出代價。驕傲與感傷兩種情緒在吳依光的內心交錯出現。寒假，她留在學校打工，請求店長給她密集的班次，她想延後回家的時程，也得存下學期的學費和生活費。

除夕夜前一天，吳依光拖著行李回到家中。走進房間，桌上擺著繳費憑單，母親付清了全額。餐桌上，吳依光重申不會重考的立場，她喜歡現有的生活。母親的眼光上下打量著她，說，妳是去讀書還是去糟蹋自己的？妳現在打扮好像小姐。吳依光默不吭聲，半工半讀累積的倦怠，在她返家後，從體內深處翻湧而出。

更主要的理由是，她不曉得怎麼向眼前的父母說明，她喜歡現在的自己。

旁人眼中吳依光「考差了」、不得已升上的大學，對她來說，是個新世界。比起成績，她的同學更追求美。這群女孩高中也早起，不是貪求多背幾個單字，而是為了調整瀏海的捲度，確認底妝的服貼。

母親討厭這樣的女人，她說，腦子不好使的人才會在外貌大費周章。然而，吳依光看著身邊妝容無瑕、品味卓越的女孩，她相信，母親低估了她們的成就。她們的美貌，對社會何嘗不是深情的貢獻。吳依光模仿她們，為了穿上短短的褲子，晚餐只啃一顆蘋果，睡前敷片面膜鎖住肌膚水分，她也學習化妝。存款的流失不完全是為了學費與三餐，也包括粉底液、眼影、腮紅、唇膏，美白乳液和高跟鞋。

吳依光說，現在就流行這樣打扮。母親冷笑一聲，吳依光難堪地察覺到，母親的冷笑輕易地穿過她的武裝，刺進她的肌膚。

母親把話題拉回重考，說，妳再拖延下去，就要比別人晚一年，甚至兩年才畢業，想想看大家都穿著學士服，拍畢業照，而妳才要升上大三，不是很丟臉嗎？妳現在的學校，科系，讀了也只是浪費時間，出社會，沒有公司會看上一眼。哪天後悔了，不要怪我沒有提醒，我盡了我做母親的責任，但妳沒有。

吳依光咬牙說，我有，我也有做到女兒的責任。母親抬起左眉，刻意以誇張的口吻問，哦，妳為我做了什麼？我竟然不知道。吳依光幾乎要脫口而出，**活著**。僅僅是在這個不屬於我的人生選擇活下去，就耗盡了我所有的所有。吳依光沒有這麼說，她能想見母親的反應。她能想見自己被說得面目全非。吳依光抓起鑰匙與手機，不等母親反應，跑出家門，一路跑到五個街區外的便利超商才停下，彎下腰，喘氣。

吳依光伸手往口袋一摸，竟忘了帶上錢包。她坐在超商的用餐區，一邊啃著指甲，一邊思索下一步。半個小時後，她撥出電話，老闆思索了幾秒，答應和她見面。聽見那久違的，略帶痰聲的低音，吳依光竟有點想哭。老闆問，別約在飲料店，我們去旅館好嗎？我待會去接妳。吳依光一愣，她沒有蠢到聽不出這個邀約的弦外之音。

過了一會兒，她說，好。待會見。

車子駛入汽車旅館，留著平頭的年輕男子從櫃檯窗口探出上半身，問，休息還過夜？老闆從皮夾裡抽出一張紙，說，休息。櫃檯瞄了那張紙一眼，說，折價以後是六百八十元。找錢以後，櫃檯視線放回一旁的電視，彷彿某種默契，整個流程他都沒有看坐在副駕駛座上的吳依光一眼。

房間的天花板有面鏡子，仰躺的吳依光看得見自己的表情，羞赧，更多的是疏離，像是自己也迷失了，不明白為什麼要在這。老闆問她在大學過得好不好，跟室友聊得來嗎。三個問題後，老闆伸手輕撫吳依光的脖子，他的喘息沒多久也落在同樣的位置。吳依光聞到老闆指縫跟嘴裡那熟悉的氣味。有一剎那，她懷疑自己即將鑄下大錯，卻聽見老闆的嘆氣，妳都不知道我多麼想妳，妳來找我面試時，我就喜歡上妳了。吳依光忐忑地問，你說的是真的嗎？老闆的手指在她的腹部流連，不時按壓，彷彿在感受彈性，另一隻手撫摸她的髮絲，那麼慢，那麼溫柔，老闆的話滲入一絲鼓勵，他說，當然，可愛又聰明，現在上大學，會打扮了，多了幾分漂亮，我也不知道，我有資格說愛妳嗎？但我是真的愛妳。吳依光閉上眼，淚水滴落，從來沒有人把她形容得那麼好，那麼出色。不知不覺老闆褪下了兩人身上的衣物，吳依光看到老闆臃腫的軀體跟他的器官。她沒有嫌棄。她允許老闆進入她。

事後，吳依光洗了一個細細密密的澡，想完全洗去血、汗，跟老闆的氣味。她的心神恍惚，暫且梳不清內心的感受。她低聲祈禱，自己是快樂的。

車子從另一側車道離去，櫃檯換成一位短髮女孩，她遞給老闆一張紙，說，歡迎再次光臨。就著昏暗的燈光，吳依光看了一眼上面的字，折價券。吳依光要求自己不要去猜上一張折價券是怎麼來的。她要體諒這個愛她的男人。

吳依光請老闆在兩個街區外的路口放她下車。轉動門鎖時，已十二點半，她是九點出門的。母親在客廳看電視，螢幕上是吳依光不陌生的談話性節目，主持人是一男一女、合作經年的搭擋。吳依光站定，等著母親的反應。

母親瞄了她一眼，問，妳去哪了？吳依光搖晃著手上的可樂，說，麥當勞。她在回程路上買的，順道給老闆買了一份套餐。母親又問，麥當勞這麼好玩，值得妳待這麼久？吳依光沉著地回答，就想一些心事。過了一會，母親說，那就這樣吧。

吳依光沒有鬆懈，她繼續控制著表情，不要洩露任何想法。她曾經聽母親在電話中以輕蔑的口吻描述她如何拆穿一位工讀生的謊言。她說，這個年輕人太笨了，我一說好，他還沒有完全轉身，嘴巴就在偷笑，我立刻確定他沒說真話。

跟母親共處而不要被擊倒的原則之一就是記取每一次教訓。

躺在床上，吳依光輾轉反側，冷靜不下來。與老闆上床，她有對不起小咪的罪惡感，但，她也感到痛快，她證明了一件事，只要她願意，她能對自己為所欲為。

自此，每一次返家，吳依光必然抽出兩個小時與老闆私會。同一間汽車旅館，同樣等級的房間，同樣的折價券，到了第五次，或者第六次，肉體的碰撞不再新奇，吳依光匀出一些心思看清這段關係。她要的是老闆，老闆要的似乎是性。僅有第一次，老闆傾聽她的煩惱，後來，老闆說，工作太累了，兩人在一起的時候，他想要吳依光多說一些有趣的事情。偏偏吳依光就不是個有趣的人。她也注意到老闆陰暗的一面。一日，老闆埋怨，他固定給房東送去三節禮盒，房東仍漲了房租。吳依光抱著枕頭，自言自語似地說了一句，這就是資本主義。老闆瞪大眼，問，妳說什麼？吳依光複述了一次。老闆臉色難看地坐起身，說，我警告妳，不要這樣跟我說話，等妳出社會，妳就會認清，讀這麼多書沒有用，到最後都是錢在說話聲。吳依光注視著眼前暴怒的情人，她幾乎想辯解，你說的跟我說的其實是同一件事。但老闆眼中的恨意教她明白，她最好閉嘴。吳依光看了一眼時間，討好地說，我該去洗澡了。

這麼多的領悟並沒有阻攔吳依光一次又一次次說出我愛你。

即使是自討苦吃，至少這苦也是自己求來的。

升上大二的暑假，吳依光出席高中同學會，聽著曾經的同儕熱絡地分享大學生活，吳依光暗生懊悔，她不應該來的，她對這樣的話題沒興趣，唯一想見的方於晴又沒有出席。這時，有人問吳依光，她過得怎樣？吳依光搖了搖頭，說，不怎麼樣。有人讚美吳依光的穿著，也有人詢問她的脣膏、睫毛膏品牌，吳依光耐心地一一回答。

接著，有人問，妳的入學考試怎麼失常成這樣？我記得妳的成績明明很不錯。吳依光不慌不亂地說，就是考差了，考試難免會失常。

吳依光提早告辭，回到家。她坐在板凳上，褪掉鞋子，等不及倒在床上，閉上雙眼，睡上幾個鐘頭。母親走出主臥室，說，妳回來了。吳依光看著母親，說，我有點累，有什麼事等我……。話才說到一半，母親打斷，問，聽說妳跟飲料店老闆搞在一起？聞言，吳依光心跳錯了一拍，她想，這到底是多漫長的一天。

她故作冷淡、不是很耐煩地說，妳從哪聽來的？妳不要聽別人亂說。

母親又問，你們兩個做了嗎。吳依光閉了閉眼，她真痛恨母親的語氣，聽起來好髒。若有第三者在場，應該能捕捉到吳依光臉上稍縱即逝的扭曲。

吳依光賭氣地說，對，我跟老闆做了。她以為母親會盛怒，但她猜錯了，母親瞅著吳依光的眼神甚至可以用漠然形容。她說，妳沒有羞恥心嗎？他那麼老，還結婚了，人家的太太可以告妳。還是說這是妳想要的？二十歲就上法庭？吳依光說，她早就知道了，而且老闆不只跟我，他也跟其他女生上床。

說完，吳依光按了按鎖骨下方，好像這麼做就能平復胸腔的尖銳刺痛。她也是近一、兩個禮拜才得知這件事。老闆沖澡時，吳依光從床頭櫃撿起老闆的手機，輸入她偷看了幾次，得出的密碼。老闆的生日，多麼純真的男人。

小咪是知情的。

她提醒丈夫，你再怎麼愛玩也不要玩到大學生，小心人家父母追殺你。

吳依光眼前一黑，她感到暈眩。小咪沒有見過她的父母，若有，她就會懂得這對優雅、體面的男女是不會砍人的，那太醜陋了。他們會重新打製一把漂亮的鎖，把女兒關在更深的房間。吳依光在系上修了一門課「童話與神話」，教授語氣曖昧地說，在白雪公主最初的手稿，試圖加害白雪公主的並非繼母，而是生母；糖果屋亦然，狠心出主意要把漢塞爾與葛麗特扔在森林，讓兄妹倆自生自滅的，是生下兄妹倆的母親。有些同學發出「怎麼會這樣」的驚呼，吳依光倒是很淡然，她何嘗不是如此？把她囚禁在高塔的，不是邪惡的巫婆，而是口口聲聲珍愛她的父母。

除了小咪，吳依光意外掘到的祕密也包含：她不是唯一的「第三者」。那名女子的頭像很眼熟，吳依光想了幾秒，認出是一位常牽著兩個孩子來買養樂多綠茶跟阿華田的客人。吳依光放下手機，拉起滑落到腰際的被單，倒回枕頭，她使勁揉著臉頰，阻撓淚液的凝結。她跟老闆又見了兩次面，行程照舊。但在老闆分開她的大腿時，吳依光喉頭無緣無故泛起了苦腥。她沒有質問老闆任何問題，她說服自己，感情的樣態有無數種，她選擇了老闆，選你所愛，愛你所選。

說來荒唐，母親竟是她第一個坦白的對象。

母親掃來一計噁心的眼神，說，妳真是墮落到讓我開了眼界。你們在一起多久了？吳依光裝出無所謂的模樣，說，我跟老闆沒有在一起，我們就是純粹上床，這個年代上床不算什麼。母親拔高音量，問，妳覺得這樣子跟我說話很了不起？很得意？吳依光本來想還嘴，但她倏地止住，母親太擅長這樣的應答。

吳依光改成安靜地注視著母親，只有濡溼的掌心洩露了她的惶恐。母親的眼神也警戒起來，她以宣判的口吻說，我不會再叫妳重考了，還以為妳大考只是失常，看來是我太高估妳了，妳的程度就是這樣。不過，我建議妳，下次要糟蹋自己，還是要慎選對象。那個賣飲料的，我只是問了幾句，他就嚇得什麼都說出來了。

吳依光尖喊，妳去找他？

母親輕哼，我為什麼不能去找他？是說，妳知道人家怎麼形容妳嗎？他說整件事都是妳死纏爛打，他是看妳可憐，小小年紀需要人陪。

吳依光身體晃了一下。她問，他真的這樣說？

母親眼中浮現得逞快意，她笑著說，吳依光，妳不是說兩人只是上床而已？那妳何必這麼在意？妳以為妳這樣裝模作樣騙得了誰？跟那麼醜、那麼窩囊的人上床，作踐自己有這麼好玩？妳應該要親耳聽他跟我說什麼。他說，如果我堅持要賠償，他可以給我一萬元。一萬元？我拿來做什麼？妳沒跟他說我們家一臺吸塵器就不只一萬？

吳依光頸背溼涼，後腦勺如遭槌擊，她感覺自己再多聽幾句，就要昏厥倒地。

勝負揭曉，老闆不愛她。她輸了。

吳依光再也沒見過老闆。她想過去跟老闆對質，誰能保證那些言語不是母親單方面的捏造？母親如此聰明。但，吳依光也害怕，若真相確實如此，她如何安置自己的心？這次的經驗給她的胸窩鑿出一個窟窿，夜深人靜，那窟窿就發出哀哀的空鳴。

她談了一場不知所云的戀愛，通識課的同學追求她，吳依光沒有多想就答應了，她需要一根浮木。豈料，交往未滿一百天，浮木成了嚼久的口香糖，沁涼的味覺不再，只剩下制式的咀嚼。吳依光看著男同學為自己做的一切，沒有感動，只有荒涼。

吳依光才想著要怎麼吐掉嘴裡的膠塊，許立森出現了。每次和這位法律研究所一年級的學長說話，吳依光感覺得到心臟以極端的方式跳動，血液咻咻高速流經她的臉頰嘴唇耳朵和小指頭，她什麼也做不了，只能微醺、含苞待放。許立森讚美她的雀斑，形容是白皮膚女孩的專利，也說吳依光的眼神充滿靈光，像個小女孩。吳依光不敢直視許立森的雙眼，視線擱淺在他的嘴唇上方，那兒有柔軟的、淡青色的鬍髭。吳依光想像兩人接吻時，細毛刷過她的臉。

吳依光眼也不眨地和男同學提了分手，絲毫不覺得自己殘酷，她心意堅定，我不能因為閒雜人等而錯過我的愛。

27

許立森長相清秀，眉眼一低一抬都是風景，某些角度看像是一位早逝的、人們固定在四月的一個節日緬懷的明星。許立森只要一開口，他的五官會組合出另一種神采，那是專屬於他的魅力。許立森家中有三個小孩，他是么子，哥哥大他十歲，姊姊大他八歲。許立森的出生不在他父母的計畫之內，一位算命師安慰他的母親，這個小孩會給家裡招來富貴。這句話應驗了。許立森出生不久，母親的哥哥決定移民美國，詢問妹妹、妹婿是否有意願頂讓他的火鍋店，他可以分文不取。許立森的父母一接手，更改了菜單與調味，業績竟翻了數倍。許立森一家從此錦衣玉食，有司機，有保母，與一週來兩次的幫傭。許立森的哥哥、姊姊，高職畢業後也進入火鍋店，哥哥跟著父親學習炒料、進貨，姊姊則接手記帳。至於許立森，他的父母對他另有規劃，許立森的父親說，三個小孩，至少有一個人是要拿筆、坐辦公室、吹冷氣的。

許立森沒有辜負父母的栽培，他國小、國中都是資優班，高中考進了地區的第一志願。許立森說，他在家裡基本上像個少爺，所有人都慣著他，吳依光同意，年紀比許立森小的她，見到許立森，也忍不住想要呵護他，捨不得他有任何煩憂。

許立森和體弱多病的黃同學，是同一處境的小孩，路上的碎石絆倒了他們，他們的父母都會即時給予眷顧與安慰。至於吳依光，吳家鵬好一些，或許會問，妳怎麼這麼不小心呢；母親大概會痛斥她不長眼睛，並制止她的哭泣，說，哭有什麼用呢。

吳依光對黃同學只有厭煩，但她對許立森卻是一往情深。許立森學問淵博，在人群中，往往扮演那個澄清、解惑、釋疑之人。許立森有時開口說話，吳依光彷彿看見空氣中摩擦出電與火花，似乎有蠟燭被點燃，有燈被喚起。她常常和許立森談到捨不得入睡，這時，許立森會拍拍她的手背，循循地說，睡吧，反正我們還有明天。

吳依光漸漸相信，數著一個又一個明天，總有一天是兩人攜手走上紅毯。她要創造專屬於她的家庭，她會是溫柔的妻子，讓孩子安心的母親。

許立森的家庭，相當符合吳依光的理想。見面前，許立森提醒她兩件事，一是務必和姊姊、姊姊的女朋友和諧相處，姊姊十八歲那年出櫃，吃了不少苦頭，家中最支持她的就是許立森；二是要用盡手段讓波波喜愛上妳。波波是一隻傑克羅素㹴，許家父母這幾年來的愛寵。吳依光說，你們家的規則好簡單，我很有把握，我不會讓你失望。許立森漾起微笑，反問，我什麼時候去妳家拜訪？我對自己也是很有信心的。吳依光不動聲色地轉移這個話題，她理解母親的品味，母親不會喜歡許立森，他太輕佻，在教授面前也是嬉笑怒罵，百無禁忌，另一件事情是，母親鄙視兩人就讀的學校，她必然介意，許立森的碩士學歷怎麼「淪落」到這裡。

一日，兩人在電影院看了一支文藝片，許立森鍾情的導演。劇情是兩名青春正盛的美國女孩，在巴賽隆納消遣漫長的暑假。她們結識了一位藝術家，分別與藝術家發生關係，藝術家又與前妻藕斷絲連。觀影途中，吳依光心生不安，流轉的畫面在她眼中無端有了抑鬱的沉澱，她怎麼樣也溶解不了。吳依光悄悄覷了許立森一眼，銀幕的淡藍色冷光給他的側臉鑲上銀邊，他看得全神貫注。等他們踏出戲院，末班公車早已走遠，許立森提議不然來散步吧。兩人手牽著手走在深夜的巷弄，就著月光和街燈，吳依光想起什麼似地，詢問許立森考碩士時怎麼了。就像人們好奇其華女中的吳依光，怎麼會考上這所學校，吳依光有類似的困惑。許立森停下腳步，有一秒鐘吳依光懷疑自己從許立森的臉上看到老闆聽聞資本主義時，那惱怒、受辱的神情，她再眨眼，那神情消失了，許立森搖頭，笑出聲來，他調皮地眨了眨眼，說，我大學玩瘋了，這就是答案，但我不後悔，這樣才能遇見妳。

吳依光身體一弛，這句話舒緩了她所有的顧慮，她想，她的人生必定只能跟許立森結為連理。哪怕母親不同意，她也要跟許立森白頭偕老。

吳依光留在許立森租屋處的物件越來越多，教科書，手機充電線，面膜，防晒乳，唇膏。升上大四那年，許立森說，等妳一畢業就搬來跟我住吧。吳依光抱著膝蓋，腳跟抵著臀部，點頭傻笑，她把同居擬想成婚姻的預習。稍晚，洗澡時，刻意把水量扳到極限，就著嘩啦啦的水聲，她扯著喉嚨，細細地尖叫，叫聲是歡樂的。

母親告知梅姨要帶著兩個表妹返臺，吳依光得全程陪同。梅姨上次造訪，就是給吳依光慶生那次。之後，愛琳被診斷出體內有幾顆小腫瘤，舉家全心全意地伴同愛琳撐過手術與後續的療養。梅姨殷勤地邀約吳依光飛過去找他們，說喬伊絲與愛琳很想念她，姊妹倆從來沒有與吳依光分離這麼久。吳依光以課業、打工為由婉拒，她知道許立森的魅力，她不敢輕易離開情人的身邊。

吳依光把回家的車票訂在梅姨回來的同一天，她計算得極好，才放下行李，就聽到門外傳來喬伊絲的嚷嚷，埋怨愛琳的汗水滴到自己的手背。梅姨告誡小女兒別那樣大驚小怪，也提醒她接下來是中文模式，不能再有半句英文。吳依光打開大門，三人眼睛一亮，喬伊絲熱情地抱著吳依光。幾年不見，她抽高不少，如今比吳依光還多了幾公分。吳依光招呼三人在客房安頓，喬伊絲從行李箱抽出衣褲，說她得洗一頓熱水澡，她身上滿是隔壁乘客的香水味。大病初癒的愛琳看起來有點虛弱，她打起精神，抓起一件長洋裝跟內衣褲，跟上姊姊，姊妹倆習慣一起洗澡，過了青春期仍未變。

房間內只剩下梅姨與吳依光，冷氣機徐徐送出沁涼的風，梅姨把精心包裝的禮物一個接著一個按照只有她懂得的邏輯擺放。她要吳依光猜自己的禮物是哪一個。吳依光猜中了，墨綠色紙袋跟兩只方形紙盒都是她的，三本原文小說、一件漸層湖水綠短袖長洋裝、一件深藍色小禮服，都是知名品牌。梅姨見吳依光一臉驚喜，難掩得意，她說，我猜妳這幾年讀的書夠多了，是該時候打扮一下，享受人生。妳這幾年看起來比以前外向多了，這樣很好。

聞言，吳依光鼻子一酸，她猜母親應該跟梅姨交代了一些自己近年的事蹟，但梅姨似乎並不在意她讀哪一間大學，或她跟怎樣的人上床。吳依光褪下身上的襯衫、牛仔褲，換上那件小禮服，胸線略低，綁帶束出腰部的線條，十分合身。

梅姨又說，尺寸不會錯的，我問過我姊，她說妳上大學之後瘦了幾公斤，現在大概五十多一些。吳依光苦笑，即使相處短暫，母親對她的變化仍是瞭若指掌。她向梅姨致謝，拎起紙袋跟紙盒，要走回自己的房間。梅姨拉住她的手，咳了兩聲，語氣不太自然地說，她這次回臺灣，背負著一項姊姊交予的任務。梅姨深呼吸，問，妳有考慮申請美國的研究所嗎？妳媽本來就有打算讓妳去國外進修，她錢準備好了。

吳依光看著滿臉為難的梅姨，有些同情，梅姨被迫捲入母女倆的戰爭之中。梅姨吞了吞口水，擠出一抹微笑，說，來美國讀書不是壞事，妳的兩個小表妹會很高興，就算挑東岸的學校，我們也會搭飛機去探望妳。依光，妳英文能力沒有問題，再說了，妳以前暑假來美國，不也玩得很開心嗎？

吳依光沉默幾秒，決定告訴梅姨，她不能去美國，她甚至打算考同一間大學的研究所，她有喜歡的人了，兩人很有可能結婚。她認為梅姨會懂這份心情。

梅姨當年也做了差不多的事。

玄關傳來門鎖轉動的聲響，沒多久，吳依光聽見母親以略尖的語氣喊，梅，妳回來了？梅姨向吳依光投以安撫的笑容，大喊，姊，我跟妳女兒在客房聊天，來加入我們吧。母親出現在門口，她的眼神跳過妹妹，直探坐在床上的女兒。她問，妳有沒有倒水給梅姨？人家搭十幾個小時的飛機。吳依光俐落地起身，說，我現在就去。梅姨的眼神在兩人之間遊走，嘗試緩頰，她友善地說，沒關係，我沒有那麼渴。吳依光沒有停下動作，她不想跟母親過於靠近。吳依光走出門外，尚未走遠，就聽見梅姨的哀聲嘆氣，姊，妳對小孩有時候可不可以……。

母親打斷妹妹，不讓她說下去，她說，不，梅，跟她這幾年對我所做的事相比，我對她的態度可以說是仁慈了。

母親控訴的語調讓吳依光打了個寒顫，母親最記恨的事是哪一樁？入學考試的成績？抗拒重考？跟已婚男子來往？或是這幾年來母女倆形同陌路？

吳依光走向冰箱，吳家鵬坐在餐桌旁，他跟妻子一起返家。吳家鵬看著女兒，問，梅姨跟妳說了嗎？去美國讀研究所的事。妳媽很早就給妳規劃了一個帳戶，是妳去美國讀書的學費，妳知不知道妳有多幸運。吳依光並不領情，她氣餒地問，你們為什麼要打擾梅姨，而不是直接和我討論？吳家鵬瞪著吳依光，一臉古怪，彷彿聽見了什麼笑話。他糾正，這不是打擾，她是妳母親的妹妹。

晚餐是喬伊絲指定的小籠包名店。喬伊絲滿足地啜吸入切成細絲的豆腐跟木耳，吞下，又著急地舀一湯匙塞進嘴裡。愛琳抓著湯匙，大啖排骨炒飯。梅姨看著女兒們的吃相，說起半年前，她開車載著姊妹倆前往加州的分店，排隊近兩個小時才取得外帶餐點。三人餓得頭暈眼花，等不及到家，乾脆在車上吃了起來。

母女三人的結論是，跟臺灣的味道相去不遠，要細究的話，臺灣品質好一些。愛琳插話，嘴裡滿是嚼爛的飯粒，她說，臺灣的排骨很嫩，美國的排骨有些柴。梅姨笑斥愛琳，要她確認嘴裡沒食物了才能發言。

吳依光以筷子挾起小籠包，熟練地以牙齒咬出破口，浮著油澤的湯汁流出，她小心地吃了起來，不忘暗中觀察母親。她祈禱母親別在餐桌上重啟研究所的話題，至少，別在喬伊絲跟愛琳面前。母親總是能輕易地逼出她最難堪的一面，她不希望兩個小表妹看到。愛琳卻主動提了，她仍嚼著排骨，說，姊姊，我聽阿姨說，妳之後要來美國讀書？愛琳的語氣飽含興奮，梅姨沒有說錯，這對小姊妹的確愛她。

吳依光將筷子擱在桌面，拿起茶杯，服務生添茶添得很勤，茶湯猶冒著白色霧氣。她說得很慢，好讓每個人都聽得清楚，我不會去美國，我要留在臺灣，我會報名我的學校的研究所。愛琳咦了一聲，視線掃過每一位大人，年輕如她，仍嗅到風雨欲來的煙硝味。母親冷冷地說，妳可以臺灣跟美國的都準備，反正托福對妳來說不難。吳依光重複，我要待在臺灣。梅姨苦笑，舉手提議，我們再加點一份絲瓜口味的小籠包？她的企圖失敗了。沒有人回答她的提問，小姊妹提心吊膽地放下筷子。母親瞪著吳依光，語氣多了威脅，妳為什麼非留在臺灣不可？吳依光屏住呼吸，她預演過好幾次，遲早她得讓許立森見光，眼前不是最適合的場合，但她沒有退路。吳依光放慢語速，放進幾分感情，她說，我想陪我的男朋友，他是研究所的學長，法律系，現在碩三，我們交往兩年了。

她的坦白非同小可，吳家鵬也放下碗筷，拉近身子。愛琳有些戲劇地哇了一聲。母親嗤笑，學長，你們學校的？我讓妳大學讀那所學校，是很大的讓步了，我沒有打算讓妳繼續混下去。吳依光垂眼，不敢去看梅姨一家的表情。指甲陷入大腿肉，她強迫自己振作，說，我之後會介紹你們認識，他是一位很優秀的人，讀很好的大學，家裡也不錯。妳跟爸見過他，說不定會改觀。

話一出口，吳依光後悔了，她為什麼要凸顯許立森的大學跟家世？沉默籠罩著餐桌，半晌，母親向梅姨伸手，說，梅，菜單給我吧，妳不是說要加點嗎？母親終止了話題，喬伊絲眼珠滴溜溜地轉，過了幾秒，她仰頭喝光碗裡的湯。

深夜，吳依光莫名口渴，她踏出房門，要走去冰箱，給自己倒杯冰水。梅姨在客廳看電視，音量調至靜音。喬伊絲跟愛琳也醒著，她們在廚房煮泡麵，姊妹倆竊竊私語，商量蛋殼要丟到哪一只垃圾桶。見到吳依光，喬伊絲急忙澄清，絕對不是晚餐沒餵飽姊妹倆，而是她們礙於時差，睡不著，又想念臺灣的泡麵。

吳依光走過去，接過愛琳手上附著少許蛋清的蛋殼，洗淨之後，輕放在後陽臺的盆栽土壤上。喬伊絲跟愛琳把泡麵端到客廳，一放到桌上，姊妹倆跳上沙發，一左一右包圍梅姨。愛琳自然地把頭放在梅姨的肩膀上，喬伊絲把湯匙遞給梅姨，她記得母親愛喝泡麵的湯。吳依光看著這一幕，羨慕與悲傷各自占據著她內心的某個角落，她喝掉手上那杯水，跟三人說晚安，回到自己房間。

翌日，吳依光起了個大早，提著行李，坐在玄關板凳，繫緊鞋帶。在她伸手要轉動門鎖時，身後傳來一聲冰冷的呼喚，是母親，她問，妳要回宿舍了？回來不到一天，就要這樣一走了之？吳依光轉過身，母親穿著睡衣，光著腳，似乎來不及穿上拖鞋。吳依光盯著地板，說，對。母親大步向前，抓住吳依光的手，惡狠狠說，我這次不會再縱容妳，妳以為二十二歲的感情可以多長久？

吳依光抽回自己的手，想盡辦法壓抑在她胸口驟然爆發的憤怒。她說，我的人生，非得每一件事都經過妳的同意？母親近乎憤恨地說，對，妳的人生。我正在挽救妳那可悲的人生，妳難道看不出來？妳大學可以填外文系，為了跟我唱反調，妳故意填一個中文系，這個科系畢業出來可以做什麼？妳以為每個人都像妳這麼幸福，有我這樣一個願意再花幾百萬把妳送出國的母親？妳唯一要做的就是搭上飛機，推薦函、申請我都可以找人處理，我為妳著想這麼多，妳為什麼這樣糟蹋自己？

吳依光靜默幾秒，小聲說，我只是不想要去美國讀書而已，妳沒有必要把我說得這麼十惡不赦。再說了，我也不想要妳花這麼多錢。

母親問，為什麼？吳依光凝視著母親，躊躇著她可以說出百分之幾的真心話，她跟母親相處了二十多年，她的理解比誰都深刻，母親今天為她所付的每一毛錢，都會在將來化為控制她的籌碼。兩人之間已有血緣的枷鎖，她不想再增加金錢的虧欠，否則，終有一天，她對不起母親的部分，將大於她全部的生命。

吳依光說，我覺得現在這樣沒什麼不好，沒有必要花大錢去改變。母親問，那男生考上律師或司法官了嗎？吳依光解釋，他之前在考研究所，這幾年在修課，我不覺得有必要這麼著急。母親細細問過許立森的家世背景，聽到火鍋店，她眉一抬，說，就算再多藝人、明星捧場，還不是做吃的？妳知道妳現在好像誰嗎？像我的妹妹，她大學也是把自己弄得亂七八糟，我們千辛萬苦把她送去美國，想讓她冷靜冷靜，好好讀書，誰知她隨便找一個人嫁了。妳以為她住在漂亮的大房子裡很好命嗎？她沒有經濟能力，做什麼事都得跟看妳姨丈臉色，妳外公外婆後來的醫藥費，我出的數字是她的好幾倍。妳想過這種跟人伸手要錢的生活？

吳依光的眼神一偏，落在不知何時，現身在客廳的梅姨。梅姨頂著蓬鬆的亂髮，一臉迷惘，不曉得她聽進了多少。吳依光低喊了句，梅姨，早安。母親倒抽一口氣，回頭。梅姨啞聲說，早安，我的身體以為自己還在美國，才睡一下下又醒來了。依光，妳為什麼拿著行李坐在那，妳要回去宿舍了嗎？

吳依光點頭，說，我該回去讀書了。我要考研究所。梅姨眨了眨眼，微笑，說，那妳回去讀書吧，不過，在我跟妳的妹妹們回去美國之前，妳至少空出一天再跟我們聚一聚。吳依光給予承諾，我會的，我一定會，梅姨，再見。

吳依光把握母親失神的幾秒鐘，邁出門外，頭也不回地走遠。

28

再也沒有人提起美國研究所的事情。

吳依光無從得知在她跳上客運之後，母親和梅姨經歷了什麼。母親那段話絕對能腐蝕一個人的心靈，但她不認為梅姨會朝母親破口大罵，那不是梅姨的作風。

年紀越大，吳依光越能看出她跟梅姨的相似之處：比起動身抵抗，她們更情願佯裝自己未曾受傷。

吳依光報名的三間學校都錄取了她。她所就讀的大學，更是以榜首成績錄取。若看學術排名，她應該選擇前面兩所，為了許立森，吳依光打算留在母校。考試成果讓吳依光陶然、驚喜，她心有所悟，撇除起初的意氣用事，四年下來，她的確發展出對這科系的認同和喜愛。

吳依光大二上跟著系上一位不到五十就滿頭白髮，身材寬胖的教授讀了三個學期的《紅樓夢》，一學期四十回，一年半下來，把整部經典讀完了。最後四十回，吳依光不知不覺看懂了些什麼。曹雪芹不在世，大觀園卻成了永恆的景觀。吳依光的期末報告拿了最高分，教授送了她幾本書，讚美她，妳小小年紀，竟能理解箇中身不由己的哀愁。妳的資質，此後走學術研究或者是創作，都是如魚得水。那是吳依光成年以後聽過最真誠的讚美。即使她還是不能回答母親，學這個，未來能成為什麼，但她對於「不能成為什麼」竟也沒那麼害怕了。

許立森的論文進展緩慢，若有人問起，他有固定的說詞，法律系的論文難度不能與其他科系相比。吳依光有時聽著許立森如此勸誘哄他那一無所知的雙親，無端地感傷起來。吳依光不解的是，每個星期二，許立森照樣在學校後門的餐酒館舉辦讀書會。這是他行之有年的活動，成員們一邊吞下啤酒，一邊讀太宰治、馬克思、叔本華、傅科跟沙特。有時也讀西蒙波娃與唐娜哈洛威。共有八位固定成員，不定時有人旁聽。女生的比例是男生的一倍，她們看著許立森的目光飽含癡迷與崇拜，就像吳依光。吳依光有時為了支援系上研討會，不得不缺席讀書會，清點杯水跟餐盒數量的過程中，吳依光忍不住在腦中勾勒讀書會的場景，是否有誰趁隙向許立森示愛？

許立森那麼迷人、亮眼，有誰拒絕得了他？

吳依光升上碩三那年，她再也按捺不住，問許立森，究竟打算什麼時候畢業？許立森抽出書櫃上佛洛姆《愛的藝術》，扔到吳依光腳邊。見吳依光嚇得說不出話，許立森又說了一句話，彷彿把人踢倒在地上仍嫌不夠，非得過去補踹一腳：吳依光，妳知道妳現在像誰？妳媽。妳不是最痛恨被控制？那妳就得知道，妳正在做一樣的事。

吳依光臉上一陣慘紅，她曾經借著酒意，和許立森傾訴自己鬱鬱寡歡的童年，對她來說，說出這些往事比在許立森脫得一絲不掛更裸裎，彷彿全身都變成透明的，再也掩藏不了祕密。

另一方面，她更害怕許立森指控她說謊，世界上怎麼有父母在經濟上對孩子如此地闊綽，情感上卻吝於給予一個擁抱？單單只是轉述幾句父母對她說過的話，吳依光就感覺到頭頂有神祇朝她投來審判的一眼：妳竟然這樣說妳的父母？

許立森必然是聽進去，也信了，否則他無法輕易以母親的名義來傷害她。吳依光揣測她的表情必然很難看，她寧願許立森揍她，也好過這樣說。

吳依光再也不過問許立森的規劃，就像母親幾乎不再搭理她。只有吳家鵬偶爾會偷偷從皮夾內抽出幾張大鈔，遞過，要她記得照顧身體。吳依光沒有推辭，就像她也會接受許立森給她的錢。吳依光逐日領悟到金錢的另一層意涵，有時妳需要它們來填補內心的空洞，不然妳也不確定自己還能要求什麼。

吳依光三年取得碩士學位，比多數同學早了一些。碩二那年，指導教授建議她修教育學程。教授的用語是，我知道妳對教育沒有興趣，但老師的待遇不差，給自己留一條後路不吃虧。吳依光不認為自己適合擔任老師。每每看著許立森從容地在讀書會上交代主題、決定發言順序，還得撥冗鼓舞不善言詞的成員，吳依光在目眩神迷之餘，也替許立森感到疲累。很少人意識到，要讓他人知道自己知道什麼，絕非易事。即使如此，吳依光還是按照教授的建議去執行，就像教授說的，也不吃虧。誰能預想得到，此時的無心插柳，在多年後發展成樹蔭，吳依光成了一位老師。

吳依光踏入職場的那一年，許立森休學，以躲過修業年限。他溫和的父母終於感到事有蹊蹺。吳依光記得許立森的父母出現在租屋處門口的那天，時間接近傍晚，天色橘黃。許立森硬著頭皮請父母進門。四個人在不到五坪的客廳你看我，我看你。許立森的父親打破靜默，要求許立森給出一個交代。他重重放下茶杯，力道大得吳依光一度以為桌子會應聲坍塌。許立森收起笑臉，試圖以真摯的遊說推平父母眉間的皺摺。他承諾，兩年內，學位跟律師執照一起到手。許立森的父親摘下老花眼鏡，以掌根按著眼窩，血絲在他略呈混濁的雙眼漂浮，他看似失眠整夜。他點了點頭，比了兩根手指，說，好，就等你兩年。他扶著桌子站起，說明天得開店，他們要回去了。

吳依光跟在許立森身後，陪兩老走去牽車，許立森的母親扯了扯她的衣角，示意她放緩腳步，等兩人跟前方的父子拉出一段距離，許立森的母親低聲囑託，不能再放任許立森蹉跎下去。見吳依光沒有應聲，她又補了一句，許立森的哥哥，在他的年紀早已結婚、生小孩了。妳是女生，這樣等都不緊張嗎？

聞言，吳依光有些飄飄然。

交往第三年，許立森表明自己是不婚主義，他最嚮往的關係是沙特與西蒙波娃。他篤信婚姻這個制度是愛情最大的敵人。吳依光點了點頭，憂悒在心中蔓延，她猜許立森沒有讀過西蒙波娃寫給艾格林的書信，若有，他也許會修正自己的看法。

許立森母親的這句話，喚醒了吳依光的舊夢，和許立森成家的舊夢。他想，說不定許立森的不婚主義，會因父母而妥協？他終究那麼像個孩子。

白色賓士休旅發動，移出停車格，在街口轉彎，消失於兩人視線。

許立森吐了一口氣，說，搞定了。吳依光問，你說的兩年，是認真的嗎？許立森俯身輕吻吳依光的臉頰，說，嘿，就先饒過我吧，沒看到我才逃過一劫嗎？我爸媽無法明白我在追求什麼，是我人生最大的遺憾之一，我也不可能叫他們去讀切格瓦拉或是保羅科爾賀。我已經盡力維持表面上的和平了。吳依光又問，我們的未來呢？有一天他們不再每個月匯三萬元給你，我們該如何是好？我們根本租不起我們現在住的地方。

許立森收斂臉上的笑容，以指尖爬梳額前的頭髮，急躁地說，又來了。妳要不要照照鏡子，看妳像誰？這是許立森第二次在對話中召喚母親，這回他甚至不必說出那兩個字。吳依光噤了聲。這是個極有效的咒語——她啞了。

禮拜二，許立森又回去酒館，搖晃杯中淡金色液體，大談社會主義與新自由主義。吳依光前往一家出版社面試，與出版社總編相談甚歡，當場確定待遇跟職務內容。

吳依光任職滿一個月，仰慕已久的詩人造訪出版社，商討新書的宣傳活動。吳依光險些把茶水打翻在對方身上，那位風姿綽約的詩人不以為意，仍是笑容可掬地為吳依光遞上的絕版詩集簽了名。

母親詢問吳依光工作月薪，吳依光沒有撒謊，說出實際的數字。母親注視著她，沉默，彷彿等著吳依光解釋什麼。吳依光回望母親，一樣，沉默。

母親的白髮多了，她染髮的速度追趕不上白髮增生的速度，嘴角的肌肉因缺少足夠的支撐而下垂，吳依光想，母親老了，她要六十了。縱然母親在職場上仍舊活躍，思緒也還敏捷，但在某些面向，母親多少洩露了遲暮的、力有未逮的氣息。

母親問，這就是妳要的？我在妳身上砸了這麼多錢，妳找了一個這樣薪水的工作？吳依光咬著下唇，對自己很是失望，離家多年，母親的言語還是能輕易控制她。

她幾乎想把母親對她說過的每一句話都原封不動地扔回去，好比說，妳以為妳是誰？妳懂什麼？吳依光嘴唇動了動，一個字都說不出口，失望轉換成痛恨，她恨自己，也恨母親。吳依光氣弱地反問，我喜歡的工作，待遇就是這麼普通，這麼多年了，妳還看不出來，我永遠不會有符合妳的標準的那一天嗎？還是妳想聽我說對不起，對不起讓妳失望了？母親眼中閃過一抹難解的幽光，像是這個答案她並不滿意。她又問，妳的男朋友還是同一個？那個家裡賣吃的？他在當律師了吧？還是司法官？

吳依光說，他在寫論文，有些文獻是用德文寫的，他需要時間。他的父母很支持他，沒有催促。吳依光停頓幾秒，又補充，他們家很開明，給小孩很多自由。母親半瞇著眼，說，別以為我聽不出來妳的意思，妳別想拿我跟其他人做比較，那些人對小孩付出的心血才沒有我的一半。妳從十八歲到現在，做的事我沒有一件看得懂，接下來妳打算靠這一點薪水過活？繼續浪費時間在妳那個一事無成的男朋友？就為了這些，妳當初寧願放棄去美國？

吳依光閉了閉眼，恨意緩緩消散，她問，在妳眼中，現在的我就這麼差？

母親沒有立即回答，沉默迴旋於兩人之間，半晌，母親開口了，妳明明可以更好的。妳國小的時候每一次段考都是前三名。妳考高中的分數還比其華女中的錄取分數高了十分。為什麼二十五歲的妳只有這樣？

吳依光搖頭，那些日子我從來沒有快樂過。她的語氣可說是哀求了。即使有整整七年她躲著母親，她的內心仍渴盼著母親的認同與諒解。她仍想得到這個女人的愛。

母親問，那些日子怎麼會不快樂？妳這麼優秀。優秀的人不會不快樂。

吳依光笑了，她想，成語裡的大勢已去，說的無非如此。

她說，我該走了。我這兩個月做的書都是重點書，我要回去加班了。

這是吳依光童年起就在練習、日益精熟的本領：妳隨時都能抽離。妳不再在意。

吳依光沒想過她這麼享受編輯這份工作，看著一本書從抽象的靈感，到文章，最終付梓成具體的紙頁，她深受打動。特別是在印刷廠看著紙頁從器械裡吐出，墨彩受熱而有奇妙的氣味飄逸，吳依光受不了誘惑，小口小口地嚐，呵呵傻笑。

她也懷念自己飲料店打工時鍛鍊出的結實臂膀，久坐改稿讓她腹肉橫生。研究所畢業之後，吳依光從學生宿舍遷出，又租了一間不到五坪的小套房，為的是有一個空間給父母檢查。她必須給許立森經營形象，父母不會喜歡婚前同居這個主意。吳依光厭棄仍試著迎合父母意志的自己。但她也是清醒的，就像醫院提供美沙冬給戒毒者，偶爾你還是得走回頭路，在熟悉的秩序裡培養遠走他方的能量。

隨著吳依光的工作越來越吃重，她住在套房的天數增加了。許立森不喜歡她加班，他說，看到妳這社畜的樣子我就煩。吳依光想，自己的確造成了許立森的壓力，她最好給許立森比以往還充裕的空間。

一日，吳依光拿著獎金請許立森吃鰻魚飯，略帶膠感的醬汁薄刷在香糯的米粒上，吳依光吃得雙頰泛光。她拿起碗，喝了一口鰻肝湯，才要放下，許立森問她，妳有沒有考慮搬回去住？吳依光的手凝在半空中。她默不作聲，等著情人說下去。許立森撓了撓頭髮，說，妳上下班的作息干擾到我寫論文跟準備考試，再這樣下去我會被困住。吳依光沒有掙扎，她說，就按照你說的去做吧。

許立森允許吳依光留下一套內衣褲、一件襯衫、一件長褲、一條裙子和一雙塑膠室內拖鞋。他還彌補似地送了吳依光一組昂貴的淡綠色梣木衣櫃，套房的衣櫃發霉了，房東要吳依光將就，許立森說，人生很短，為什麼要將就。吳依光不敢去想這句話是否也在暗示著許立森對這段感情的心得。

搬回套房的第一天，吳依光倒在床上，盯著天花板油漆剝落的位置，看久了，那斑駁竟像一只蝴蝶，不知道過了幾個鐘頭，她慢吞吞起身，把地上那一疊疊書本按照她自定的順序一一嵌進書櫃。

吳依光沒幾天就適應了分居的生活。像是補償似地，許立森對她又回到了交往初期的體貼跟呵護，她也能安心地把工作帶回住處。吳依光暗想，許立森做了一個很好的決定，他們在一段愛情裡重拾自由，不是每對戀人都能做到這件事。

兩個月後，吳依光編輯的一本書，碰巧迎上最新時事，蟬聯排行榜好幾個月，斬獲眾多大獎。定居歐洲的作者囑託吳依光代表上臺領獎、朗讀感言。吳依光收到好幾家媒體的採訪邀請，看著自己的臉孔出現在大螢幕上、報章雜誌上，吳依光有些害羞，也很得意。總經理訂了包廂，舉行慶功宴。席間，觥籌交錯，有人握著麥克風高歌，吳依光按著胸口不停吐氣，她整個人輕飄飄的，踩不著地板。她想起那堂上了三個學期的《紅樓夢》，想起林黛玉在某個場景所說的一句話：我為的是我的心。

我的心，以此刻來說，是為了吳依光這個人，為了這個人的成就，為了這個人的奮鬥而搏動。下一秒，吳依光險些摔破酒杯，她的月經很久沒來了。

29

許立森果想也不想，說，這個孩子不能留下。他面紅耳赤，雙手在淩空揮舞。他說，妳看看我們現在這樣，我們承擔不起這個生命。吳依光焦急地解釋，我們可以回去跟家裡討論，我相信你父母不會什麼也不做的。許立森指著吳依光，俊秀的五官竟浮現幾分猙獰，他說，別再說了，妳什麼也不懂，妳有沒有想過後果？我們的父母以後可以理所當然地介入我們的生活，而我們什麼也不能做，不能抗議、不能反駁，因為我們需要錢來養這個孩子。吳依光，妳知道這樣的話，孩子會變成什麼嗎？人質，我們的父母從此可以拿這個人質來控管、威脅我們。聽到人質這個形容，吳依光胸口劇烈地抽痛起來，但她不打算退讓，這不是她一個人的事情。吳依光嚥下口水，把發抖的手勉強握成拳，撐起精神，還擊，你的父母本來就在介入，你的碩士論文寫幾年了？要不是你父母每個月匯三萬給你，你根本負擔不起現在的生活。有誰像你一樣，沒有工作，照樣買一杯兩百五十元的手沖咖啡？穿一件四、五千的名牌襯衫？還有那個讀書會，你談了這麼多人跟他們的思想，但……。

眼前閃過一道黑影，過了半秒，吳依光左臉燒起來似地又燙又辣。她伸手掩著臉，哭喊，許立森，你打人了？許立森盯著自己的掌心，一臉驚恐。他結巴地說，是妳自己講話太過分了。幾秒後，許立森嘆了口氣，低頭，臉埋入掌心，說，我們兩個都冷靜下來，好嗎？妳看，這個小孩連生命都算不上，我們就為了他吵成這個樣子，我們以前不會這樣的。吳依光，我現在誠實地告訴妳，妳也知道我在關係裡有多麼重視誠實，我們不能生下這個孩子，他絕對會成為我們的災難。

吳依光問，難道就沒有一個選項是，我把孩子生下，我們為了他而努力？許立森迅速否決，他斬釘截鐵地說，沒有這個選項。妳為什麼這麼自私？非得用這個小孩來綁住我？所謂的為了他努力，不就是犧牲？我現在過得好好的，我不要犧牲。

許立森慘笑，又問，吳依光，妳愛我嗎？

吳依光流下眼淚，問，為什麼你現在要問這件事？

許立森別過頭，注視著牆上《愛在黎明破曉時》的海報，他最愛的電影之一。他說，吳依光，有時候我會想，妳跟我在一起，放棄美國，放棄排名更前面的大學，是為了愛嗎？對，我是虛偽，在讀書會高談闊論，時間一到還是乖乖跟父母伸手要錢。但，妳好到哪裡去？我至少是以自己的名義跟我父母要錢，不像妳，一直拿我當擋箭牌。許立森越說越激動，我是給父母養沒錯，但我不在意他們。妳呢，看似經濟獨立，生活自主，工作上，也得到很多肯定，但，我知道，我就是知道，妳始終沒有放下妳爸媽對妳說過的話，每一分，每一秒妳都沉浸在全世界我最可憐、沒人懂我的憂鬱裡，多麼標準的、布爾喬雅的小鼻子小眼睛。

許立森每說一句，吳依光就越覺得眼前黑了一階，她虛弱地抬手，說，我們都太激動了，說了一堆氣話，先這樣吧。許立森不領情，他狠狠地說，我是認真的，妳必須拿掉孩子。有了孩子，接下來妳是否會吵著要結婚？我父母會不會拿這件事，逼我快點離開學校？吳依光一愣，扯出痛苦的微笑，說，即使是這樣，有很過分嗎？許立森，你要逃避到幾歲？許立森瞪大雙眼，眼中的敵意彷彿看待一位仇人。他說，就算是要離開學校，我也不要以這種方式。吳依光，我說過了，人總是會越來越像自己討厭的人，妳現在是不是懂了妳媽當初逼妳去美國的心情？但她至少養了妳十幾年，妳有為我付過一毛錢嗎？沒有的話，妳憑什麼這樣控制我的人生？

30

手術前，吳依光走進一間香火鼎盛的廟宇。她沒有特定信仰。吳家鵬早年上過教會，但沒有持續，母親則是無神論者，她說，她的意志足夠堅定，不需要信神。穿著志工背心的婦人問吳依光要添油香嗎？吳依光找出兩百，遞給對方，接過那疊沉沉的金紙與柱香。她跪在四方形的拜凳上，雙手合十，抵著眉心，淚流滿面。世界上有那麼多信仰，祈禱的姿勢竟如此相似。吳依光對著慈眉善目的神懺悔，她的確心存僥倖，以為許立森就這樣退讓，和她結婚。

許立森的母親跟她約了見面，地點是一家連鎖咖啡廳，寒暄幾句，許立森的母親從手提袋裡掏出一只信封，要吳依光收下，裡頭是一疊藍色大鈔，整整有二十萬。吳依光深呼吸，感覺受辱，她推回信封，說，我不能收。許立森的母親靜靜地注視著吳依光，過了一會，她才輕聲說，我們很抱歉，許立森也是，妳不要看他那吊兒郎當的樣子，他是所有責任都想過了才做出這決定。拿掉小孩對女生身體不好，這個我知道，許立森跟他姊姊中間，我也拿過一個小孩。妳聽阿姨的建議，拿這筆錢去買一些中藥，或者是滴雞精補補身體。

眼淚沿著吳依光的臉頰流下，她愣愣地問，然後呢？

許立森的母親低頭，細聲說，吳小姐，妳也不要怪他，人跟人的緣分就是這樣，到最後不就是好聚好散。許立森也跟我們說過妳家的狀況，妳父母那麼優秀，應該也看不上許立森，快三十了，學位跟執照什麼也沒有。長痛不如短痛。是我們配不上。

吳依光踏出咖啡廳，手上握緊那信封。她仰頭望著天空，希望自己就這樣蒸發。

許立森沒有回覆訊息，他也搬離住了好幾年的地址，似乎打定主意就這樣此消失。出版社的工讀生陪吳依光去手術，女孩讀大三，從頭至尾，沒有細問一句。她攙著吳依光爬上公寓三樓，給吳依光蓋上被子，煮了一鍋雞湯，買了一些口味清淡的飯菜。她坐在房間唯一一張椅子上，寫自己的報告，不時起身，確認吳依光無恙，晚上十一點，女孩才在吳依光的堅持下，叫了計程車回到宿舍。

吳依光請了兩天假，第三天，她照常上班，照常開會，照常跟作者見面，她想，日子就這樣湊合著過下去了。第十三天，吳依光從住處的電梯走出，正要掏出鑰匙，母親在梯間等她。吳依光問，妳怎麼沒講一聲就來了？母親冷著臉說，來看妳是不是真的一個人住。不給吳依光反應的時間，母親一把抓過鑰匙，轉開了門。房間內沒有男人，但有更令母親抓狂的事。桌上有術後休養的提醒，垃圾桶內有這幾天喝掉的滴雞精、生化湯包裝袋。吳依光太憔悴了，沒有力氣提防母親最喜歡的遊戲：先讓孩童誤信自己可以隨心所欲，再突襲檢查。夢夢，王聰明，老闆，沒有一次倖免。

母親像個舍監般巡視房間裡裡外外，神情凝重。她回到吳依光跟前，指尖捏著一只包裝袋，問，妳去拿小孩了？吳依光雙手捂著臉，蹲下身子，放聲悲泣。她恨母親的直覺，恨自己的人生逃不過母親的眼睛。她也恨許立森，留她獨自收拾殘局。但她最恨的莫過於，男人會以各種方式離她而去，母親不會。

母親搖頭，把包裝袋扔回垃圾桶，折回廚房，洗淨雙手。吳依光以為母親會把握這完美的勝利，將她一舉擊潰。她失算了，母親的胸脯上下起伏，雙眼閃現悲傷，她呢喃低語，我該怎麼說妳？妳口口聲聲說妳很清楚自己要的是什麼，但，看看妳得到了什麼？妳把自己帶到多麼危險的地方？

母親拎起扔在沙發的手提包，說，這裡我一秒鐘也待不下去，妳好好反省吧。

母親狠狠甩上門，留下仍蹲在原地，半句話也說不出的吳依光。窗外的天色既深且黑。吳依光環視著房間，眼前景象竟有些陌生，彷彿她無意之間闖入他人的房間。她倒在地毯上，蜷縮起身子，手指托著腳跟，內心成了一座死城。她就那樣躺著，像是深諳死期將至的動物，不再掙扎，她睜著眼，躺到太陽再次升起。

又過了幾天，深夜十一點，失聯多天的許立森出現了，他沙啞地說，不要離開我。吳依光打開房門，許立森走進，踢掉拖鞋，搖晃地倒在沙發上，他扳著手指數，這幾天他獨自喝掉幾瓶威士忌，接著，他央求吳依光坐在他身邊。許立森發燙的指頭摩挲著吳依光的臉頰，低聲說出懺悔。吳依光注視著許立森，想起許立森的母親。也想起自己的母親，每一個人似乎都在受苦，她不懂為什麼。她沒有要傷害任何人。

許立森握住她的乳房時，吳依光閉上雙眼，她只想記住這一刻。腦中升起一個久遠的畫面，交往一週年，兩人出遊，手牽手漫步於沙灘，雙腳微陷，腳趾縫有沙，浪潮來回騷舔著他們的腳肚，海面上有一輪溶溶的明月，吳依光宛若受到魅惑，她鬆開許立森的手，一步步向前，水線上升膝蓋，許立森抓住她的手腕，把她往後扯，嬉笑著說，不能再往前了，妳想死在這裡嗎？

在那一秒鐘，吳依光又想起死亡，她想修正十七歲的那句話，世界太美了，就等他值得。吳依光慶幸自己活了下來，得以見證心中再也不恨誰的時刻。

讓她這麼想的人，之後卻在她的內心裡，植入另一種恨。

吳依光傾身向前，輕吻許立森，許立森的手指擦過她的耳緣，沒入她的髮間。衣物一件件掉在地上，許立森抱著她，說，先這樣，妳才剛動完手術。吳依光的雙手在許立森汗涔涔的後頸交握，她說，好，先這樣。我們睡吧。沒過太久，許立森發出規律的鼾聲，他睡著時像個男孩，和平，不搗蛋。吳依光捨不得睡著，她淚光閃閃地看著許立森，瞬間，永久。再次睜開眼睛，吳依光聽見水聲，浴室的燈亮著。被單有汗與酒精的氣息，她也睡出了一聲熱汗。許立森跨出浴室，坐在床沿擦拭頭髮。吳依光半瞇著眼，偷覷許立森那幾乎要刺穿皮膚的骨頭，他一焦慮就會食不下嚥，這段時日大概掉了幾公斤。許立森轉過身，吳依光閉上眼，許立森眼神行經之處都捎來一股熱氣，尤其是眼睛，好像有誰拿著一根羽毛撫刷她的睫毛。吳依光才要張眼，就聽到一聲嘆息。許立森站起身，穿上衣服、長褲，他的動作很輕，沒製造多少聲音，在他壓下把手時，吳依光心中浮現一個再也清澈不過的預感——她再也不會見到這個人了。吳依光喚住許立森，許立森轉過身，問，妳醒了？

吳依光問，你要去哪？

許立森迎向吳依光的注視，說，我可能先回家，再來看接下來該怎麼辦，我也許會暫時去我爸媽的火鍋店幫忙，雖然我不知道我能做什麼，這幾天我想了很久，我的確不該一直躲在學校。吳依光又問，那我們呢？許立森沉吟半晌，說，我很清楚我對妳做了多過分的事，不只一次，就像現在，明明是我吵著要見面，天一亮又急著想逃走。我是個爛人，我猜妳一直以來都知道我跟讀書會的女生搞曖昧，但妳總是假裝什麼事都沒有發生。妳知道嗎，妳這麼卑微，卑微到我偶爾會怕。妳的世界，是不是除了我以外，再也沒有別人？跟妳交往第一年，妳說過，從以前到現在，妳常常突然覺得人生很空虛，遇到我之後，這樣的感覺才慢慢消失。我以前喜歡這些情話，後來不喜歡了，我只是個普通人，我承擔不了這麼重的責任。

說到後來，許立森幾乎是泣不成聲。

吳依光哽咽了一會才發出聲音，她說，我很抱歉，我想，我們再也不要見面了。

隔天，吳依光的住處出現了意想不到的訪客，吳家鵬。從貓眼望出去，吳家鵬的身影因鏡面而顯得滑稽。吳依光拉開門，對父親的現身既是忐忑，也有困惑。吳家鵬不太自在地詢問，我可以進去坐坐嗎？

吳依光往後退一步，勻出空間給父親。她提醒父親，鞋子擺在地上就好了。沒有穿鞋椅，吳家鵬只好一手扶牆，一手扣著鞋跟，脫下皮鞋。房間只有一張椅子，吳家鵬坐在那張椅子上，肢體僵硬。水壺裡的開水沒了，吳依光從冰箱拿出罐裝綠茶，倒入兩只馬克杯。吳家鵬雙手接過那只本來專屬許立森的杯子，說了聲謝謝。他問起房租、房東的職業以及電費計算方法。吳依光考生似地一一回答。

吳家鵬低頭喝了一小口綠茶，握著杯子，吞吐地表明來意。他說，這幾年，只要妳想做什麼，爸爸很少管妳。對吧？妳是我跟妳媽唯一的小孩，妳媽對妳有很多期許，我想說一個人逼妳就夠了，我的任務是保持中立。吳依光頓了一下，以她的經驗，她分不出這和置身事外有什麼差別。

吳依光什麼也沒說，耐心地等待父親說下去。高中之後，父女倆很少像此刻這樣，面對面談一件事。即使是更早之前，母親出差，家中只剩父女倆，他們的問候也停留在表面。吳依光想過，如果她是一位男孩，吳家鵬是否會更樂意分享他的人生？

有些故事，性別是一道門檻。就像有一次，吳依光接到遠在波蘭拜訪客戶的母親的電話，交代她得將椅墊拆下，清洗。吳家鵬做不到敲女兒的房門，提醒她，她的衛生棉沒有鋪好，經血滲入餐桌的椅墊。他請妻子轉告。

吳家鵬雙手交握，說了下去。可是這一次，妳實在是有些超過了。我年輕時也一天到晚想要反抗我的父母，想讓他們知道我才是對的。不過，我實在看不懂妳的反抗有什麼意義。之前妳跟飲料店老闆弄成那樣，我們很生氣，最後不也是原諒妳了？我們還是有在為妳著想，想把妳導回正途，妳以為美國的學費很便宜嗎？妳媽前幾天有來找妳，對吧，我不曉得妳又做了什麼，但她回到家以後，把自己關在房間，哭了很久，妳也知道妳媽不怎麼哭的。我這次來找妳，是想問，十八歲到現在，七、八年有了吧，可不可以到此為止了？我們給妳自由，妳卻把自己活成這樣。

吳依光靜默，只剩下紊亂的呼吸。

在她印象中，母親不哭，也不喜歡見到別人哭。她說，哭是一種危險的自溺。與其哭泣，不如冷靜思考如何脫離險境。這樣的母親，為她打破了規矩。

吳依光問，那我應該怎麼做？她的語氣很平淡，像是誠心的徵詢。吳家鵬眉頭一舒，沒有掩飾如釋重負的心情，他說，回去問妳媽，沒有人比她更理解怎麼做對妳最好。妳要知道，從妳出生，妳媽最重要的心思都在妳身上，她不會害妳。

吳依光送父親下樓，吳家鵬說，到電梯就好了，不讓吳依光再陪他多走一段。他似乎也被兩人間濃稠的情緒給困擾，急著走避。

接下來一整天，吳依光再也無法從事任何事情，腦中走馬燈似地展現她各個時期的遭遇。說不定她的確罪惡深重。每個孩子都是在母親的劇痛中誕生，但她並未給母親帶來相對應的快樂與榮耀。

父親前來，指出一項真理：有些人不適合擁有自己的人生。她錯解了十七歲那年的機運，活著本身不是什麼承諾，絕望時仍選擇活著才是。她歷經掙扎，卻比啟程時更一無所有。她想，也許回家並沒有她想得那樣差勁，至少那裡有人真心地為我掉眼淚。

31

吳依光兩年前曾走入輔導室，再次造訪，看見將近全新的草綠色沙發，她不免疑惑，之前那張嚴重褪色的黑色皮沙發到哪兒去了？簡均築莞爾一笑，似乎猜出吳依光的問題，她說，爭取到經費，就把之前的破沙發換掉了。

簡均築問，想來杯咖啡，還是柚子茶？我這裡也有日本買回的白桃烏龍。吳依光說，除了咖啡，都好。簡均築移動到洗手臺前，從旁邊木櫃整齊排列的瓶瓶罐罐中取出金色的茶罐，從中揀了兩個茶包。過了一會，吳依光手中多了一杯熱茶，暖意沁入掌心，又沿著血流擴散至手腕。吳依光說了聲謝謝。

簡均築說，輔導主任就是要做這些事啊，泡茶，聊天，認真來說，我們的職業很像里長伯呢。說完，她抽了一張衛生紙，擦拭滿布落塵的桌面。

吳依光說出在意已久的問題：如果鍾涼沒有問，妳還會說出學姊的故事嗎？

簡均築聳肩，說，我不知道，也許會，也許不會。我說不定也想更嚴肅、更客觀，不過，好難，那天不知道為什麼，我一直想到二十幾年前的自己。要說學姊的死改變了我的人生也不為過。最早，我只是單純地因為學姊選擇自殺，覺得自己被傷害了。一年、兩年過去，我漸漸覺得，不能好好聊這件事，也是很大的傷害。那個年代沒有什麼心理輔導的概念，人們常說，不要說傷心的事。我只能獨自面對，看時間能不能沖淡一切。但傷口還是在那，放著不管，即使好了，也會有後遺症吧。我現在仍想不清楚，一個人身體受傷了，我們會希望他得到良好的治療、照顧，會勸他復健，但為什麼內心受的傷，我們只會建議那個人什麼都不要做？最好假裝沒事？

吳依光把杯子放在一旁的邊桌上。

若母親在場，必然會反駁簡均棨的說法。母親認為，誰沒有經歷幾件慘事呢？同情自己，一點用處也沒有。她也說過，有些人之所以徘徊於傷痛，在於他們之後沒有為自己創造、爭取理想的回憶，好覆蓋之前的苦楚。她就是這樣克服的。

吳依光跟簡均棨說明了自己和夢露、王澄憶和李儀珊等人談話的過程。她坦承，自己並不能整合三個人的說法，才前來詢問簡均棨的意見。簡均棨反問，那吳老師怎麼想呢，妳來找我，不只是想聽我怎麼想，應該有自己想說的吧。

聞言，吳依光在前來路上，跳得飛快的心，停止了躁動。她看著簡均棨，深信對方身上必然有魔法，能夠在幾秒內營造出一種氛圍，一個空間，或是一口樹洞，阻絕外界的吵鬧與窺探。吳依光被下咒似地說，簡老師，我不知道自己該不該跟妳說這個，不過，我在其華女中的最後一年，也打算做出跟蘇明絢一樣的事。

簡均築並沒有露出吃驚的模樣，她柔聲問，那時，吳老師在想什麼呢？

吳依光搖了搖頭，說，決定前我想了非常多。我感覺自己對世界充滿絕望，跟憤怒，這兩種情緒占據了我的內心。奇怪的是，做出決定之後，我的內心恢復了平靜，好像是覺得，所有的痛苦，終於，全部要結束了。那時，我覺得母親是我痛苦的來源，我再怎麼努力，在她眼中，就是不夠好，她始終期待我能像她一樣，各方面都很優秀，體面的工作，正常的家庭，還有纖細的身材。現在回去看，也不只是這樣，更像是一種害怕、焦慮，我不喜歡我母親的想法，但，如果她是對的呢？如果整個社會就是這樣想的呢？我是誰，一點也不重要，重要的是我有沒有長成某個樣子。十七、八歲，就好像昆蟲結蛹，介於毛毛蟲跟蝴蝶之間，我知道自己快成為蝴蝶了，但我看著身邊的大人，覺得蝴蝶好醜，我寧願在蛹裡窒息。這只是我的想法，至於蘇明絢是怎麼想的，我無法揣測，即使想過一樣的問題，不代表我可以理解她。

簡均築眼中泛起感傷，她說，沒錯，所以我也不能篤定地回答妳，怎麼想才好……聽起來每個部分都有那麼一些小問題，家庭、校園，包含全部的社會。我倒是可以說一下我在輔導室待了這麼多年的經驗，很多時候，我們見到的只是表象，並不能代表什麼。以蘇明絢來說，很多同學都說她看起來很好，沒有異狀，社群上的文章也都很正常。然而，誰可以保證那就是最真實的蘇明絢？

吳依光點了點頭，不敢喘一口大氣，簡老師說的每一句話都透著神祕的靈光，她想要全神貫注地感受這些靈光在她的腦中激起的火花。

簡均築又說，自殺的動機有很多種，我們最不敢去面對的是，所有動機都有一個共同的元素：結束痛苦。感受痛苦，是人類與生俱來的設計，但若生命只剩下痛苦，容不下其他的情緒和事物，那麼，似乎也沒有別的出路了。我相信我的學姊獨自待在房間時，也是這樣想的，痛苦主宰了她全部的感受，她能做的事就是停止感受。就像吳老師的譬喻，蛹，停在這，不確定會不會變好，至少不會更壞了。回到蘇明絢，蘇明絢看起來很好，不表示她內心也一樣好，有時這才是最困難的部分，妳有沒有注意到，現在的學生，想法跟我們有很大的差異？

吳依光想了一會，坦承，我有時會這樣想，但我不確定自己可不可以這樣想。我讀書時有些老師也會這樣說，但他們的結論幾乎都是我們沒上一代好。

簡均築半瞇起眼，笑了。她說，每一個世代，要說沒有差異是不可能的。物質基礎完全是不同的水準，精神感受怎麼可能不受影響？現在的青少年很早就使用社群，習慣在非實體的空間分享一切。我注意到他們習慣把自己分得很多層。很多學生擁有不只一個社群帳戶，公開的，半公開的，只有少數幾個朋友，或澈底匿名，不讓任何人知道的。在不同的帳戶展現不同的自己，長期下來會有什麼影響？現在的教育強調認識自己，但，什麼是自己，公開的那個？半公開的那個？還是匿名的那個？如果這些自己，個性不太一樣，又要認識哪一個呢？我們這代人認為「表裡不一」是缺點，年輕人也這樣想嗎？說不定他們覺得「表裡不一」才是最正常的。既然這樣，也表示他們比我們還早就認清一件事情，每一刻都可以是表演，不代表本人的心聲。我舉個例子，我們都經歷教師甄試，平心而論，那時候的我們究竟是在表現自己，還是在表現主考官想看見的模樣？

聞言，吳依光笑了，她說，當然是後者。

簡均築點頭，說，教甄、面試，不會天天發生，但社群他們天天都在使用，放學了，社群上的影響還在，沒有一刻可以喘息。這幾年看著來輔導室的學生，在我面前哭得慘兮兮的，在社群上又是另一種模樣，又會讀書、又會玩、還很會social。然後，別忘了還有父母，我們的文化，始終賦予父母很大的權力，決定小孩的很多事。父母的期望、社群的看法，還有自己內在的聲音，這些元素往往相互衝突，有時超過了內心承受的範圍，人就突然消沉了、憂鬱了，蘇明絢說不定也是這樣，只是她沒有給任何人看見她哭得慘兮兮的那一面。

吳依光問，為什麼她要這樣做？

簡均築搖了搖頭，我也沒有答案，或許蘇明絢本人也不知道。有無限多個排列組合，人就是這麼複雜的生物。她決定隱藏自己的痛苦，在外人面前展現出完好無恙的那一面。再來是青少年的大腦千變萬化，一個刺激就能讓他們走向極端，蘇明絢受到什麼刺激？她在極端又看見了什麼？沒有人可以代表她。我只希望大家別輕易地說，青少年就是這樣。這句話本身沒有錯，青少年是個特殊的階段，正因為他們就是這樣，我們這些成人不能只是這樣，我們得做些什麼。學姊走了以後，很多人說她蠢，說她意氣用事，我承認我也這樣想過，但又覺得這樣說學姊，對她很不公平。若學姊今天是因為生了重病而燒炭，這些聲音應該會少很多吧。人一輩子的煩惱夠多了，還要被區分成有意義的煩惱，沒意義的煩惱，無論有沒有意義，煩惱就是煩惱，對內心造成的傷害是分不出輕重的。如果現在可以跟學姊說一句話，我會說，學姊，我還是想念著妳，每一天。

吳依光咬著下唇，看著簡均築，問，所以沒有一個答案？

簡均築苦笑，是的，沒有一個答案。我不認為誰可以完全地理解一個人，到最後我們可以回答的只有自己的人生。喔，對了，雖然很突然，但我想說另一件事，若不是學姊，我不會去考心理與諮商研究所，我大學是讀化學系的，看不出來吧。

簡均築有些調皮地眨了眨眼。

吳依光難掩氣餒地嘆氣，說，這種沒有答案的感覺，不是很好受。

簡均築又笑了，她說，這是我們必須經歷的。如果一句話，一個理由就能說明一切，實在太小看我們的心了。我的工作，有一項任務是提醒大家，知道的事情，就說知道，不知道的事情，就說不知道吧。

吳依光複述了最後一句話，不知道的事，就說不知道吧。

簡均築點頭，吳老師，妳現在有好一些了嗎？

吳依光低頭，不想看清簡均築是以怎樣的表情傾聽她接下來的話語。她說：怎麼樣才算是好一些？原本，我最想做的事情是證明蘇明絢的死與我沒有關係。簡主任，妳也看得出來吧，我對老師這個職業沒什麼熱忱，就當成一份還算可以的工作。我知道自己是個無聊的老師，不過，我也不打算改變什麼。我好像在某個年紀，就開始只用一半的精神活著，另一半在做什麼？可能也沒做什麼。這幾年我常常覺得混亂，工作不太順利，我私生活也有不少狀況，蘇明絢的死好像成了壓倒我的最後一根稻草，我覺得自己被澈底否定了。

說完，吳依光抬起眼，簡均築朝她微笑，眼神裡沒有任何審判的意圖。

簡均築伸了個懶腰，再次起身，給兩人的杯子注入一些熱水。

簡均築說，吳老師，我相信一個人的死亡，勢必會改變他身邊其他人生命的軌跡。我自己認為，我在輔導室的每一天，都是對學姊的紀念，不是她，我現在人應該在某間藥廠的實驗室。蘇明絢的自殺也可能在某個層面，改變了妳的生命的軌跡。哎呀，跟妳說著說著，我突然想回去找指導教授，討論我以前想了一半的事。

吳依光吸了吸鼻子，問，我可以知道是什麼事嗎？

簡均築笑了，彷彿這個問題令她很愉快，她說，之後再跟妳說。今天夠了。

吳依光向出版社遞出辭呈時，總編輯特地慰留她，問，為什麼，妳做得很好。吳依光說，謝謝，我也過得很開心，但我必須要走了。

母親只接受完整的臣服，她得把自己歸零，抹除上頭的使用痕跡，再把自己交還給母親。逃家多年，盤纏用盡，啟程時的目標已瓦解。縱然再也不能為自己的心而活，吳依光也願意，她封緘了她的心。沒人提醒過她自由的副作用，自由同時表示著為自己負責，快樂跟不快樂都是自找的，出了差錯沒有他人可以責怪，只有自己。

吳依光跟母親說，從今以後，妳叫我做什麼，我就做什麼。

工作跟婚姻就是這麼來的。

結婚前幾天，母親把吳依光叫過去，要她許諾，永遠地隱瞞謝維哲，許立森跟手術的事。吳依光同意。即使母親這樣迂迴的說明，令她有些難堪，她也無所謂。

母親夠體貼了，她一直隱瞞著父親。

她只有在偶然的時刻，會想起，曾經，她也是有心的。有時，下午喝了太多茶，或是學校的事惹她心煩，失眠饞了上來，吳依光會拉開棉被，走下床，移動至書房，扭開桌燈，讀一些她從來讀不完的小說，像是普魯斯特的《追憶似水年華》。研究所同學以極低的價格出售，全七冊，附書盒。這麼多年來吳依光的進度始終停在第一冊，繞不出斯萬家，怎麼樣還是那一套熱茶跟瑪德蓮。兩次搬家她都沒有扔棄這些書。每一次翻起，她依舊對作者長河般的敘事感到新穎、不可思議，有那麼幾秒，她會從一群說著法語的角色們抽身，回頭凝思自己的人生。

她很難說母親的規劃哪裡不好。其華女中是所好學校，謝維哲是個好人，老師，可以說是一份好工作。有時密集的人際往來令她感到吃力，但一年兩次的假期，倒也允許她靜靜養回體力。吳依光想像五十歲的自己，過著差不多的生活，身邊是同一個人，兩個人都老了些，長出白髮，走路拖泥帶水，有一個孩子，或許兩個。

吳依光至今釐不清人為什麼要生小孩。婚禮結束沒多久，母親曾獨自來找她，交給吳依光一本存摺，一張提款卡，存摺上頭貼著一張寫了密碼的標籤。裡頭有將近七位數的現金。吳依光問，為什麼？她很清楚母親分配金錢的謹慎，慷慨的贈與都附隨著沉重的義務。母親說，聽說現代人要生孩子不容易，如果一年了肚子還是沒有動靜，就去找醫生吧。吳依光又問，為什麼非要孩子？母親睨她一眼，說，為什麼不？沒有小孩，老了誰來照顧妳？給妳送終？

聞言，吳依光雙臂生涼，冒出幾粒疙瘩。她想，難道這就是父母設下這麼多條件的原因，上半生，他們求的是體面，下半生，他們要的是忠誠。孩子為父母所造，難怪哪吒拆骨還父、割肉還母，「還」字不就象徵此身非孩子所有？吳依光沒有哪吒的本事，只能繼續借用著這生命。母親說，社會每個人都是這樣想的，不然生小孩有什麼好處。吳依光相信母親是對的，更精確地說，錯的人總是她。

流產之後，吳依光嘗試再懷上一個。

百合的出現，令她有了動搖。百合口中的謝維哲，吳依光好陌生。蘇明絢的自毀，也迫使吳依光陡然驚醒，她這才明白，自己渾渾噩噩好多年了。十七歲她渴望毀滅整個世界，如今，活了另一個十七歲，竟只剩下心如止水。若與十七歲的自己相見，她要如何賠罪，說，抱歉。

我以為我活下來了。但我並沒有。

32

吳依光把過程全無保留地告訴何舒凡，她跟每一個人的對話，以及那些紙條。何舒凡問，妳認為紙條是誰寫的？吳依光搖了搖頭，下一秒，她點了點頭。她說出一位學生的名字。何舒凡並未流露詫異的神情，相反地，她說，有一次，午休完那節下課，我看到她走進休息室，在妳桌上放了一個東西。我沒有想太多，她是妳的小老師，大概是妳有請她做事。不過，妳為什麼認為是她？

吳依光考慮了一會，說，我有時覺得她看我的眼神……有一股情緒。她母親來學校找我之後，那股情緒比之前更明顯。要我形容的話，我會說是失望……。再來是，最近一張紙條，特地寫到蘇明絢，雖然蘇明絢跟很多同學交情都不錯，但熱音社這樣的細節，我認為需要更進一步，至少要到接近「摯友」的程度。

何舒凡雙手交握，語帶疑慮地問，妳會去找她談嗎？

吳依光點頭，說，以前我可能會假裝沒事，但我不想再這麼做了。

何舒凡抿脣微笑，說，妳好像振作起來了，我好擔心這些事會壓垮妳。

吳依光嗯了一聲，說，我可能差點要被壓垮了，不過，看著夢露跟王澄憶，她們這麼痛苦，還是站出來，承擔她們能夠承擔的部分。我從她們身上學到很多。

何舒凡認同地點頭，說，很多人說現在的小孩太敏感了，但有些事只有敏感的人才做得到。三人行必有我師焉，以師生比來說，我們從學生身上學到事情，比學生從我們身上學到事情，機率大多了。

說完，何舒凡低笑起來，說，我怎麼可以想到這麼天才的話。

吳依光心頭一輕，她說，當妳的學生，比當我的學生還幸福多了，妳比我有趣多了。

何舒凡止住笑聲，說，不，千萬不要這麼想，我們常說要尊重學生不同的特質，既然如此，他們身邊的大人也應該要有各種樣貌才是。

吳依光再次讚嘆何舒凡的機智。

她知道如何安慰一個人，又不讓對方若有所失。

何舒凡說了下去，即使制度沒有改革，改變也早就開始了，現在的學生，距離知識有時候比我們還近。之後，衡量一個人適不適合當老師的標準，絕對跟現在不一樣。整個教育的環境也會不一樣。班級人數最好少一半，教室的設計也要打掉重來。還有班導，這項工作應該是專職，就像麥田捕手，這些人的工作就是在懸崖邊守望，如果有學生朝著懸崖狂奔，這個人就負責衝出來，把學生一把抓住。我相信現在的學生比以前更有理由朝著懸崖狂奔，更需要有人把他們抓住，跟他們說，哎呀，你怎麼了，要不要聊聊。老實說，我不想當麥田捕手，我知道，在很多人眼中我可能已經在當這個角色，但我不想。我很擅長，但我不喜歡。

吳依光吐了口長氣，眨了眨眼睛，說，妳從來沒有跟我談過這些。

何舒凡抓了抓頭髮，苦笑，她說，這個環境，待得再久，交情再好，還是不確定什麼能說，什麼不能說。不過，妳都跟我講紙條的事了。哎，除了美食跟團購，我偶爾也是會想正經事的。像是，當老師第一年，我告訴自己，不要成為小時候那種只會教學生劃線、必考重點打三顆星星的老師。我鼓勵學生在課堂多發表意見，不過，每一年，總有幾個學生埋怨這樣的風格，還有父母打給我，說我把上課的義務扔給學生，造成小孩很大的壓力。很長一段時間，我很迷惘，想說給你們這麼多空間，你們為什麼不珍惜？難道你們要回去那個填鴨式的教育？

吳依光沒想過何舒凡有這樣的掙扎。

在她眼中，何舒凡做為老師，向來是游刃有餘、深受學生喜愛的。

何舒凡頓了頓，才慢慢地說，我後來是在游泳池想清楚整件事。我每一次經過學校的游泳池，都會停下來看，我喜歡看人游泳，那是個好奇妙的狀態，聽覺、視覺、觸覺都跟平常不太一樣。我也喜歡看學生游到盡頭，轉身、蹬牆，有些人一蹬就游好遠。一天，我想到為什麼要蹬牆？為了那個反作用力對吧。突然我釋懷了。少了那道牆，前進是很困難的。我直接移走了學生的那道牆，希望他們感恩，卻忽略了他們也失去了一個具體的目標。以前我們不自由、不幸福是理所當然的，那道牆阻止我們游下去，框架制約了我們，現在呢？我們跟學生說，你是自由的。這句話暗示什麼？如果你沒有活得很精彩，抱歉，那就是你的問題了。那天起，我不再覺得現在的小孩好命了，每個時代都需要一道可以抵制的牆，如果牆不在了，動力怎麼來呢？那些不喜歡我教書風格的學生，再也不會讓我覺得困擾了，他們至少表達了自己不喜歡什麼。我擔心的是那些假裝一切都很好的學生。

33

我們需要談談。吳依光一說完這句話，謝維哲立刻從餐盤裡抬起頭。吳依光選在星期五的晚上，如此一來，無論他們是否形成共識，都有週末兩天收拾凌亂的情緒。

謝維哲冷靜地說，妳要談什麼？他的神情帶著點戒慎，吳依光不禁猜想，謝維哲說不定已從她連日的疏離拼湊出她要談的事情。她說，我最近在考慮離婚。

謝維哲眉頭輕輕一抬，手悄悄握成拳，問，我可以知道原因嗎？

百合兩個字，就像噎在喉嚨的糖果，只要吳依光身子稍微前傾就滾出嘴巴。但，她琢磨了好幾天，百合不是原因，而是結果。她說，我們兩個當初好像只是覺得應該要結婚，就結婚了，生小孩也是。

謝維哲蹙眉，說，我以為這是我們都想要的結果，我們那時也不年輕了。他的語氣很中性，沒有控訴。

吳依光說，對，但我現在不這樣想了。

謝維哲頓了頓，問，妳有喜歡的人了？

吳依光搖頭，反問，你呢？

謝維哲一愣，抓了抓頭髮，說，我怎麼可能。

吳依光沒有戳破這個謊言，她拋出另一個問題，雖然我們是介紹認識的，不過，你會答應結婚，應該表示我在你心中至少有及格吧。我可以問，及格的部分在哪裡嗎？

謝維哲欲言又止，他似乎沒想過這個問題。過了好一會，他說，妳是一個很好的對象，各方面都沒有什麼問題，工作，家庭，個性。我那時覺得，要跟妳共度一生，似乎沒有很困難。

吳依光又問，那，你愛我嗎？

謝維哲身子一僵，有些緊張地說，那妳呢？我愛我嗎？我不覺得妳對我有什麼感情，但，那重要嗎？我們不也這樣走過來好多年了？我以為，一段婚姻，最重要的應該是，兩個人能否相互扶持。吳依光，我們是同類人，第一次見面，我就看出來了。謝維哲的語氣有些急了，吳依光很少聽他一口氣說這麼多話。

吳依光搖了搖頭，說，我本來也以為是這樣，但其實不是。

謝維哲舉起雙手，做出投降的姿態，說，妳要這樣說，我也無能為力，但，有必要離婚嗎？這幾年我們相處沒有出什麼問題。

吳依光輕輕地糾正，那是因為我們基本上相處的時間很少。

謝維哲說，那是因為我們都要工作。

吳依光定定地看著謝維哲，說，你明明知道工作不是最主要的原因。真正的原因在於，我們都很清楚這段婚姻或多或少有跟家裡交差的用意，就像一起完成專案的同事，所以我們不敢認真地相處，怕跨過了同事的那條線。好比說，你知道我跟父母的關係不對勁，這麼多年來你也沒問，我們怎麼會變成這樣。

謝維哲為自己喊冤，他說，我以為不問才是對的。像妳說的，我們是被介紹認識的，跟其他夫妻比起來，沒有太多戀愛的過程，半年就快轉到結婚。我不確定自己有什麼立場過問妳的事。

吳依光說，就算你不是先生，是普通朋友，你都可以問。

謝維哲倉促地改口，如果妳想要我問，我以後就會問，先別急著跳到離婚好嗎？這段關係沒有這麼不值得吧？還是說妳其實不想生小孩？

一股熱氣自腹部飄升，吳依光感覺得到血液倏地湧入臉頰，鼻子，和眼周。看著謝維哲滿頭大汗地詢問和辯解，吳依光感到荒謬，太兒戲了，兩人到了這一刻他們才像是正常的戀人，眼神交會，嘗試釐清對方的感受，確認對於未來的規劃是否一致。四十歲多一些的謝維哲，臉上浮現被扔棄的神情。幾個月前，這樣的神情應該可以打動吳依光，令她回心轉意，決定把整齣戲演下去，或，至少，別成為那個讓人傷心的人；但此時季節不知不覺地變換，颳起陌生但溫暖潮溼的風，吳依光尚不清楚自己要往哪裡去，但她至少知道她不能再蹉跎下去。時間有限，時間向來有限。

吳依光說，跟小孩沒有關係，而是我想要被愛。你了解嗎？我想要這樣的東西。

語落，謝維哲生硬地別過頭，他的肢體動作指出了答案，他做不到。

見狀，吳依光骨頭裡經年累月的鬱悶都消失了，這一秒她成了無限輕盈之物。這是百合教會她的事。過去幾個月，她跟百合見了幾次面，百合時而歇斯底里地哀求，時而清醒地說，她得停止自欺欺人，她在謝維哲心中，雖然特別，但不重要。

吳依光起初以為謝維哲愛上了百合的年輕，這裡的年輕並非純粹指涉身體，也包含心靈的煥然。吳依光終日給青春的少女圍繞，不只一次從她們的舉止、談吐，感覺春光再次拂照，思想重回到有一些忐忑，不確定的心境。就像她年輕時。但，看了百合數次，吳依光有了新的假設：謝維哲愛上百合，說不定答案很簡單，那就是百合非常愛他。百合愛謝維哲，這點無庸置疑，從她的錯亂、不一致，與掙扎，吳依光不至於分辨不了。謝維哲是當事人，應該知情更深，否則他不會向百合說起版畫。那不是一個可以說給任何人聽的普通故事，就像小孩也只允許少數人走進他的房間，欣賞他珍貴的收藏。吳依光眼睜睜看著百合抹掉眼淚，無比自厭，又戒除不了，內心竟翻滾出奇怪的念頭，她又羨又妒，她跟謝維哲之所以成婚，有一部分建立在沒有人愛他們，如今謝維哲有人愛了，吳依光卻依然活在和許立森說再見的那個清晨。

她後來看著百合，心境卻已不同，有些人以冤家的角色登場，但走到最後一幕，你才後知後覺，他們以私己的人生，向你展示了語言難以捕捉的至理。

謝維哲嘆了口氣，說，我們都不年輕了，妳確定要這樣？

吳依光說，我知道，但若以平均壽命八十幾歲來說，我連一半都不到。從現在起，我想要盡可能地對自己誠實，等到五十歲，我可以告訴自己，我已經對自己誠實十五年了。再到八十歲，我可以說，我這輩子對自己誠實的時間，比不誠實還要長。

吳依光說出了百合的名字。

謝維哲錯愕地睜大眼，下一秒，他羞愧地道歉，說，我可以解釋，我跟她的關係很早就結束了，我知道我必須對這段婚姻忠誠。

吳依光制止謝維哲說下去，她說，沒有關係了，我之所以說出來，不是為了怪罪，而是希望你也對自己誠實。我們不是因為誤解而在一起，而是那時我們相信自己只能、也必須這麼做。我相信婚禮時我們的微笑是真的，至少我那時想著，我解脫了。有些事，我應該跟你說的，但我從沒說過。十七歲，我非常想死，我那時相信，這是我唯一決定自己人生的方法。但我沒死成。十八歲，我跟一位大我十幾歲的老男人在一起，他甚至聽不懂資本主義，我不在意，我只想要有人愛我。除了那個人，沒有人對我這樣說。二十歲，我跟一位學長在一起，六年後，我拿掉他的小孩，陪我去動手術的人不是學長，他躲起來了。你說，我跟你是同類，不，不是的，我曾經希望我是，但現在我不想再假裝了。我受夠了。我很孤單，但我假裝沒事，我知道你也是。在這部分我們才是同類。

34

母親在餐桌上宣布，梅姨即將要獨自返回臺灣，並且住上半年。聞言，吳家鵬歪著頭，說，聽起來不太對勁，小梅有跟妳說她要處理什麼事情嗎？母親聳了聳肩，說，不知道，她在電話裡神祕兮兮，說什麼回來再面對面告訴我。我猜，不是生病，就是跟威廉怎麼了。吳家鵬眉頭一聳，看似不很認同，他說，六十歲，還能怎麼了。母親還嘴，怎麼不能？別忘了他們在美國，美國人的字典裡沒有容忍兩個字。吳家鵬悶哼了聲，拿起手機，看了一眼，彷彿他仍跟過去一樣得處理公司要務。

吳依光看得出吳家鵬動作背後有幾分表演的意味。三年前，母親被提拔為亞洲區的負責人，底下管理兩百多人，父親則被調離了公司決策團隊。

母親繼續說道，如果小梅跟威廉吵著要離婚，只能說好險爸媽不在了，這件事會給他們帶來多大的打擊。吳依光參與了話題，她說，這個時代，離婚沒有那麼嚴重了，我身邊有些朋友也離婚了。吳家鵬使了一個眼色，示意吳依光別再說下去，但，母親聽見了，她輕哼，說，我們講的事沒有衝突，離婚的人再多，也不會改變一件事，這是件家醜，難道妳那些離婚的朋友很驕傲？

吳依光回，他們不覺得驕傲，但也不至於覺得丟臉，就是一個過程。

母親挑起一邊的眉頭，說，這就是妳那些朋友的問題了，他們應該要覺得丟臉。

吳家鵬制止母女倆再說下去，他轉移話題，說不定小梅只是回來度假，我們何必在這裡亂猜呢？對了，謝維哲呢？他今天怎麼沒跟妳一起回來？

吳依光臉不紅、氣不喘地說，他今天跟同事聚餐，很久以前約好的。

吳依光沒說謊，但也沒有說出完整的詳情。她跟謝維哲離婚了。前往戶政事務所的那天，天空萬里無雲。謝維哲展示了風度，他說，在吳依光找到新的落腳處之前，他不介意讓出主臥室，他自己先住書房。少了夫妻的身分之後，不僅是吳依光，謝維哲也散發出某種清爽的氣息。謝維哲打了電話，告訴父母兩人的決定，謝維哲沒有轉述父親埋怨了什麼；芳的反應倒是意味深長，她告訴謝維哲，自己很早就有這樣的預感。芳安慰兒子，來日方長，她這幾年也慢慢領略兒孫自有兒孫福的道理。

和父母告別，吳依光返回家中，書房門縫底下流溢黃色燈光，吳依光想敲門，跟謝維哲傾訴她對梅姨的擔憂。手指即將輕敲門板時，她縮了手。

她還不確定，不是「夫妻」之後，她跟謝維哲是什麼。

八歲到十七歲，每年吳依光都會前往美國，跟梅姨一家共度暑假。

母親交予的任務是「英文得練到夢話也是用英文說的」。她跟梅姨都對於下一代的語言抱持著某種野心。母親一再重複她對吳依光的規畫，包括送到美國讀碩士，若吳依光對學術有興趣，想讀到博士，她也願意資助。梅姨則認為未來美國的就業市場，雙語是基本條件。多數日子梅姨像是姊妹倆的陪玩姊姊，只要一聊到中文教育，她就會搖身一變，成為嚴格的母親。梅姨一度試過自己教，但效率低落，索性改請昂貴的家教，訓練她們讀寫中文。梅姨數度打電話跟姊姊訴苦，說，沒想過中文字這麼難，以前我們到底是怎麼記得那些筆畫跟順序。母親說，還記得我們國小每天至少得花一個小時寫字跟訂正吧。吳依光的房間有一疊姊妹倆寫給她的信，字跡奇醜，據說是在家教老師的監督下寫成。對方是一位二十歲的女孩，在距離梅姨家約二十公里的大學讀書，移民第二代，父母在一家華人超市工作。梅姨說，這位家教加深了她的信念，喬伊絲跟愛琳日後的競爭力怎能不贏過只看得懂自己中文名字的華裔美國人？

吳依光對美國的理解是，平房住宅、車庫、後院、分量大得驚人的餐點、體型大得驚人的狗狗、各種口味的冰淇淋、由義大利人送上餐桌的義大利料理。至於抽象，不可視的部分，吳依光會說，美國人隨時隨地都在發表意見、製造聲音。店員會在結帳時讚美妳的洋裝真是美極了，她的兩個表妹隨時隨地都在哼歌，跟著節奏搖擺肢體。吳依光每一次抵達美國，都得花上幾天適應。

她跟喬伊絲聊過這件事，喬伊絲說，姊姊，我也有注意到妳好像不太喜歡講話。吳依光不認同地說，不，明明是妳們太喜歡講話了。她隱隱意識到，在美國，人們講話時並不會反問自己，他們的意見值得嗎？他們直接說了。

升高二的暑假，吳依光撫著滿是軟肉的小腹，心中滿是罪惡感。她盤算接下來幾天都得狠狠地餓昏自己。母親在電話裡叮嚀梅姨，不要讓吳依光吃太多冰淇淋，去年她跟吳家鵬去接機，險些認不出自己的女兒。母親罵了一句，胖死了。

然而，跟梅姨一家站在一起，吳依光是最瘦的。

吳依光有其他證人。

一次，她和喬伊絲的朋友，包含她們兩個共十一個人，約好一起出門看電影。到了現場，只有一臺喜美跟一臺福特。吳依光想，塞入所有人的話，輪胎八成會爆掉，她拉了拉喬伊絲的襯衫，以中文低語，我回家，妳跟他們好好玩吧。喬伊絲不過十一歲，談吐已有美國人的自信，她按著吳依光的手，以英文安撫，不要緊張，我們等著看。這時，一名蜂蜜色微捲短髮，喬伊絲喚做戈登的男孩，以淡綠色眼珠上下打量吳依光，聳了聳肩，說，妳可以的，妳瘦得要命。一行人在戈登的指揮下，陸續擠進車廂。愛琳緊貼著椅背，吳依光幾乎是半個身子坐在愛琳的腿上。戈登坐副駕駛座，吳依光看見他脖子上的細柔的，也是蜂蜜色的汗毛。

電影沒有字幕，吳依光聽懂了八成，剩下兩成她從畫面的線索去拼湊。她聽到溼潤的咂嘴聲，有人在黑暗中親吻。吳依光瞄了旁邊的戈登一眼，兩人手臂間隔只有幾公分。她幾乎想主動去牽戈登的手，無涉情愛，就只是感激。母親說，美國人的問題都與過量脫離不了關係，過量的冰淇淋，過量的槍枝，與過量的自信心。即使那句「妳瘦得要命」或許含有幾分浮誇，吳依光仍珍視這句話帶來的安慰。

回到臺灣她還是得節食，但她知道，這世界上有人不覺得她胖得無可救藥。

另一個深刻的美國經驗，是吳依光讀其華女中的第一年暑假，主角是梅姨。那天，吳依光扶著樓梯把手一階一階往下走，喬伊絲跟愛琳在二樓的房間沉睡，她們在任何時刻都能睡著，有一部分是她們的作業跟考試，少得讓吳依光困惑不已，她們難道不需要爭取自己的未來嗎？吳依光試圖喚醒她們，喬伊絲半睜開眼，咕噥了句，妳去廚房陪我媽吧，我好睏。吳依光無所事事，只得採取這個建議。少了兩位玩伴，吳依光觀察到一些她過往不會放在心上的細節：她所居住的這棟房子，有好多灰塵啊。

梅姨老是意興闌珊地操作著吸塵器，吸兩下，視線又回去黏著電視。也只有吳依光會在吹完頭髮後撿起滿地的髮絲。梅姨一度借題發揮，要女兒們效法，她說，看看妳們的依光姊姊多麼愛乾淨。不過，梅姨只是虛晃一招，她自己也沒做到。

母親偶爾也會飛來美國，待上幾天，再跟吳依光一起飛回去。那期間梅姨不太好受，梅姨頻頻檢查地板跟窗戶是否夠乾淨，她吼喬伊絲跟愛琳的次數也增加了。

吳依光是獨生女，無法體會母親和梅姨之間，始終隱含奇特張力的感情。

她偶爾也會想，說不定喬伊絲跟愛琳長大以後，也會變得像這樣。

吳依光踢掉拖鞋，赤腳踩上階梯，腳底密布的微小皺褶立刻咬進灰塵。她走了幾步，單腳站立，另一隻抬起，吳依光抓著扶手，端詳她的腳背，好髒。她放下那隻腳，往前，一步，兩步，那些灰塵彷彿化成螞蟻鑽進她的腳底板，沿著小腿的血管一路爬上去，心臟冷颼颼的，大腿內側有條筋跳了一下。

吳依光想，原來弄髒，不過就是這樣。她來到廚房，梅姨從滿籃的番茄抬起頭，問，妳怎麼沒有穿鞋子？吳依光扯了個謊，說，我起床找不到，就懶得穿了。梅姨繼續揀選番茄，悠哉地說，我們家跟你們家不一樣，妳沒有穿鞋，腳會髒。吳依光說，我知道。她的心情已恢復原有的溫度，可能是適應，也可能是相近的感受。吳依光想，在這樣的環境長大，難怪喬伊絲跟愛琳不像她那麼神經質。

吳依光提議，蔬菜交給她清洗，梅姨專心顧著爐火。梅姨讓出她的位置，爽快地說，我從來就不喜歡煮飯，特別是備料，麻煩死了。吳依光一愣，說，可是妳看起來很快樂。梅姨以筷子翻動爐裡熟軟的洋蔥，說，妳姨丈不相信外面的食物，他說，我們不能保證那些原料是乾淨的。吳依光洗好了番茄，梅姨抽出砧板，說，切成薄片吧，要做沙拉。吳依光好奇地問，只有一個砧板？梅姨摸摸鼻子，說，對，我們切菜跟切肉的都是同一個，我很懶惰，妳媽在這的時候我才會放兩個砧板，天啊，妳不要告訴她。吳依光切到一半，抬頭凝視著梅姨，從她走進廚房，梅姨沒有一句話是說英文。吳依光傾向解讀為對她的體貼。一這麼想，吳依光的手腳勤快起來，她片好番茄，從冰箱取出萵苣，拆開葉子，就著水流細細地清洗。吳依光傾聽廚房裡的聲響，胡椒罐轉動喀拉喀拉、烤箱風扇嗡嗡轟鳴、湯匙敲擊鍋緣，她想了想，問，妳那麼在意喬伊絲跟愛琳的中文，等她們讀完大學，叫她們申請臺灣的研究所吧。

吳依光等了好久，二十秒，或者更久，梅姨才遲遲回覆，依舊是中文，非常慢，像是她一邊說，一邊也在思考，我不能把她們送到臺灣去。吳依光轉身，梅姨不知何時也面向著她，悲傷的暗影籠罩著她略胖的圓臉。吳依光問，為什麼？梅姨的視線在吳依光的肩上停駐了片刻，繞過，下一秒，表情跟語言歡快起來。她說，我的小睡美人，妳終於醒了。愛琳揉著微凸的小腹，打開冰箱，倒了杯柳橙汁，咕嚕喝下，她深深閉上眼睛，讚嘆，我不是才吃了蛋糕？為什麼我現在又餓了？愛琳頓然不察，她的出現中斷了吳依光跟梅姨的對話，她兩、三步湊近吳依光，狐疑地盯著吳依光的赤腳，說，我就知道，樓梯上的拖鞋是姊姊的，在這裡妳得穿著鞋子！我媽不像阿姨，她很懶惰，我們家很髒亂。愛琳詢問晚餐的內容，半瞇起眼，對著梅姨的答覆一一點頭，彷彿她擁有同意的權限，她的手伸進褲子，撓了撓屁股，下一秒，她緊閉雙眼，打了個長長的呵欠。愛琳宣布她的新計畫：她要上樓再睡一會，晚餐好了再起床。

吳依光來回看著愛琳跟梅姨，分不清這是個人特質，還是這個文明的一部分——小孩可以這樣說話。她幾乎想代替愛琳跟梅姨道歉，說，對不起，我不應該這樣跟妳說話。梅姨握著鍋鏟，說，好，那待會我再請姊姊去叫妳們起床。愛琳嗯了一聲，踩著慵懶的腳步上了樓。

吳依光跟梅姨繼續手上未完成的動作，沒人提起之前的話題。半小時後，梅姨提議接下來交給她，吳依光也去陪表妹們小憩。吳依光認為這是個好主意。在她即將要跨出廚房的剎那，耳邊響起梅姨的聲音，有些突兀，但語氣溫柔，她說，依光寶貝，等妳讀完高中，大學也可以，妳就申請美國的學校吧。吳依光屏氣，靜默佇立，以為自己會得到充分的解釋，但梅姨再也沒說話。

這時，她又轉換回另一個文化：含蓄，迂迴，曖昧。母親說，美國人的言語也是過量的。他們太愛說話了。

吳依光彎腰拎起拖鞋，在二樓的浴室搓洗她的腳底。在臺灣，母親一旦說起梅姨的事，基本上都能導向兩個結論，梅姨不是分不清楚事情的輕重緩急，就是緊要關頭做出錯誤的決定，有時，兩個結論都符合了。母親的意思很明顯，她這個妹妹是個好人，可惜少了點智慧。然而，在這個下午，梅姨向吳依光展示了她性格的另一面，當憂悒的暗影在她眼中浮動，梅姨看起來相當睿智，彷彿她洞見了某些多數人終其一生也領悟不了的真理。吳依光輕手輕腳回到房間，喬伊絲翻了個身，她睜開眼，半夢半醒地瞅著吳依光，咕噥了句，姊姊，幾點了。喬伊絲的肥大腿因躺平而擴散，她的臉上滿是粉刺跟青春痘，但看起來遠比瘦得要命的吳依光還自在、安逸。

35

母親燒了一桌菜招待梅姨。

梅姨放下叉子，以紙巾抹掉嘴角的肉汁，她讚美姊姊烤的羊小排美味極了。接著她問，謝維哲怎麼沒有出席。吳依光交出事先編好的理由，梅姨沒有追問，和藹地說，請提醒謝維哲注意身體健康，年紀大了，就知道健康的身體多麼可貴。

一片沉默，只剩下餐具碰撞聲與節制的咀嚼，吳依光懷念起謝維哲，這樣的場合，他就會開啟一些無聊但安全的話題，像是通貨膨脹、人工智慧與全球暖化，吳家鵬則會自然而然地加入。想到謝維哲，吳依光胸口一熱，她尚未習慣「前夫」這個詞，太時尚了，宛若明星的花邊新聞。

梅姨神情自若，認真品嚐每一口食物，見狀，吳依光鬆了口氣，梅姨八成只是想回臺灣度假。喬伊絲不久前接受男朋友的求婚。至於愛琳，多年單身，但她經營了一個遊戲社群，吸引了一大批同好，據說一到假日愛琳就忙得找不到人。兩個女兒長大了，梅姨是該喘口氣，找幾位少女時期的舊識，享享所謂的清福。

吳依光讀過一篇文章，幾十年前，人類在犯罪現場採集到加害者的血液，卻必須等到

ＤＮＡ檢測技術出現，才能查明真凶身分。她模糊地想，人生何嘗不是如此，我們只能在我們無法理解的當下，懵懂、不明所以地採集任何看起來像是跡證的事物。以她而言，她現在三十五歲，比她首度獨自飛往美國時，梅姨的歲數還要大上一些，再次回望，吳依光看出了梅姨的孤獨，她的日子繞著喬伊絲跟愛琳。暑假，即使吳依光也陪姊妹倆遊戲，倒沒有減輕多少梅姨的負擔。母親給梅姨一張清單，寫滿她認為吳依光在美國應有的體驗，再怎麼樣，吳依光更需要梅姨的照顧。

有幾次吳依光看見梅姨就著窗邊採光，讀不知道哪裡弄來的言情小說，梅姨不時闔上書，吃吃地笑，有時掉著眼淚。旁邊的矮桌擺著一只馬克杯，梅姨喝得很急促，啜一小口，匆匆放下，趕著翻頁。茶包浸在水裡，吳依光好心地問，要不要她從廚房抽屜拿一只小碟給梅姨置放茶包。梅姨說，噢，親愛的，這樣喝起來的確有點苦，但無所謂，反正是我自己要喝的。吳依光不曾見過梅姨的朋友，威廉姨丈倒是邀請過幾次他的同事與妻小前來用餐。梅姨接連幾日心神不寧，她得確認訪客人數，小孩歲數，是否挑食，又對哪些食物過敏。早上九點梅姨就浸在廚房，與外界斷絕聯繫。即使愛琳嗑掉一包洋芋片，或是拿冰淇淋當午餐，梅姨也不在乎。她說，那天是例外，要做什麼事都可以，不要去打擾她就好。

訪客一走，梅姨臉上的微笑立即消失，她癱倒在沙發，手背貼著額頭，彷彿發起了高燒。她會再次命令，不要問我任何問題，我要一個人靜靜。吳依光會識相地撐著塞滿食物的肚子，牽著兩個表妹上樓，延續派對上的歡樂氣氛，玩紙牌遊戲，或是聊天聊到睡著。至於威廉姨丈，他簡單盥洗後，即上樓呼呼大睡。

翌日清晨，吳依光再次下樓，杯盤狼藉的餐桌恢復原狀，洗碗機規律運作，分類且打包好的垃圾擱置於角落，彷彿有魔法經過。梅姨會問，女孩們，要不要去附近的小餐館吃午餐？女孩們歡聲尖叫，即使梅姨廚藝一絕，孩子們總是更喜歡餐廳，餐廳的氣氛是無可取代的。

往事滿是線索，梅姨從來不若母親形容得那樣悠哉、無所事事。

吳依光滿心浸潤於回憶，以至於梅姨親口說出那兩個字的第一時間，她錯過了。她是從母親放下叉子，震驚的複述，才明白梅姨交代了什麼——她跟威廉姨丈離婚了。

母親說，別開玩笑了，妳都要六十歲了，有什麼好離婚的？梅姨深吸一口氣，擠出微笑，緩慢、清晰地說，都談好了，律師也在處理了。母親說，為什麼？威廉沒有虧待妳，這幾年妳還不必出去工作。梅姨安撫地說，姊，妳說的這些，我也知道，可是這麼多年我也受夠了。我活得好像一個傭人。

母親扔出另一個問題，喬伊絲要跟喬治結婚了不是嗎？我看訊息，她說兩人打算明年舉辦婚禮。喬治是喬伊絲的男朋友，愛爾蘭裔美國人，兩人是大學同學。喬伊絲踏上愛爾蘭兩次，探望喬治的祖父母，喬治也跟著喬伊絲來臺灣一次，兩人住在母親跟梅姨共同持有的公寓。二十幾年前，外公、外婆接連去世，留下一間公寓，中間有十來年，出租給一對夫妻，他們有一個和吳依光同年出生的兒子。大約吳依光讀研究所那幾年，他們買了房子，搬了出去，從此，公寓一直空著。

母親每個月會過去巡視一、兩次，進行簡單的打掃，檢查水電和清空信箱。喬伊絲跟喬治住在公寓的那一個月，母親固定前去補充生活用品，並且找人換了一臺新冷氣。

母親喜歡喬治，她說，喬治是一位幽默又聰明的青年。

梅姨點頭，說，對，他們正在尋找適合的場地。母親很快地還嘴，那妳就不應該在喬伊絲的婚禮前做出這樣的事。梅姨停了兩秒，說，美國人不在意這個，我參加過一個婚禮，新人的父母都再婚了，帶著他們的新伴侶，沒有人說什麼。

母親說，妳以為在美國生活三十幾年，就可以把自己當成美國人了？這個年紀離婚有什麼意義，妳一個人怎麼過生活？梅姨小聲解釋，我以前除了要照顧小孩，還要照顧威廉，現在我只要照顧自己。姊，威廉很好，但他太習慣把我所有的付出都視為理所當然。我很累，我不想要人生最後的幾年還是在做我不喜歡的事。

母親的語氣軟化了，她說，很多人羨慕妳，妳很幸福。

梅姨嘆氣，說，我不需要那麼幸福，我只要過得自在就好了。

母親再次遊說，妳應該跟威廉坐下來，好好地談如何處理，而不是選擇這麼懦弱的方法。爸爸如果還在，一定也會贊成我的想法。我們家不允許離婚這件事。

吳依光終於找到自己說話的場合，她說，真的嗎？

三人一致地看著他，吳依光享受了幾秒被注目的感覺。吳家鵬以脣語傳達，不要亂說話。吳依光不打算服從，她說，我跟謝維哲離婚了。

吳家鵬眉心摺痕一深，他閉上眼。梅姨的眉毛輕輕抬起，倏地又放下。母親先是愕然，再來，吳依光從她的五官讀到了盛怒。

母親要吳依光再說一次。吳依光照辦，她強調，這不是玩笑，她跟謝維哲的確離婚了，兩人在法律上已毫無關係。母親指控，妳竟不跟我們商量，就跑去離婚？

梅姨擔心地問，那妳沒事吧？到底是怎麼了呢？

吳依光率先回答母親的問題，我跟謝維哲不需要和任何人商量，我們幾歲了。

母親問，因為妳生不出來？

吳依光倒抽一口涼氣，不得不攥緊拳頭，否則她擔心自己下一秒抓起桌上的水杯，往牆上狠砸。她能想像一旦她這麼做，將獲得多麼極致的歡愉跟滿足。她說，噢，不，難道就不能饒過我一次？別把任何問題都推到我身上？我才是那個想離婚的人。

母親冷冷地問，好，那妳為什麼想離婚？

吳依光注視著母親的眼神，過往，每一次母親出現這樣的眼神，必然跟著讓她痛徹心扉的字句，像是：讓我看看妳的本事。妳就非得毀掉自己。妳根本什麼也不懂。以及，吳依光最不知從何招架的——妳以為妳是誰？這句話刻在她體內深處，若她死後，身體風化成骨骸，人們說不定會在她的骨頭讀到這句拷問的沉澱。

母親就是有這個能耐，輕易地讓她覺得自己的行為像個白痴，沒有任何意義。她以僅存的力氣，控制表情跟語氣，讓自己看似無動於衷。她說，我不想解釋，我沒必要解釋，我只是要告訴妳，即使這個家不允許離婚這件事。我還是做了。

梅姨發出一聲低泣，她說，依光，妳一定很不好受。

梅姨的哭聲是訊號，吳依光認為自己得抽身了，繼續待下去，她沒把握自己不會驀地哭泣起來。她端起盤子，站起身，走到廚房，把剩下一、兩口分量的奶油焗白菜倒入垃圾桶，草草刷了一下盤子，放入洗碗槽。她感覺得到三個人的視線緊跟著自己的一舉一動。她拎起掛在椅背的背包，大步邁向玄關。在她彎腰，正要套上鞋子，耳後傳來母親的聲音，我就知道，即使給妳打理得好好的，妳就是會搞砸。

這就是母親，她不會縱容任何人這樣對她，她非得瞄準吳依光的背影冷冷放出一箭，就算對方企圖一走了之，也得帶著流血的傷口。吳依光轉過身，餐桌上三個人神情各異，遠遠看站位彷彿西洋畫構圖。吳依光說，媽，謝謝妳，總是不厭其煩地提醒我，我有多麼差勁，什麼事都做不好。相信我，我也跟妳一樣，知道自己會搞砸，我哪一次沒搞砸？

吳依光打開門，走出她的家。

36

吳依光以為，最長不到一個禮拜，吳家鵬就會再次出現，就像多年以前，他如何規勸女兒回家，這一次他更有理由這麼做。

時間讓她看懂了梅姨，也讓她看不懂吳家鵬。父親究竟是贊成母親的嗎？他不曾疑惑，妻子對女兒的態度是否過於嚴苛？他難道沒有看到女兒眼中的驚惶？

年歲漸長，吳依光辨識出有一種傷害，來自袖手旁觀。吳家鵬知情一切，但他採取的作為，一再加深了一個信念：這些發生在吳依光的事是正常的。這一次吳家鵬若再故技重施，吳依光會說，父親，我對你很失望。你從來沒有，擔任好你的角色。

所以，當梅姨一身綠色碎花洋裝，露出白皙膝蓋和小腿肚，站在門口，吳依光以為自己眼花了。梅姨說，這裡的地址是妳爸給的，妳不要怪他，我堅持要來找妳。等梅姨換上拖鞋的同時，吳依光不忘致歉，說，抱歉，我毀了妳回臺灣的第一頓晚餐。梅姨停下腳步，看著客廳堆疊的紙箱，問，妳在打包？吳依光點頭，說，我這幾天找到租屋處，跟房東簽約了，預計後天搬過去。

梅姨依照吳依光的指示，在沙發坐下，她說，我這幾天才知道妳這陣子的事。我說的不只是妳跟謝維哲……。梅姨調整了一下呼吸，我參加同學會，有一位同學正好是其華女中的退休老師。她跟我說了一些事情，妳還好嗎？

吳依光抿了抿嘴，交代，第一個禮拜是最辛苦的，已經撐過去，學生的心情也慢慢調整過來了。我們學校的輔導主任做了不少安排，我很感謝她。

梅姨問，那妳呢？學生可以找輔導主任，妳有找到可以談這件事的人嗎？

吳依光沒有說話，只是凝視著梅姨，梅姨瘦了不少，她跟母親如今幾乎像對雙胞胎，這讓此刻的對話產生幻覺般的作用：宛若母親正在安慰她。吳依光含了一口溫開水，慢慢地嚥下。她說，有。謝謝梅姨。我想再過幾個月，或許幾年，會好一些。

梅姨說，那就好。對了，妳媽有說過嗎？我們養過狗。

吳依光咦了一聲，不明白梅姨怎麼會開啟這個話題。她猶豫了幾秒，點頭，說，有，我媽說過，那隻狗是外婆從鄰居家抱來的，外公不喜歡狗，一直叫外婆把狗還回去。梅姨點了點頭，把話接了下去，妳外婆很聰明，用拖的，幾天後，妳外公看我們這麼喜歡那隻狗，我跟妳媽又拚命地哀求，只好讓步了。狗的名字是我取的，小點點。妳外公買了一個籠子，說狗要養在院子裡，我當然沒有遵守規則，一天到晚把小點點抱到屋子內。妳媽有沒有說，小點點後來不見了？吳依光搖頭，說，這倒是沒有。梅姨嘆了口氣，說，這不像她會做的事。簡單來說，有一天，我放學回家，打開籠子，要把小點點放出來，小點點卻從大門衝到外面去，我追出去，卻怎麼找也找不到小點點。沒多久，妳媽放學回來，發現小點點不見了，她也立刻跑出去找。我不知道該怎麼辦，坐在家裡一直哭。那天晚上，妳媽按了附近幾乎所有人的門鈴，問有沒有人看到小點點。沒有人看到。妳媽又去書局買紙，說要做失蹤公告。都五十多年前的事了，我還記得妳媽在紙上寫了什麼，她先把小點點畫上去，寫了小點點的特徵，最後，她請有看到的人打電話到家裡，或是外公的公司。那年代沒有影印機，妳媽一個人寫了幾十張，妳外婆陪她把那些公告貼在路邊的電線桿或牆壁。等了好幾天，沒有人打電話。妳媽不肯放棄，每天去檢查那些公告，不見了她就再貼一張。後來妳外婆也累了，她說，不要再找了，小點點應該是被人撿走了，在別人家過著幸福快樂的生活。妳媽轉頭對著我說，小梅，妳知道嗎？這都是妳的錯，妳害我們失去了小點點。

梅姨喉嚨發出痰聲，她問吳依光能不能再給她倒一杯溫開水。吳依光拿著梅姨的杯子，起身走到廚房。梅姨環視了四周，眼神停留在陽臺，她說，我喜歡那盆栽，那是什麼植物。吳依光回，我朋友送的白水木。

吳依光數著茶包的秒數，默默看著梅姨，她的臉上有某種悵然的迷惘。

梅姨喝了幾口茶，又停了一會，才說下去。有好幾年，無論我犯了什麼錯，妳媽就會搬出小點點的事。我高二時弄丟了三、四千塊的班費，到現在還是不知道誰偷走了那筆錢。班導叫我回家跟爸媽商量，她跟我們家各出一半。我們家只有妳外公一個小主管的薪水，一、兩千塊，不是一筆小錢。妳媽那時罵了我一句，梅就是特別會弄丟重要的東西。我不是笨蛋，我聽得出她想什麼。

吳依光苦笑，說，我可以想像她的語氣。

梅姨露出有些同情的笑容，說，我那時在叛逆期，內心又委屈，又生氣，就對著妳媽大吼，不然我去死好了。然後，妳外公打了妳媽一巴掌。妳外公很常打小孩，妳外婆說，那是因為我跟妳媽太頑皮了。不過，我長大以後，覺得應該是妳外公那時被做生意的朋友騙走了百萬，把小孩當成出氣筒。妳媽被打得很慘，比我慘多了，她是長女，脾氣又硬，不像我還會跟妳外公撒嬌、裝可憐。等妳媽考上第一志願，妳外公就很少打人了，大概是覺得這個女兒讓他很有面子吧。總之，那次外公突然又打了妳媽，大家都嚇到了。妳外公說，誰再提起那隻畜生的事，我就打誰。

吳依光問，然後呢。

梅姨嘆了口氣，說，妳媽脾氣也上來了，她根本不管妳外公多生氣，繼續說，都是梅的錯，她如果愛小點點，當時就不會讓小點點從家裡跑走。一想到這句話，我的心還是好痛。但，妳媽也不算亂說，換成是她，小點點絕對還在我們家裡，不至於走丟。而且，小點點跑了之後，妳媽做了這麼多事情，我除了哭，還做了什麼？

吳依光抽了兩張衛生紙遞給梅姨，梅姨擦乾眼淚，擤出鼻水。

等梅姨調勻了呼吸，吳依光拋出深埋心中許久的問題，妳之後為什麼會跑去美國，在那裡待下來，跟我媽有關係嗎？

梅姨投來激賞的目光，說，妳好聰明，讓我猜看看，妳媽是怎麼跟妳說的？她是不是說我當年在臺灣功課很差，又亂交男朋友，讓外公外婆很頭痛？

吳依光尷尬地說，對，大致是這樣。

梅姨眼中閃逝一抹傷楚。她低喃，姊，離開臺灣，不一定是為了威廉，妳怎麼都沒有想過，要當妳的妹妹是一件多麼不容易的事。她多抽了兩張衛生紙，接著說，妳媽媽很聰明，不只是考試那種聰明。她是我見過最會分析的人。妳外公本來很介意他沒有兒子，但妳媽媽的出路很好，出差都會買名牌手錶、襯衫送你外公。妳外公最後幾年常說一句話，女兒不比兒子差。我知道這裡的女兒說的是妳媽，不包括我。說回去我怎麼決定留在美國。反正，我那時談戀愛，談到差點被退學，是妳外婆去學校求情，我才拿到五專的畢業證書。為了拆散我跟那個男生，妳外公想到一個方法，把我送到美國張叔叔家。張叔叔是妳外公的高中同學，三十幾歲以後移民到美國。

吳依光問，所以梅姨就到美國了？

梅姨點了點頭，說，妳外公說，不去的話，要斷絕父女關係，我只好去了，想說才一個月，去美國玩也好。誰知道我在美國愛上了威廉。我回臺灣之後，想盡辦法申請到他家附近的大學，花了家裡不少錢，有一部分是妳媽的錢，她那時開始工作了，每個月的薪水她都交給妳外婆，只留一點生活費。妳媽是個好女兒。我跟威廉交往四年，他終於跟我求婚，我打電話跟妳外婆說的那一天，妳媽直接把電話搶過去，問了我一連串問題。她說，威廉大我那麼多歲，又想著要把爸媽接到美國去住，我最好想清楚，不要淪為他們家的傭人。我氣得要命，掛斷了電話。不過，等我帶著威廉姨丈來臺灣提親，妳媽又表現得很正常。妳媽雖然反對我跟威廉結婚，但婚禮她也幫了我很多忙，我的婚禮可以說是完美無瑕。我們後來才知道那時她肚子有妳了。

吳依光指著自己，說，我？

梅姨笑了笑，說，對，所以妳也算參加了我跟妳姨丈的婚禮。然後，妳媽說對了，結婚沒多久，威廉姨丈就把他父母跟祖母接來美國。雖然他給我請了一位幫傭，我還是很累，懷喬伊絲的時候，我有好幾次累到坐在馬桶上睡著。我打電話跟妳外婆訴苦。過了幾個月，我跟妳姨丈抱著喬伊絲回臺灣，妳媽送給喬伊絲好多禮物。接著，她說想跟妳姨丈聊一些事，我好緊張，以為妳媽要說我以前的糗事。但妳媽卻跟威廉姨丈說，我妹妹一個人在美國，最親的家人就是你。我們很珍惜她，希望你也是。請你對她好一點。不要讓她一個人得照顧這麼多人。

吳依光問，威廉姨丈怎麼說？

梅姨做出一個目瞪口呆的神情，說，他嚇壞了。妳也知道，妳媽擺起臉色的樣子有多可怕。不要看妳姨丈一副很開明的模樣，他骨子裡還是認為女人不應該有意見。之後有好一些，但我還是很累，愛琳出生，妳姨丈的家人勸我再生一個，他們想要一個兒子。我拒絕了，我沒有多餘的時間跟力氣。

梅姨吞了吞口水，喬伊絲五歲，愛琳兩歲的時候，我的精神崩潰了，我覺得自己被困住了，每天睜開眼睛，得安排那麼多人的生活。妳姨丈拉我去看醫生，醫生說我是憂鬱症，要定時服藥。那時妳姨丈的祖母已經走了。妳姨丈的妹妹沒有結婚，住在隔壁州。妳姨丈給了他妹妹一筆錢，請她把爸媽接過去住。妳有印象嗎？妳從八、九歲開始，暑假過來美國住，就是因為那兩個人搬走了。我寧願照顧妳而不是他們。

吳依光眨了眨眼，她習以為常的安排，背後有這麼多曲折。

梅姨雙手交握，說，這還沒完，喬伊絲上高中的時候，妳姨丈捲入一樁金融詐騙，我無法說太多細節，總之，如果不是妳媽借給我們一大筆錢，喬伊絲跟愛琳差點就讀不了大學，我們住的房子也保不住了。她們不知道這件事，我把她們保護得很好。三、四年前，妳姨丈才還清那筆錢。妳姨丈說，妳媽真了不起。我跟妳姨丈結婚三十年，為他生兩個女兒，照顧他的家人，招待他的同事，他可沒這樣讚美我。

梅姨抬起頭，直視著吳依光，說，親愛的。我要說的是，妳媽就是這樣的人，她的愛總是使盡全力、沒有保留，她會用盡辦法，確認她愛的人走在正確的道路上，不要犯下任何錯，對我這樣，對妳也是這樣。我五專時的男朋友不是什麼好人，但我一天到晚想著要跟他私奔，我受不了跟妳媽一起生活。她太優秀了，所有的光環都在她身上，相比之下我又笨又不認真。妳媽以前會問我，小梅，為什麼讀書這麼簡單的事，妳卻做不好？我只是妹妹，妳是她的女兒。神都不一定能做到，愛一個人卻不要對他有任何期待。妳媽的期待的確讓人不太好受，但，假設事情出了差錯，我可以發誓，她會是最先跳出來搶救的那個人。

吳依光沒再吭聲，她所有的感官都失靈了。梅姨坐下來不到一個小時，就改變了她的世界。這就是她的ＤＮＡ檢測技術。她可以拿著這些話去重新比對家族的每一幕往事。母親，梅姨，吳家鵬，威廉姨丈，喬伊絲，愛琳。梅姨絕不懶散、憨傻或優柔寡斷，她也掙扎過，試圖逃避姊姊的陰影，她選擇了威廉姨丈。

差別在於許立森沒有選擇吳依光。

梅姨似乎很高興自己說出來了，神情不再如幾分鐘前謹慎，揉進幾許從容。她說，如果有下輩子，我還是想遇見她，但我下輩子要當她的同事、合夥人，或者上司，不要是家人，當她的家人太難了。在妳讀高中的時候，我忘記高一還是高二，妳問我有沒有考慮送喬伊絲跟愛琳來臺灣讀書？

吳依光回答，有。她沒想到梅姨也記得這件事。

梅姨看了她一眼，低頭說，這樣說有點冒犯，先跟妳說對不起。每一次看著妳，我很難不想到我自己。所以我不能把喬伊絲跟愛琳送到臺灣，我害怕她們經歷我，甚至是妳經歷的一切。我愛喬伊絲跟愛琳，但我必須承認，她們好普通，我有時候看著她們也會難過。我以為她們長大會成為了不起的人，結果沒有。喬伊絲大學畢業之後，找工作一直不太順利，要不是喬治，她可能還在領失業救濟金；愛琳好一些，她的收入一直很穩定，但她把自己吃到九十公斤。

吳依光注意到梅姨說母語時，似乎是另一個人格，比說英語的她更猶疑不定，更自卑也更脆弱。彷彿還停留在十幾歲，需要看別人臉色，討別人開心的歲月。

梅姨揉了揉眼睛，語速越來越慢，我去美國的第一年，好喜歡他們的一句話，這是個自由的國家。我相信只要待在美國，我就得到自由。但這只是個美好的幻覺，不要說其他事，跟妳姨丈的婚姻就讓我覺得自己在坐牢。兩年前，我去諮商，我以前很排斥諮商，我覺得花錢讓別人聽我講心事，太愚蠢了。但我一個朋友去了，說很有用，那個諮商師是日本人，她懂我們在說什麼。我告訴諮商師，全都是威廉的錯，我那時才出社會沒多久，哪懂婚姻是什麼。有一天，諮商師問我，接下來妳打算為自己做什麼？這句話點醒了我，我不能繼續祈禱有誰來拯救我了，我已經不再是那個一無所有的小女孩，我不再需要白馬王子，我可以自己走掉。

吳依光問，妳有一天會跟喬伊絲跟愛琳聊這些嗎？

梅姨眉頭鎖起，迅速否認，不，我不會說的。每個父母都希望他在小孩面前是完美無缺的，我希望喬伊絲跟愛琳看到我跟威廉，心中只有愛與尊重。妳有一個充滿缺點的阿姨，跟妳有一個充滿缺點的媽媽，是兩回事。

梅姨看了眼時鐘，驚呼，天啊，我待這麼久了？依光，我想我該告訴妳最重要的事了，我今天來最想講的一句話是，妳做得很好。我以前一直在忍耐，妳才三十幾歲就決定不要再忍耐了。在我們的文化裡，忍耐是美德，不，忍耐是毒，它讓一個人在內心慢慢殺死自己。我很高興我們都沒有繼續下去。當初，給妳取名字時，妳媽說，她希望妳能夠依著有光的方向，妳做到了，I'm so proud of you。

吳依光搖了搖頭，雙眼泛淚，她是這樣說的？她從來沒跟我說過。吳依光跟梅姨互望一眼，同時咧嘴微笑，一部分是為著此刻深深觸動她們、絕美的親暱，另一部分是她們都心領神會，為什麼梅姨語末要轉換成英文。不是每個字都能理所當然地經過翻譯，有些意義會在翻譯過程中變形，就像植物，換了個環境它也許能活，但果實的風味必然不同。吳依光想，有時我們只能以最原本的面貌去認識一件道理。她對自己說，吳依光，I'm so proud of you。

37

吳依光問眼前的少女，為什麼要傳這些紙條呢？

少女不答反問，為什麼這麼晚才來找我呢？調監視器一下子就能抓到是我做的了。吳依光說，所以妳想被抓到嗎？少女不假思索地點頭，說，是啊，我的確想被老師抓到。吳依光問，為什麼對我有這麼大的惡意呢，我並沒有做什麼傷害妳的事情。少女搖了搖頭，眨眼，把玩著髮尾，說，如果我就是看老師不順眼，老師可以接受這樣的答案嗎？老師，妳以為我們那麼笨，什麼都看不出來嗎？妳上課的時候只顧著講課，根本不在乎我們的反應。王澄憶跟徐錦瑟的事情也是這樣，大家都知道事情有多嚴重，妳卻躲起來，假裝什麼事也沒有。

吳依光嚴肅地說，我沒有躲起來，這件事主要發生在社群媒體上，我很難及時介入。少女噢了一聲，說，那我的事情呢？妳跟我媽媽聊過，知道我在吃藥，也看得出我對自己做了什麼吧，為什麼妳什麼也沒做。

吳依光按了按太陽穴，解釋，我有問過輔導室，他們說有位老師會定期追蹤妳的近況。少女又問，為什麼妳從來沒有親自來問我？吳依光看著少女，問，妳想要我問妳嗎？我也不知道，有時我看著妳，不確定怎麼做才是好的。想說妳想講的話，自己會講吧。那麼，妳到底是怎麼了呢？

少女身子一僵，沒多久，她哭了起來，咬牙說，我恨死了這個世界，我恨每個人都那麼虛偽，我恨我自己，都快要撐不下去了，還是假裝很正常，坐在這跟大家一起準備考試。我也恨蘇明絢，在吃藥的是我，為什麼走的是她呢？

吳依光問，最後一張紙條，是蘇明絢跟妳說了什麼嗎？少女點頭，又搖了搖頭，說，我之所以那樣寫，是想看事情可不可以鬧大，我好怕大家過沒幾天就忘了這件事，變回去以前那樣，開口閉口都是考試剩幾天，怎麼做才可以讓自己的申請資料好看一點。我的家人就是這樣，我也恨死他們了，表面上一臉關心我的樣子，實際上只想著我能不能快點振作，考上好大學。吳依光又問，所以蘇明絢沒有說她在熱音社怎麼了？少女回答，其實是有的，但只有一次。蘇明絢跟我說，社團好像決定退出這一屆的成果發表。我問她，會很難過嗎？她說，不知道，只是想到沒有成果發表就要去考大學了，好像跳過了一個階段就要變成大人，有點悲傷。

吳依光默默地記住了這句話。

等少女停止了哭泣，吳依光直視少女的雙眼，請求少女也看著自己。她深呼吸，說，如果妳希望我聽妳說話，像現在這樣，我以後會好好聽妳說的。但，不要再用這樣的方式了，會傷害到人的，那些紙條就讓我受傷了。老師知道妳很不好受，才會選擇用這種方式。我以前這樣傷害過人，也這樣被人傷害，因為無法直接承認、說出我受傷了，於是選擇用這樣的方式傷害別人。妳說，妳恨每個人都這麼虛偽，虛偽就是這樣來的，虛偽造成的傷害，就是這樣來的。

第三次定期考落幕了，吳依光跟學生約定好，請同學在座位上等候。她一站上講臺，想起自己首度站上講臺，粉筆吸乾掌心的水分，語不成句。七年多了，看著臺下一張張年輕的臉，她還是會惶恐，害怕學生發現她其實膽怯，害怕學生發現她的人生過於單薄，不敷應付課業以外的問題；害怕學生過問她如何跟父母、情人說話，大學科系要選自己喜歡的，還是父母鍾意的？

這幾年吳依光學到很多說話方式，不能說殘障，要說身心障礙。不能說很番，要說固執。不能形容一個人很娘，那可能構成性別歧視。人們越來越不放過彼此的語言，彷彿透過名詞的校正，內心也會一點一滴趨近完美，世界亦然。

吳依光曾在一個研討會，分享自己建議學生，如果感到憂鬱，可以去輔導室。會後，一位老師叫住了她，指出這句話的瑕疵，輔導室不應該與憂鬱畫上等號。這位老師以婉轉的口吻勸說，若調整成，對自己的生活有一些疑問，可以去輔導室，就更妥善了，學生前往輔導室，也會更自在。

吳依光表面上點頭稱是，然而，若能為自己辯解，她會說，請原諒我說出了可能誤導學生的話。在我成長的時代，孩童，青少年，常被描述成是無心的生物，無心不僅說的是大人不必對他們的言行嚴肅以對，也包括人們認為他們的情緒是不完整的、次級的。心是多麼獨特的存在，我們卻時常在重要的場合，否認它的在場。說，他是無心的。在我跟這些學生一樣的年紀，假設我對大人說，我憂鬱，沒有人會把我的話視為一回事，他們只會認定這是某種兒戲的模仿，我懂什麼憂鬱。以至於我跟學生說，如果感到憂鬱那句話，我也認為自己在模仿，我模仿著那些相信青少年也會憂鬱的專家。我幾乎是耗盡了我的感性跟想像力，就像魔術，重點不在真實，而在人是否願意如此相信。若你懂得，我對學生付出了我不曾被給予過的，你還會捨得抓著這些瑕疵不放嗎？

吳依光站定，幾次深呼吸，她說，很快地就要放暑假了，妳們就要升上高三，高三會有很多考試，妳們也得花時間去準備升大學的資料。我想跟妳們道歉。

女孩們紛紛抬起頭，注視著講臺上的吳依光。

她放了一臺錄音機在桌上，說，我接受的教育是，重要的事，一定要親自說，別人才會認為妳有誠意。不過，我從妳們身上學到不同的觀念。妳們都不太喜歡講電話，更喜歡傳訊息，原因很多，講電話反應時間太短、說錯話收不回來、不知道怎麼處理突然的沉默。我也這樣認為，所以我用錄音的。先祝妳們假期愉快。吳依光按下播放鍵，她刻意置入三十秒的空白，好讓自己有充分的時間走出教室。

各位同學好，我是妳們的班導，吳依光。有沒有人記得高一下學期，段考結束，妳們不想上新進度，起鬨每個老師要講一個小故事。聽說，妳們最喜歡何舒凡老師跟爸爸吵架，離家出走的故事。輪到我的課堂，我拿著麥克風，一句話也說不出來，我說，還是上課吧。我看得出來妳們的失望。每年教師節，學生寫卡片給我，妳們的學姊會寫，希望吳老師多笑，希望吳老師看起來開心一些。希望吳老師更熱情。到後來我不看那些卡片了。我想說我是來教書的，我的任務就是讓妳們這三年累積一些國文科的知識。不過，現在科技那麼發達，很多知識妳們在網路上也搜尋得到，這幾年，我一直在想，可以給妳們什麼呢？妳們從家裡來到學校，除了學習，還有什麼是我可以陪妳們一起完成的？我沒有很認真地想這個問題，我之所以成為老師，有很大一部分不是因為我想要，而是我必須。這樣的心情，妳們應該很能體會。我有一段時間只想著得過且過。這兩年，三班發生了一些事，有些事，我如果早一點處理，也許結果會不一樣。我不能保證那些事絕對不會發生，但我希望事情會變好一點。我讀其華女中時，很容易感到寂寞，很希望有一個大人走過來，問我在意什麼、喜歡什麼，未來想要過怎樣的生活，或者，什麼也不要問，只要告訴我，這麼悲傷的日子終究會過去的。只要有這樣一句話就夠了，是善意的謊言也無所謂。等我成為大人以後，我卻沒有對任何一個學生這樣說。我在十七、八歲，時常在想為什麼大部分的大人看起來都有一種討人厭的樣子，沒想到，長大之後，我好像也變成這樣。這兩年，我們讀了很多篇文章，我卻從來沒有好好跟妳們聊過，從蘇東坡到安妮日記，如果國文課要學到一點東西，究竟是什麼呢？我的答案是，無論遇到什麼逆境，都不要輕易丟掉妳的感覺。受傷了卻不知道，不在意，有什麼事比這還危險的呢？我給自己設下一個目標，過完暑假，我們再次見面，我要問妳們，在意什麼，喜歡什麼，未來想要過怎樣的生活，或者，什麼也不要問，只跟妳們說，這麼悲傷的日子終究會過去的。

38

吳依光往下望了一眼，誠實地說，沒想像中可怕。她跟總務主任借來了鑰匙，說自己學期末想要上頂樓，給蘇同學獻花。總務主任拉開抽屜，在成堆的鑰匙翻找，不經意問了一句，吳老師，妳沒事吧。現在，老師難為啊，學生太脆弱了。

吳依光文文地笑了笑，接過鑰匙，收入口袋，幾乎沒什麼重量。路上，吳依光默想，真的是太脆弱了嗎？與其說我們這一代的人很堅強，不如說，我們很早就沒收了自己的心。我們從小就被教導，隱藏想法是好的、對的、有禮貌的。快樂的時候也會被警告，小心樂極生悲喔。好像《綠野仙蹤》裡那個錫樵夫，原本是人，卻在成長的過程中一點一滴地失去了那顆心。我們這一代的人，長大都在找自己的心。書店裡賣得最好的書，也在談要上哪裡去尋回自己的心。可是，這一代的學生不一樣，他們的心還在，部分是他們的日子的確更富裕，沒有逃難，沒有挨餓；部分是我們的觀念變了，不再迷信威權，也羨慕西方人那樣自我。我們沒有收走他們的心，或者，至少讓他們保留了半顆。可是，「有心」的人，並不好照顧，兩千多年前的寓言就說了，什麼感覺都有了，就不久壽了，現在的聲色刺激又如此沉重。

吳依光來到頂樓，彎腰，將一朵小白花放在蘇明絢站過的位置上。她雙手合十，閉上眼睛，在心中默默致上哀悼。

蘇明絢，儘管這幾個月來，我還是沒有找出為什麼，為什麼妳就這樣喪失了活下去的欲望。在試著理解妳的過程中，我唯一理解的人竟然只有自己。我猜，也許人類注定無法相互理解，每一次我們互相說「我理解你的感受」，我們並非在敘述事實，而是在許願。我也終於明白了，生命的獨特也在於，我窮盡一切，也無法理解你，只能接近。我十七歲想像的死亡，跟妳看見的死亡，也許有幾分相像，但必然不同。就像樹上的小鳥，我們看著這隻，說，鳥，看著那隻，也說鳥，被人們以一樣的名詞歸類，但每隻鳥都有自己的樣態，生命與生命也是如此吧。如此簡單的事，我卻想了這麼多年才略知一二。蘇明絢，非常對不起，最後一天沒有多看妳一眼，無論結局是否相同，我都認為自己應該要更認真地看著妳。也想告訴妳，我現在跟以前不一樣了，我決定再次好好地活著，哪怕是跌跌撞撞，我都不要再違背自己的感覺了。這是我身為一個老師，緬懷妳跟紀念妳的方式。願妳安息。

青沒有告訴任何人，那天她目睹了什麼。

她躺在通往頂樓的樓梯間，底下鋪著幾張報紙，報紙是她從總務處的回收箱撿來的。青想，都什麼年代了，竟然還有人訂閱實體報紙，多麼落後啊。

這是青的「洞穴」，現在是放學時間，她躲著，孤身一人，她還不想回家。

青所有的好運似乎都押在兩年多前的考試，她以極高的分數錄取這所學校。第一次段考，父親為了青僅考了十五名而有些落寞，說，妳不應該只有這樣的啊。下學期，父親反而懷念起那個名次，青再也沒考過比十五名更優秀的名次了。父親警告青，再這樣下去，我要比照國三那年，給妳安排密集的家教課了。青拒絕，下一次考試名次又滑落了幾名。父親說，再這樣下去我就不管妳了。這句話的弦外之音是，不愛妳了。父親最常說，我愛妳才管妳。若非P則非Q，這點青是懂的。青不是小孩了，她明白愛跟治理，在她身處的文化裡是被綁在一起的。妳不能只要愛卻不要治理。如今，青也要畢業了，她從仰躺轉為側身，伸手觸碰牆壁上那些鉛筆寫的小字，她碰了一下就收手，不想摩掉薄薄的碳粉。這些字的位置就像是地面無端冒出的蕈菇，那麼小，一晃眼就錯過。來到洞穴第三個禮拜，青注意到這一串信息。她想，原來之前也有人和她一樣，躺在這個隱密的角落，那個人甚至還帶上了筆。多怪啊，既想抒發，又不想被看見。其中有一行寫著，今天考差了，心情爛爛爛。另一行是，要畢業了，好傷心，再也看不到妳了，我對妳的感情很深。從註記的日子判斷，是比青大上兩歲的學姊，青閉上眼，感受文字裡的多情。這些留言一再撫慰了青，在她之前有人來過，每個人都有不能為他人傾吐的煩惱，青並沒有格外脆弱。

父親常問，妳考這樣不丟臉啊。青認為父親搞錯了狀況，有排在丟臉前面，更需要青去感受的情緒，她到底要前往哪裡？青很早就認清，她此生再怎麼努力，都抵達不了父親的一半，甚至四分之一。父親這樣數落青：妳都不知道妳有多幸運，我小時候根本沒有這些享受，第一次搭飛機，還是二十八歲出差。青想，這句話沒有說錯，但也不完全正確，她很幸運，但就是太幸運了，任何事都有個閾值，一旦過了頭，接下來就朝著相反的方向推進。就像青寫過的作文題目，過猶不及。青討厭課本裡的那些古人，他們每次登場似乎只為了說教，她不信古人就不說廢話？不過，這一次，青同意這句話值得流傳。過猶不及，太多幸運，跟不幸沒兩樣。雖然青這麼想，但她深諳說出來只會得到恥笑。什麼？妳說妳太多幸運了？青，妳果然是不知民間疾苦的大小姐啊。不過，就算這些人是正確的，也阻止不了青繼續這樣想。

教室的黑板寫著入學考試的倒數日期，過去一年，青再怎麼不情願，也還是把自己押到書桌前，點亮桌燈，拿起螢光筆塗重點。父親說，出社會，大家最關切的就是大學讀哪一間，妳再怎麼樣，至少十七歲時要把自己打理成最優秀的學生。

青抬起手，瞇眼，張開手指，測試著指頭可以分得多開，她的下巴因用力而略抬，嘴唇被牽動而輕輕張開，她太無聊了，只好跟自己這麼玩著，她不曾在這碰見任何人，青沒有顧忌，也不在意她的舉止遠看是否很荒唐。

再過一個小時數學家教就要按下她家的門鈴了，那位滿臉痘疤的大學生很珍惜這份工作，父親給薪不會吝嗇。神遊到一半，青聽見腳步聲，緩慢沉著，一階一階地踩。青撐著坐起，還來不及站，那個人就扶著把手繞了個半圓，與青打了照面。見對方也穿著制服，青不自禁笑出聲來，換做是老師、教官，青好像就有義務解釋自己在此遊蕩的緣由。青打量著女孩的外表，直覺地評估，清秀，五官淡淡的，順眼。兩人就這麼妳看著我，我看著妳，對方似乎也有些意外，這個時間點竟然有人在這。

幾秒鐘的光景，青事後回想，卻彷彿有誰把這段插曲給拉冗的幻覺。青打了聲招呼，嗨，她站起，瞧仔細對方制服上繡的學號，學妹啊，三班的。對方點了點頭，眼神繞過青，望向上方的階梯。

青好奇地問，妳要上去嗎？對方這次開口了，她說，對，我要上去，聲音比青預想得好聽。青歪著頭，思索，她也去過頂樓兩次，那堵灰綠色鐵門有時會鎖起，有時則不。青那次在頂樓的平臺看到幾只塑膠水瓶，飲料鋁罐，免洗筷，大概是維修水塔的工人信手扔棄的，不過，也不能排除是其他學生把午餐帶到這裡吃。青左顧右盼，腦中閃過一齣影集的畫面，資優生與不良少年在頂樓相遇，青想，如今，太多事發散了我們，青春再也凝聚不了那企圖改變社會，堪比大爆炸的能量。

對方經過了青，以來時的節奏，一階一階規律地踏階，繞過另一個半圓，青看不見她了。她佇立著，羨慕對方纖細的背影。入學考試是一面哈哈鏡，有人被照胖了，有人經過變得好瘦，昨天，青在餐桌站起，身子橫過桌面，想多舀一碗海鮮巧達濃湯。父親揮打青的手背，說，分數都快救不了了，好歹顧一下身材吧。

青收起報紙，差不多得回去上家教課了。大人們不停地喊著教育的改革。班導說，升上大學就自由了。青的朋友低頭傳了一行訊息到小群組裡，班導又在說幹話了，在自由之前，我們會先累死好嗎！青也回了一句，真的，會，死，欸。另一個朋友說，適者生存，不適者淘汰，我想要被淘汰。青又回，少來，妳這一次模擬考英文全班最高。對方回，英文全班最高有什麼用，很快就要被人工智慧取代了啦。只有錢是不會被取代的好嗎？Money is Money。

青叫的車來了，是一臺特斯拉，青興奮地坐了進去，自拍，套了個濾鏡，上傳到社群媒體，有近兩千多個人追蹤青。青寧願在社群媒體競逐他人的愛與認同，而不是學校。她的照片裡，最多人「喜歡」的一張照片，青沒有入鏡，她拍了母親的衣帽間，有十來只愛馬仕包，那是母親多年的苦心收藏，三千多個人按讚，底下有很多陌生人留言，朝聖。青一方面想，這神聖嗎，不就錢堆出來的，這些人沒看過錢？另一方面，青想起曾在母親身上找著的神祕瘀青，每一次問起，母親會說，我自己碰到的，沒事，我好得很呢。青時常質疑，她眼前所經歷的所有，究竟是特例，還是人生的常態，人為什麼常為了身外之物而放棄自己？

數學老師來了，青的思緒深深淺淺地搔刮著這些沒完沒了又沒有用處的問題，數學老師重重地放下筆，提醒，等妳上大學多的是時間可以胡思亂想，現在，寫這題平面向量。青扁了扁嘴，握著自動鉛筆，在紙面上沙沙地運算起來。數學課一結束，數學老師一口喝光母親特調的綠拿鐵，青跳上沙發打開手機，特斯拉的照片有四百多個人按讚，比她期望得少，青安慰自己，平日晚上本來就會少一些。小群組倒是累積了數十則訊息，青點開，哇，有人從頂樓跳下來了。青點進去新聞，讀完，然後她跳出頁面，回了訊息，好可怕……跳樓……有多痛啊。

青沒有跟任何人交代。

她不想被追問，妳怎麼會在那裡？她想，我怎麼啟齒，要不是她打斷，我就要拿出美工刀，往自己的大腿劃。只為了模擬考好差，只為了我沒有愛馬仕包更值得被喜歡，只為了我不想在夜裡聽見母親在浴室就著流水聲偷哭。我跟那位學妹的距離只有一條線。我活下來，乖乖去考試，承受自己的命運，我注定讓愛我的人失望。他們砸了那麼多錢跟愛，我卻這麼平庸。

很多年後，青在一個尋常無奇的日子，想起那個午後，哭了。

40

吳依光把書櫃固定好，往後站了幾步，確認每一塊層板是水平的，她看著全套的《追憶似水年華》，發誓，這一年內我要看完這一套書。

門鈴聲響起，她想，大概是梅姨，她只告訴了梅姨租屋處的地址。吳依光拔下手套，移動到玄關，就著貓眼往外望，竟然是母親。

吳依光不自覺地含著呼吸，沒有應門。母親在窄窄的走廊裡來回踱步，頭髮梳得一絲不苟，穿著一如既往地得體。這個人，就不能忍受一時的鬆懈和狼狽嗎？

吳依光換了雙腳的重心，再次站定。母親同時停下腳步，回到階梯，坐下，雙手托腮，整個人駝背，很是無精打采。吳依光想，天啊，她要來做什麼呢？我好恨這個人，她是我與生俱來的考驗。但，她也想起梅姨的告知，也是這樣的一個人，抓緊一切，不肯放開。沒來由地，吳依光想起一件往事，那麼多年，且那麼深刻，她卻是第一次想起。吳依光讀國小時，小四，或者小五，她生了一場病，發了好久的高燒，在醫院檢查之後，白血球數量異常，原因不明。吳依光對那幾天的記憶很模糊，睡睡醒醒，意識昏沉。有一剎那，她睜開眼睛，眼前是母親，面朝下，趴在床沿。吳依光張嘴想喊，媽媽，但她嘴巴太乾了，發不出聲音。心電感應似地，母親抬起頭，說，妳醒來了啊。母親拿毛巾，打了一些水，擦了擦她的額際，接著，她扶著吳依光起身，讓她就著吸管喝水。吳依光終於能說話了，她說，媽媽，謝謝妳。母親挑眉，說，有什麼好謝？這是應該的，我就只有妳一個孩子了。

吳依光想，跟梅姨一樣，她下輩子也想遇見母親。不只如此，下下輩子，她也想遇見母親。除了女兒之外，任何身分都好。她想遇見這樣的人。

吳依光不打算給母親進門，她就只是看著，猜想是誰會先放棄，時間搭搭溜轉，五分鐘，十分鐘，屋外的太陽，不知不覺落下。

夜晚來臨，一個時代結束了。

曾經這世界有她

十七歲，她從枕頭底下摸出手機，確認時間，凌晨兩點，她睡不著。她乾脆直起身，走到書桌前，打算做掉一個章節的數學題目。補習班老師說，按照她目前的表現，大學第一志願不是問題。她竭盡所能地找出每一個未知數的身分，對自己都沒有這麼用心。再次抬頭，她喉嚨渴得發痛，她前往客廳，打算倒杯水。出乎意料地，母親坐在餐桌，問，妳怎麼起床了？她誠實交代自己失眠了。母親別有深意地望著她，問，妳還好嗎？對不起，最近很少關心妳。她搖了搖頭，說只是下午跟晚上各自喝了一杯綠茶，攝取太多咖啡因而已。她在這幾年逐漸認清一件事：有時候我們只能這樣保護自己所愛之人——別告訴他們是什麼傷害了妳，讓妳變得軟弱，且不堪一擊。

十六歲，左邊數來第四排，第三列的同學打了個小小的盹。她一時半刻被這位同學的表情給吸引。老師出聲提醒她注意時間，她才想起自己正在講堂上發表，她跟組員一起寫的報告。結束之後，英文老師走過來，拍了拍她的肩膀，說，妳的表達真是優秀。她噢了一聲，腦中仍記得同學閉眼深睡的臉孔。她想，真好啊，就這樣睡著了。

十五歲，她問那個世界上，唯一跟她留著相似血液的人，你為什麼要這樣？你知道你把這個家弄得不得安寧嗎？那人望了她一眼，說，妳不懂，妳什麼都不懂。不過，如果可以讓大家好過，我不介意澈底消失在這個世界上。她哭了，說對不起，我不知道自己為什麼要說那些話。那人說，我原諒妳。我永遠會原諒妳。

十三歲，她跟朋友大吵一架。兩人十天沒說話，第十一天，她從抽屜拉出課本，翻到老師指定的頁數，課本裡掉出一封信。讀完之後，她再也聽不進老師的講課。下課鐘響，她走到朋友的桌前，伸直手臂，說，我們和好吧。

十歲，坐在她前面的男孩，顫抖著雙手，遞給她一盒巧克力。她瞪大眼，呆立原地，不知如何應對。男孩坦承自己暗戀了她半年。她其實喜歡男孩的好友。即使如此，她還是真誠地跟男孩道謝，被人喜歡的感覺太好了。

九歲，她歷經無數次慘摔，終於學會騎腳踏車，她興致勃勃，嘗試征服陡斜的下坡。衝到平地時她很興奮，用力按住煞車，沒想到突然鎖死的前輪把她拋飛了出去，她撞上柏油路，膝蓋手肘與手指被磨掉一層皮。從此她的食指多了一個小小的、月牙形狀的疤痕。不知道為什麼，她喜歡這個疤痕，像是命運賞賜的印記。

七歲，她嘴巴裡有一顆牙齒不停地搖晃，她把手伸進嘴巴裡，反覆掏挖，即使母親警告她這樣子會引進很多細菌，她就是忍不住。後來母親交給她半顆蘋果，另外半顆給家中另一個孩子。她一口咬下，牙齒滾出嘴巴，咚地一聲掉在地上。母親撿起，摸了摸她的頭說，妳好棒，妳長大了。她以衛生紙將那顆小小黃黃的牙包起，溜到房間，放進她從書局買來的玻璃罐。母親說，她的牙齒會一顆接著一顆掉落，換成更美麗也更強壯的恆齒，等到玻璃罐再也裝不下她的牙齒，她的夢想就能實現。

三歲，她一屁股跌坐在地，好心的女人跑到她面前，撐著她的腋窩，扶她站起。女人嘴巴動了動，發出一段聲音，她想，那是什麼？她也模仿女人發出一樣的聲音，每一次她這麼做，女人就會笑得格外好看。她也知道只要女人發出另一種聲音，沒多久她就有暖呼呼的什麼可以喝。所以，肚子餓的時候，她偶爾也會發出那個聲音。不過，女人最近反覆發出的聲音讓她困惑，她等了好久，什麼也沒有出現，只知女人說話時，雙眼停在自己的臉上。她試著走了幾步，攤開左手，掌心有一朵小白花，她就是為了摘下小白花而摔倒的。可惜的是，小白花被她捏得生病了，她戳了戳小白花，嘴巴輕輕吹一氣，她受傷時，女人也這樣照顧她。她往前走了幾步，又聽到女人發出那個聲音，她蹲下，東張西望，腳邊有一小灘水，水裡有一個人……莫非……啊，那一刻，她的世界宛若綻裂一小道裂縫，無以名狀的光溫柔地灑濺，她微微一笑，雙手揮舞，對著那個人說，嗨，妳好，早安啊。

謝辭（代後記）

首先，我要感謝「少女們」，謝謝妳們在過去三年，不厭其煩地回答我一堆問題，為了妳們，我有更認真地使用Instagram（但最近又荒廢了）。我不能保證，我比之前更理解妳們，但，不理解的部分似乎是少了那麼一些。

再來，謝謝黃老師與高老師，沒有妳們詳實、耐心地介紹跟解釋，書中的校園世界必然會失色許多。

陳育萱，妳給予了不能夠再更珍貴的意見，認識妳，是我的榮幸。

孫中文，你對這個故事的迴響與喜歡，支撐了我無數個寂寞的日子，我很感激這本書的編輯是你。

顏一立，十年了，你還在我身邊，除了「奇蹟」還有什麼可以形容？

張晁銘，你在我懷疑自己時，以一張明信片把我喚了回來，說不定你才是那個文字有魔力的人。

蔣亞妮，楊隸亞，謝謝妳們在寫作與寫作之外，都支持著我，我對妳們的愛難以言喻。

謝謝裴偉跟董成瑜，伯樂比千里馬更難得，這件事我始終不曾忘記。

最後，謝謝我的母親，以及我的伴侶，你們從來不吝讓我知道，我僅僅只是存在，就足以讓你們感到幸福與快樂。如果沒有這件事，我絕對寫不出這樣的一本書。

也對所有的「你們」獻上祝福與感謝。

那些少女沒有抵達

作　　者：吳曉樂
責任編輯：孫中文
責任企劃：藍偉貞
整合行銷：陳思妤

副總編輯：陳信宏
執行總編輯：張惠菁
總　編　輯：董成瑜
發　行　人：裴　偉

封面設計：吳曉樂、顏一立、Midjourney
內頁排版：宸遠彩藝工作室

出　　版：鏡文學股份有限公司
114066 臺北市內湖區堤頂大道一段 365 號 7 樓
電　　話：02-6633-3500
傳　　真：02-6633-3544
讀者服務信箱：MF.Publication@mirrorfiction.com

總 經 銷：大和書報圖書股份有限公司
248020 新北市新莊區五工五路 2 號
電　　話：02-8990-2588
傳　　真：02-2299-7900

印　　刷：漾格科技股份有限公司
出版日期：2023 年 08 月　初版一刷
2023 年 10 月　初版四刷
I S B N：978-626-7229-62-0
定　　價：450 元

國家圖書館出版品預行編目 (CIP) 資料

那些少女沒有抵達/吳曉樂著. -- 初版. --
臺北市：鏡文學股份有限公司, 2023.08
面；14.8×21 公分 . --（鏡小說；70）
ISBN 978-626-7229-62-0(平裝)

863.57　　112013011